くまクマ熊ベアー20.5

CONTENTS

VOL.10 COVER

VOL.11 COVER

VOL.13 COVER

VOL.14 COVER

VOL.15 COVER

VOL.16 COVER

TVアニメ化決定記念イラスト

くまクマ熊ベアー20.5

▶ユナ'S STATUS_

名前：ユナ
年齢：15歳
性別：女

▶クマのフード（譲渡不可）
フードにあるクマの目を通して、武器や道具の効果を見ることができる。

▶白クマの手袋（譲渡不可）
防御の手袋、使い手のレベルによって防御力アップ。
白クマの召喚獣くまきゅうを召喚できる。

▶黒クマの手袋（譲渡不可）
攻撃の手袋、使い手のレベルによって威力アップ。
黒クマの召喚獣くまゆるを召喚できる。

▶黒白クマの服（譲渡不可）
見た目着ぐるみ。リバーシブル機能あり。
表：黒クマの服
使い手のレベルによって物理、魔法の耐性がアップ。
耐熱、耐寒機能つき。
裏：白クマの服
着ていると体力、魔力が自動回復する。
回復量、回復速度は使い手のレベルによって変わる。
耐熱、耐寒機能つき。

▶黒クマの靴（譲渡不可）
▶白クマの靴（譲渡不可）
使い手のレベルによって速度アップ。
使い手のレベルによって長時間歩いても疲れない。耐熱、耐寒機能つき。

◀くまゆる
（子熊化）
▼くまきゅう

▶クマの下着（譲渡不可）
どんなに使っても汚れない。
汗、匂いもつかない優れもの。
装備者の成長によって大きさも変動する。

▶クマの召喚獣
クマの手袋から召喚される召喚獣。
子熊化することができる。

スキル

▶異世界言語
異世界の言葉が日本語で聞こえる。

話すと異世界の言葉として相手に伝わる。

▶異世界文字
異世界の文字が読める。

書いた文字が異世界の文字になる。

▶クマの異次元ボックス
白クマの口は無限に広がる空間。どんなものも入れる（食べる）ことができる。

ただし、生きているものは入れる（食べる）ことはできない。

入れている間は時間が止まる。

異次元ボックスに入れたものは、いつでも取り出すことができる。

▶クマの観察眼
黒白クマの服のフードにあるクマの目を通して、武器や道具の効果を見ることができる。

フードを被らないと効果は発動しない。

▶クマの探知
クマの野性の力によって魔物や人を探知することができる。

▶クマの召喚獣
クマの手袋からクマが召喚される。

黒い手袋からは黒いクマが召喚される。

白い手袋からは白いクマが召喚される。

召喚獣の子熊化：召喚獣のクマを子熊化することができる。

▶クマの地図 ver.2.0
クマの目が見た場所を地図として作ることができる。

▶クマの転移門
門を設置することによってお互いの門を行き来できるようになる。

3つ以上の門を設置する場合は行き先をイメージすることによって転移先を決めることができる。

この門はクマの手を使わないと開けることはできない。

▶クマフォン
遠くにいる人と会話ができる。

作り出した後、術者が消すまで顕在化する。物理的に壊れることはない。

クマフォンを渡した相手をイメージするとつながる。

クマの鳴き声で着信を伝える。持ち主が魔力を流すことでオン・オフの切り替えとなり通話できる。

▶クマの水上歩行
水の上を移動することが可能になる。

召喚獣は水の上を移動することが可能になる。

▶クマの念話
離れている召喚獣に呼びかけることができる。

魔法

▶クマのライト
クマの手袋に集まった魔力によって、クマの形をした光を生み出す。

▶クマの身体強化
クマの装備に魔力を通すことで身体強化を行うことができる。

▶クマの火属性魔法
クマの手袋に集まった魔力により、火属性の魔法を使うことができる。

威力は魔力、イメージに比例する。

クマをイメージすると、さらに威力が上がる。

▶クマの水属性魔法
クマの手袋に集まった魔力により、水属性の魔法を使うことができる。

威力は魔力、イメージに比例する。

クマをイメージすると、さらに威力が上がる。

▶クマの風属性魔法
クマの手袋に集まった魔力により、風属性の魔法を使うことができる。

威力は魔力、イメージに比例する。

クマをイメージすると、さらに威力が上がる。

▶クマの地属性魔法
クマの手袋に集まった魔力により、地属性の魔法を使うことができる。

威力は魔力、イメージに比例する。

クマをイメージすると、さらに威力が上がる。

▶クマの電撃魔法
クマの手袋に集まった魔力により、電撃魔法を使えるようになる。

威力は魔力、イメージに比例する。

クマをイメージすると、さらに威力が上がる。

▶クマの治癒魔法
クマの優しい心によって治療ができる。

10巻

ラビラタ

サーニャの婚約者。森の警戒を担っている。一緒に魔物と戦ってからユナのことを買っている。

ルッカ

サーニャとルイミンの弟。サーニャが村を出てから生まれたためユナと行った時に初めて会った。

タリア

サーニャとルイミンの母。若々しい見た目で、初めて会う人にルイミンの姉と言ってよくイタズラをしている。

ムムルート

エルフの村の長。冒険者時代にピラミッドのダンジョンを攻略した。

アルトゥル

サーニャとルイミンの父。ムムルートの息子で次期村長。ユナの秘密を知る契約をしたひとり。

ベーナ

ムムルートの妻。

ラバーカ

ラビラタ同様、村を守るエルフのひとり。

11巻

ティリア

王女、フローラ姫の姉。シアのクラスメイト。城にユナが来ても会えず、美味しいものになかなかありつけない。

シャイラ

王都の、くまさんの憩いのレストラン勤務の一番若い女性シェフ。クマさんに会えて感激です！と、ユナを尊敬している。ゼレフの姪。

ルトゥム・ローランド伯

クリフに恨みを持つ貴族。シアを息子の嫁にしようと学園祭の模擬戦で騎士たちにシアの友人の女子生徒を怪我させ、追い詰めさせる。ガジュルドの遠縁。第三騎士団の騎士団長。

リーネア

シアの友人で、ティリアの護衛騎士を目指す女学生。女性騎士をよく思わないルトゥムのせいで怪我をした。

ロタス

リーネアを試合で虐めた騎士。

フィーゴ

ユナと戦った第三騎士団の騎士。第三騎士団1の実力者で、ルトゥムの部下だが気持ちの良い男性。

13巻

カリーナ

砂漠の中心にある街、デゼルトを治める領主の娘。迷宮の特殊な地図を扱うことができる。

ラサ

カリーナの家に仕える女性。ユナにカレーのレシピを教えてくれた。

ノーリス

カリーナの弟。3歳。人見知りが激しい。

バーリマ・イシュリート

デゼルトの街の領主。カリーナを守るため、砂漠の迷宮で怪我を負った。

リスティル

バーリマの妻。初めに迷宮を攻略し、領主となった冒険者の子孫で、地図である水晶板を操ることができる。

ウラガン

カリーナを突き飛ばそうとしたガラの悪い冒険者。カリーナの護衛任務を一緒に受けた5人のパーティーのリーダー。

15巻

クリュナ=ハルク

Aランク冒険者で、冒険家として有名。タールグイに本を置いた。石碑から本が出てくるようにしたり、作った魔道具が高値で取引されるほどの実力。

16巻

リリカ

ロージナの娘で、彼の店を手伝っている。

クセロ

ドワーフの街の鍛冶師。ジェイドの剣を打った人。トウヤにミスリルの剣を打つかテストする。

ロージナ

クリモニアの鍛冶職人ゴルドと王都の鍛冶職人ガザルの師匠。

STORY

くまクマ熊ベアー10

神聖樹に異変!?

エルフの村に到着したユナ。サーニャとルイミンの祖父である、ムムルートに結界の話を聞くと、結界の魔力の源である神聖樹が寄生樹という魔物に取り憑かれてしまったらしい。様子を見にいくサーニャたちと別れ、くまハウスを建てて良さそうな場所を探していると、近くに魔物の気配が！　結界の監視役であるラビラタと協力して魔物退治に向かう。

魔物から村を救え！

村に侵入した魔物の討伐で、ムムルートやラビラタの信頼を得たユナは、神聖樹の様子を見にいくことに。ところが、結界を施した本人たちですら中に入れない！　神聖樹が弱っていくのを見ているしかないのかと思ったムムルートたちだったが、なぜかユナだけ入れちゃった!?　強力な魔法を使うと神聖樹も危ないけど寄生樹は回復力が凄い……絶望的な状況でユナは生着替えという秘策に出る！　無事討伐を果たしたユナだったが、予期せぬピンチが？？？？

秘密を破ると…笑いが止まらない!?

ユナの秘密（クマさんパンツ）を知ったサーニャ対策はもちろんのこと、今後エルフの村に遊びにきても怪しまれないために、ルイミンや

ムムルートにいくつかの秘密を明かすことにしたユナ。ムムルートに頼んで契約魔法を行うことにしたが、契約を破った際の代償はかなりは危険なもの……。そこでユナは自分の秘密を話そうとすると笑いが止まらなくなるというある意味一番辛い罰を提案!?

絵本第2弾!!

クリモニアに帰ったユナは、いきなりフィナに怒られることに！　孤児院の子供たちにプレゼントした絵本を読んで、自分が登場していることに気付いたフィナは「恥ずかしくてもうお城に行けない！」と大クレーム。しかし、シュリは私も絵本に出して欲しいとせがむので、ユナはなんとかフィナを落ち着かせて、フローラ姫のために2冊目の絵本制作に取りかかる。

WonderGOO購入者特典
1 クリモニアに行く エレローラ編

わたしとゼレフは王都に出すお店のことで話し合う。

お店では高級料理から、ユナちゃんが考えた料理まで出すことになっている。料理人はゼレフによって教育されていて、もちろん、ユナちゃんの料理のレシピはその者にしっかりと教えられている。

でも、ユナちゃんの話によると、ユナちゃんのお店には他にも料理がいろいろあるらしい。

「これは視察が必要ね」

「そうですな」

わたしの言葉にゼレフも頷く。

「そんなわけで、クリモニアに視察に行ってくるわ」

わたしはゼレフと話したことを国王陛下に話す。

「なにが、視察に行ってくるわ、だ」

国王陛下が「おまえ、何を言っているんだ。バカか？」的な顔をして、わたしを見ている。

「だって、ユナちゃんの料理をお店で出すなら、本物を食べたり、お店を見たりするのは必要でしょう？」

「本物もなにも、ユナが持ってきた料理なら食べただろう」

「お店の雰囲気も知ることは必要でしょう」

「必要ないだろう」

国王陛下は引き下がらない。

「あ〜あ、娘と話がしたいな。誰かのせいで、前回は娘と話す時間が取れなかったのよね」

嫌味っぽく言ってみる。

「俺のせいじゃないだろう」

「後始末、大変だったのよね。久しぶりに仕事をしすぎな部下に休みを与えてもいいと思うんだけど」

わたしは国王陛下をチラッと見る。

国王陛下は面倒くさそうにして考え込む。そして、小さくため息を吐く。

「……分かった。だが、仕事だぞ。しっかり、ユナの店を見てこい。もちろん、報告書も提出してもらうぞ」

「ええ、そのぐらいいいわよ」

「ゼレフの奴も連れていけ」

「あら、いいの？」

「問題ない。ただし、期間は守れよ」

国王陛下は手を振って、出ていけと合図を送る。

わたしは礼を言って、部屋を出る。

さっそく、許可をもらえたことをゼレフに伝えると嬉しそうにする。

「滞在期間を増やしたいから、馬で行くわよ」

「馬ですか。くまゆる殿やくまきゅう殿なら、よかったのですが、仕方ありませんな」

ゼレフはシーリンの街から帰ってくるときも、馬車の中でくまゆるちゃんとくまきゅうちゃんの乗り心地のよさを話していた。娘たちも同じことを言っていた。今度、わたしも乗せてもらおうかしら。

「それで、しばらくクリモニアに帰ることになったから」

「お母様、ズルイ」

学園から帰ってきたシアにクリモニアに行くことを話した。

「お母様、先日もノアに会ったのでしょう？」

「会ったといっても、ほんとんど一緒にいられなかったわよ。あの馬鹿のせいで」

久しぶりに娘に会えたのに、ミサーナの誘拐《ゆうかい》事件といろいろとあったせいで、ノアと一緒にいる時間が取れなかった。

もっとも、あの馬鹿がいなくなったことはグランお爺ちゃんやクリフにとっても有難いことだ。

今後のことを考えれば、お安いものだと諦めている。

「わたしも学園をお休みして、クリモニアに行きたい」

「ダメよ。そんなことは許さないわよ。あなたはしっかり学園で勉強をしなさい」

「……うぅ、でも、今度は連れていってください」

シアは残念そうにするが、学園が休みでもないのに連れていくわけにはいかない。

夏になれば長期の休みがあるから、そのときに帰れば問題ない。

そして、わたしとゼレフは数人の護衛をつけて、クリモニアにやってきた。

「ここがクリモニアですか」

ゼレフは少し疲れた様子だ。馬に乗り慣れていないと疲れるはずだ。

「いいところよ」

まずは家に向かう。ノアに会えると思うと嬉しくなる。帰ることは伝えていないので、きっと驚いてくれるはず。楽しみだ。でも、同じく帰ることを知らされていないクリフには、文句を言われるかもしれない。

家に帰ると、メイドのララが驚いたように出迎えてくれた。

ゼレフや護衛の応対はララにお願いして、わたしは娘に会いにいく。

驚く顔が楽しみだ。ノアの部屋のドアを開ける。

「ノア、ただいま」

いきなりドアを開けて声をかけられたノアは驚いた表情でわたしを見ている。

想像通りの反応に嬉しくなる。

「お母様!?」

ノアはわたしのところに駆け寄ってくる。

「本当にお母様？」

「もしかして、母親の顔を忘れたの？　お母さん、悲しいわ」

泣いたふりをしてみる。

でも、娘の反応は違う。

「どうして、お母様がここにいるんです!?」

問い詰めてくる。そこは慌てる姿が見たかったわ。

「どうしてもなにも帰ってきたからに決まっているでしょう」

「もしかして、国王陛下にお暇を出されたのですか？」

ノアは悲しそうな表情をする。この子はいきなり何を言い出すのかしら。わたしはノアのおでこを指で小突く。

「お母様、痛いです。なにをするんですか！」

ノアはおでこを擦《こす》りながら文句を言う。

「あなたが馬鹿なことを言うからよ。ちょっと、仕事でクリモニアに戻ってきただけよ」

「仕事ですか？　お父様からは、お母様が帰ってくる話は聞いてませんよ」

「だって言ってないからね」

「ああ、俺も今知った」

後ろを振り向くと、ドアの前にクリフが立っていた。

「あら、クリフ。ただいま」

「おまえな、戻ってくるなら、先に連絡をよこせ」

クリフが呆《あき》れたように言う。

「だって、いきなり決まって急いで来たんですもの、連絡をする時間はなかったのよ。それに、自分の家に帰ってくるのに前もって連絡が必要なの？」

お母さん、悲しいわ。

「こっちも予定があるだけだ。仕事で来るなら、前もって連絡をよこせば、時間を作ることができる。それで、仕事とはなんだ？　俺に手伝えることか？」

「仕事は娘の驚いた顔を見ることね」

「お、か、あ、さ、ま」

ノアが頬《ほお》を膨らませる。

「あら、そんな怖い顔をしたら、可愛い顔が台無しよ」

わたしは膨れた顔をした娘の頬を左右にひっぱる。

あら、可愛い顔がさらに可愛くなったわ。

「おかあさま、いたいです」

「それで、本当に何しにきたんだ？」

クリフが呆れ顔で尋ねる。

「実は、王都のお店でユナちゃんの考えた料理を出すことになったのよ。それでゼレフと一緒にユナちゃんのお店を視察に来たのよ」

せっかちなクリフに説明する。

「ちょっと、待て。今、ゼレフと言わなかったか」

「言ったわよ。今頃、ララがお茶をいれているんじゃないかしら？」

わたしの言葉にクリフは頭を抱える。

「王宮料理長のゼレフ殿が、この家にいるのか!?」

クリフは慌てるように部屋から出ていく。

あら、愛する妻より、ゼレフのほうが大切なのかしら？　少し寂しいわ。

「それじゃお母様、しばらくは一緒にいられるんですか？」

「ええ、数日間だけだけどね。前回のミサーナの誕生日パーティーのときは一緒にいられなかったからね」

わたしの言葉にノアは嬉しそうにする。

流石《さすが》、わたしの娘、可愛いわ。このまま、王都に連れていっちゃおうかしら。

「それじゃ、わたしがユナさんのお店に案内しますね」

「それは遠慮するわ」

「ど、どうしてですか⁉」

「だって、ノアはユナちゃんのお店に出入りしているんでしょう」

「はい、何度も行っていますから、詳しいです」

「それなら、余計に駄目ね。今回は一般人として視察するつもりなのよ」

わたしが貴族だと知られると、お店で働いている人に気を使わせることになり、いつものお店の雰囲気を見ることができない。それに店に食事に来ているお客の邪魔をすることになる。

「だから、ごめんね」

俯《うつむ》く娘の頭を撫《な》でる。

「お母様を案内したかったです」

「一緒に行くことはできないけど、ユナちゃんのお店の話を聞かせてもらえるかしら」

「はい！」

ノアは嬉しそうに返事をする。

電子版購入者特典
2 母親と一緒に過ごす　ノア編

お母様がゼレフ様を連れて王都から帰ってきました。

なんでも、ユナさんのお店の視察に来たそうです。

わたしが案内すると言ったのですが、貴族と知られるとみんなを緊張させ、気を使わせてしまうので、貴族と知られないようにして行くそうです。

今は普通に話をしてくれるフィナも、初めて会ったときは緊張して話していました。お父様と他のお店に行ったときも、他のお客さんとの対応が違うことを感じることもあります。

だから、お母様の気持ちも分かるので、領主の娘であることを知られているわたしが、ユナさんのお店に一緒に行くことができませんでした。

そんなわけで、お母様が家に帰ってきたのに一緒にはいられませんでした。

昼食を終えたわたしはベッドに倒れこみます。

今頃、お母様はユナさんのお店でご飯を食べているかな。いや、食べ終わってる時間かもしれません。

わたしも一緒に行きたかったです。

わたしは手を伸ばしてベッドに置いてあるクマのぬいぐるみをつかみます。ユナさんにもらったぬいぐるみです。ベッドの上に2つのくまさんのぬいぐるみが置いてあります。黒いクマさんがくまゆるちゃん、白いクマさんがくまきゅうちゃんです。

わたしはくまゆるちゃんのぬいぐるみを抱きしめて、ベッドの上でゴロゴロしながらお母様のことを考えていると、部屋のドアがノックもされずに開きました。

「ノア、ただいま」

部屋に入ってきたのはお母様でした。

「ユナさんのお店の視察は終わったのですか？」

わたしは起き上がり、ベッドに腰かけます。

「ええ、いろいろと食べてきたわよ。どれも美味しいから、食べすぎちゃって、苦しいわ」

食べすぎて苦しいと言ってますが、満足気な顔をしています。

お母様はわたしの隣に腰掛けます。

「それにしても、ユナちゃんのお店は面白いわね。クマの置物があったり、仕事をする子供たちはクマの格好をしているし。視察に来て正解だったわね」

クマさんの置物は可愛いし、クマさんの服も可愛いです。そして、料理も美味しいです。

「国王陛下が見たら、絶対に笑ったわね。今度、連れてきたいわね」

国王陛下がクリモニアに？

でも、お母様なら、本当に連れてきそうで怖いです。もし、そんなことになったらお父様は倒れてしまうかもしれません。

「それにしても食べすぎて、苦しいわ」

お母様は、そう言ってベッドに倒れます。

「お母様、だらしないですよ」

「うぅ、苦しむ母親を娘が苛《いじ》めるわ」

お母様が目に手を当てて、泣き真似をします。

「ただの食べすぎでしょう」

普段はしっかりしているお母様は、たまにだらしなくなることがあります。どっちのお母様も好きですが、このときのお母様は変に絡んでくることが多いから困ります。

「それにしても可愛いものを抱いているのね？」

お母様がわたしの抱いているくまゆるちゃんのぬいぐるみを見ます。

「こ、これは！」

わたしは慌てて隠そうとしましたが、もう遅いです。

「別に隠さなくてもいいわよ。ミサーナの誕生日パーティーのときに欲しがっていたでしょう」

「そうですけど、少し恥ずかしいです」

「ユナちゃん。ちゃんとプレゼントしてくれて、よかったわね。お礼は言った？」

「はい、言いました。でも、もっと欲しいから、買いますって言ったんですが、ダメでした」

できれば、もう5個ずつぐらいは欲しかったです。

「ふふ、そのぬいぐるみは大切なんでしょう？」

「はい、だから予備も欲しかったんです」

「それは違うわよ。同じものが何個もあったら、それは大切なものではなくなるわ。代わりがないから大切にする。数が多くなれば、あなたの心の中での大切さは下がるわよ。予備があるから乱暴に扱っても大丈夫。予備があるから汚れても大丈夫ってね」

「そんなことは……」

「ないとはいえないわよ。数が増えれば、使っていないものはホコリを被ってしまうかもしれない。だから、ユナちゃんがプレゼントしてくれた、たった一つのこのぬいぐるみを大切にしてあげなさい」

お母様はわたしが抱きしめているくまゆるちゃんのぬいぐるみの頭を撫《な》でます。

「はい、分かりました」

もちろん、大切にします。わたしはくまゆるちゃんのぬいぐるみを改めて抱きしめます。

「それにしてもよくできているわね」

お母様はベッドにあるくまきゅうちゃんのぬいぐるみを手に取ります。

わたしもよくできてると思います。だから、同じぬいぐるみでなく、今度は本物のくまゆるちゃんと同じ大きさのぬいぐるみをお願いしたいです。


それから、お母様といろいろなお話をしました。お姉様のお話や自分のお話をしてくれます。

お姉様にも、また会いたいな。

お話をしている途中で、急にお母様が立ち上がります。

「あら、あれは？」

お母様が部屋の棚を見ます。そして、棚に向かって歩きだします。手を伸ばして棚にあるものを手にします。お母様が手にしたのは、わたしがユナさんにもらったクマさんの置物です。わたしがお店の前にある大きなクマさんの置物が欲しいと言ったら、お店のテーブルに飾ってあるクマさんと同じ大きさのクマさんをプレゼントしてくれました。

「ノア。これ、わたしにちょうだい」

「だ、ダメです。わたしがユナさんからもらったんです。大切な宝物です。お母様のお願いでも差し上げられません」

わたしはお母様に近寄り、取り戻そうとしますが、上に上げられてしまい、手が届きません。

「お母様、返してください」

「もう少し見せて」

「うぅ、少しだけですよ」

わたしは諦めて承諾します。

「それにしても、可愛いクマさんね。お店にもあったわね」

「わたしが庭に大きなクマさんを作ってほしいってお願いしたら、これで我慢してって言われました。本当は大きなのが欲しかったです」

わたしが説明すると、お母様がクマさんの置物を返してくれます。

「ふふ、そんな大きなクマさんを庭に置いたら、クリフが頭を抱えるわよ」

お母様は笑います。

確かにお父様に叱られたかもしれません。

でも、部屋に置けるぐらいの大きさのクマさんは欲しかったです。

「ねえ、ノア」

「なんですか?」

この顔がお願いするときの顔です。

「何度お願いされても、あげませんよ」

「もう、欲しいなんて言わないわよ。少しだけ貸してもらえない?」

「貸す?」

「ちょっと、面白いことを思いついてね。王都のお店にも同じようなものを置こうと思って」

お母様はイタズラを思いついた顔をしています。

この顔をしたお母様には逆らうことができません。

「でも、王都の職人に頼むにしても、実物がないと作れないでしょう。さすがに今から連れてくるわけにいかないし、ユナちゃん本人にお願いしても作ってくれないと思うし。だから、このクマさんの置物を参考にして作らせようと思うの」

王都にクマさんの置物を置いたお店。

「それ、いいです。でも……」

だからといって、わたしの大切なものを渡すのは……。わたしは手に握っているクマさんの置物を見ます。

「壊したりしないからね、お願い」

お母様が手を合わせてお願いする。

「う〜、絶対に無くしたり、壊したりしないでくださいね」

わたしはクマさんの置物をお母様に渡します。

「ありがとう。絶対になくしたり、傷をつけたりはしないわ」

少し心配ですが、王都にクマさんが広まるのはいいことです。

そして、視察を終えたお母様は数日後には王都に帰っていきました。

久しぶりにお母様とお話ができて、嬉しかったです。

協力書店特典
3 絵本のことを知る フィナ編

ニーフさんが買い物に行き、院長先生とお母さんがお話をしている間、わたしは小さい子たちのお世話をすることになりました。

「それじゃ、なにをして遊ぼうか？」

ミラちゃんを含む3人に尋ねる。

「うんとね。えほん、よんで」

「絵本？　いいよ」

わたしがそう言うとミラちゃんは絵本が置いてある棚に行き、絵本を選びます。

絵本を読むのは文字の勉強になるのでいいことだとユナお姉ちゃんは言っていました。絵本は今までにも何度も読んであげています。今日はいったいどんな絵本でしょうか。

絵本を選んだミラちゃんが戻ってきて、わたしの隣に座ります。

わたしは絵本を受け取ります。

絵本の表紙には可愛らしい女の子の絵とくまさんが描かれていました。タイトルは「くまさんと少女」。

この絵本を見るのは初めてです。

女の子は大きなリボンをしています。誰かに似ているような気はしますが、わたしは気にせずに絵本を開きます。

絵本はとある女の子のお話のようです。女の子の母親は病気で寝込んでいて、お父さんもいませんでした。

わたしの家と同じです。でも、孤児院のみんなはお父さんもお母さんもいません。

悲しい絵本なのでしょうか？

わたしは続きを読んであげる。

女の子はお母さんの薬になる薬草を求めて森に行きます。

どこかで聞いたことがあるお話です。

「フィナおねえちゃん、はやくぅ」

わたしが考えているとミラちゃんがわたしの腕を揺らす。

「ああ、ごめんね」

わたしは絵本のページを捲る。

女の子がウルフに襲われます。女の子は逃げようと走りますが、逃げられません。

うぅ、女の子はどうなってしまうのでしょうか。

次のページを捲《めく》ると、女の子の前にくまさんが現れます。くまさんはウルフを倒し、女の子を助けてくれます。

よかったです。

でも、同じような話をわたしは知っているような気がします。

なんだったかな？

女の子はくまさんに薬草のことを話します。

すると、くまさんは女の子を背中に乗せて、薬草がある場所に連れていってくれます。女の子は無事に薬草を手に入れることができました。

よかった。でも、くまさんは女の子を街まで送ると森に帰っていきます。

ここでくまさんと別れちゃうの？

少し寂しいです。

でも、手に入れた薬草でお母さんの薬を作ることができました。

ここで話が終わりました。

女の子が可哀想でしたが、くまさんと出会って、薬草を手に入れることができたのはよかったです。

ただ、くまさんとのお別れは寂しいです。

わたしももし、ユナお姉ちゃんとお別れするようなことになったらと思うと悲しい気持ちになります。

絵本を読み終わると、ミラちゃんが新しい絵本を渡してくれます。

表紙を見ると「くまさんと女の子　２巻」と書かれていました。

続きがあるんですね。

わたしは絵本のページを捲る。

女の子のお母さんは薬草で作った薬のおかげで少しだけよくなりましたが、病気が治ったわけではありませんでした。

うぅ、昔のお母さんを思い出します。お母さんも病気で薬を飲んでも治りませんでした。

女の子はそんなお母さんを看病します。女の子の気持ちが凄《すご》くわかります。

くまさんのおかげで薬草は安全に手に入ることができるようになりました。

くまさん、優しいです。

そんな中、女の子はどんな病気でも治してくれるお花の話を聞きました。なんでも虹色に輝く花の雫《しずく》を飲むと病気を治してくるそうです。

そんな花があったらお母さんの病気もすぐに治ったかもしれません。

女の子はその花がどこにあるかいろいろな人に話を聞きます。でも、いろいろな人が探したそうですが、花は見つけられなかったそうです。

もしかして、女の子が一人で花を探しに行くのでしょうか？

そんなことになったらお母さんはどうなってしまうのでしょうか？

そんな不安な気持ちでページを捲ります。

女の子のお母さんの病気が悪化しました。苦しそうにしています。女の子が花を探しに行ってしまうのか不安になります。

女の子がくまさんに相談します。女の子は小瓶を出して、くまさんに病気が治るお花の話をします。

もしかして、くまさんと一緒に行っちゃうの？

心の中でお母さんと妹を残して、行っちゃダメという気持ちと、病気が治る薬を手に入れてほしいという両方の気持ちになります。

わたしはミラちゃんたちに聞かせながら続きが気になる。

次のページを捲ると、わたしの想像と違いました。女の子の前からくまさんが消えてしまったのです。

女の子が森に向かって「くまさん、くまさん」と叫ぶけど、くまさんは現れません。

それでも、女の子はくまさんに会うために毎日森に行きます。晴れのときも雨のときもくまさんを待ちます。

そんな女の子の様子を見ると悲しくなります。絵本の中の女の子も悲しそうにしています。

くまさんはどこに行ったのでしょうか？

女の子はお母さんの面倒を見ながら、くまさんに会いに毎日森に行きます。どんどん、女の子は疲れていきます。女の子は生きるのを諦めてしまいそうになります。

ダメです。そんな気持ちになります。

だけど、森に行った女の子にウルフが襲ってきます。絶望しかない。こんな悲しいお話はダメです。

だけど次のページを捲ると、くまさんが描かれていました。

くまさんがウルフを倒し、女の子を救いました。

女の子は「くまさん、くまさん」と何度も叫び、くまさんに抱きつきます。

くまさんと女の子の再会に嬉しくなります。

よかった。

でも、くまさんの体には傷がついていました。

なにがあったのでしょうか？

そして、女の子が泣きやむと、くまさんは小瓶を女の子に差し出します。その中には虹色の液体が入っていました。

くまさんは女の子のために話を聞いた虹色の花の雫を取りに行っていたみたいです。

だから、体が傷ついていたんですね。それだけ、手に入れるのが大変だったのかもしれません。

女の子はその小瓶を持ってお母さんのところに向かいます。

女の子は小瓶の蓋《ふた》を外し、中に入っている液体をお母さんに飲ませます。すると、顔色が悪かったお母さんの顔色がよくなります。

よかった。

絵本の2巻めが読み終わりました。

始めは悲しいお話でしたが、最後はくまさんと再会して、お母さんの病気が治りました。

心が温まる話でした。

「このおんなのこ、フィナおねえちゃんに、にているね」

読み終わると、ミラちゃんがそんなことを言い出します。

改めてみると、女の子は頭に大きなリボンをしています。わたしは自分の頭についているリボンに触れます。

わたしは1巻から絵本の内容を思い返して、徐々に理解しました。

お母さんが病気。女の子が森に薬草を取りに行く。くまさんが助けてくれる。

この絵本には、ユナお姉ちゃんとわたしの出会いが描かれています。2巻の内容もユナお姉ちゃんとわたしの話に近いです。

お母さんの病気がとても悪くなって、それをユナお姉ちゃんが助けてくれました。

絵本と自分を照らし合わせていくと、徐々に恥ずかしくなってきます。

どうして、この絵本にはこんなに詳しく、わたしのことが描かれているの?

「えっと、この絵本はどうしたの?」

「くまのおねえちゃんからもらったの」

「クマのお姉ちゃん……」

子供たちがクマのお姉ちゃんと呼ぶのは一人しかいません。

ユナお姉ちゃんです!

絵本の裏を見ると、作者名がクマと書かれていました。

間違いなく、この絵本を描いたのはユナお姉ちゃんです。

ユナお姉ちゃんが戻ってきたら、問い詰めないといけません。

書泉購入者特典
4 クマさん、キノコ採りに行く

寄生樹を倒し、神聖樹は本来の姿を取り戻した。

ムムルートさん、サーニャさん、アルトゥムさんからは何度もお礼を言われた。

サーニャさんの役目は終わったけど、今後について話すことや、やることがあるらしい。

そして、わたしのクマの転移門を知ったことで、急いで帰らなくてもよくなったこともあるので、しばらく残ることになった。今朝もムムルートさんやアルトゥルさん、サーニャさんは忙しく出かけていった。

わたしはサーニャさんが戻るまで時間ができたので、ルイミンとルッカを連れて森にキノコや山菜を採りに行くことになった。

くまゆるとくまきゅう、それからルイミン、ルッカと森にやってきた。わたしはくまゆるとくまきゅうのほうを見る。

「黒いくまさん、可愛いな」「くまゆるっていうんだよ」「それじゃ、こっちの白いくまさんは?」「えっと、たしかくまきゅう」「くまゆるちゃんとくまきゅうちゃんだね」

くまゆるとくまきゅうの周りには4人の子供たちが集まって、楽しそうに歩いている姿がある。その中にはルッカの姿もある。

わたしがルイミンとルッカと一緒に村の中を歩いていたら、子供たちに捕まったのだ。その原因はわたしでなく、くまゆるとくまきゅうが一緒にいたためだった。ルッカにお願いされて召喚して、そのまま村の外に向かうところだった。

そして、ルッカが村の外へ行くことを話したら、子供たちもついていきたいと言い出した。

わたしは「魔物がいるかもしれないから、危ないからダメだよ」と注意したが、近くを通ったラビラタが「ユナがいるなら大丈夫だろう」と言い「俺たちも森を見回ることになっている」と言って、許可を出してしまったのだ。

そんなわけで、わたしはエルフの子供たちを連れて森に来ている。

なんだか、保育士さんになった気分だ。

わたしは子供たちの案内でキノコや山菜が採れるという場所にやってくる。

「それじゃ、わたしたちが採ってきますから、ユナさんはここにいてください。一応、くまゆるちゃんとくまきゅうちゃんは一緒に来てもらえると助かります」

キノコや山菜などの知識がないわたしは、ルイミンの言葉に素直に従う。くまゆるとくまきゅうが側にいれば危険もないだろう。

「くまゆる、くまきゅう、みんなをお願いね」

「「くぅ〜ん」」

「みんなもわたしやくまゆるちゃんたちから離れちゃダメだからね」

ルイミンの言葉に子供たちは返事をする。そしてルイミンが「誰が一番集められるか競争ね」と言うと、子供たちは一斉に森の中へ駆け出す。

元気だね。

引きこもりのわたしと違って、子供たちは庭のように森の中を走っていく。若いって凄《すご》いね。

わたしは探知スキルで確認しながら、くまゆるとくまきゅうには遠くに行くような子がいたら、連れ戻すように言っておく。

しばらく待っていると、子供たちが戻ってくる。

「お姉ちゃん、見つけたよ」「僕なんて、こんな大きなの見つけたよ」「わたし、これ見つけちゃった」「僕はこんなに見つけたよ」「すげぇえ」

などと言いながら、わたしのところにキノコや山菜、果物を持ってくる。わたしの前には子供たちが見つけてきたキノコや山菜が山積みになっていく。

でも、なかには見たことのないものもある。毒があったりはしないよね？

「ルイミン。一応、確認だけど。食べられるんだよね？」

「はい、どれも食べられますよ。わたしたちは森の中で育っていますから、小さいときから両親に教わるんです。だから、食べられるものと毒があるものとの区別はできますから、安心してください」

逆に言えば、毒にも詳しいってことになる。エルフたちに嫌われるようなことをするのは絶対にやめよう。

そして、ルイミンがどんなふうに食べると美味しいか教えてくれる。

「これは焼くと美味しいですよ。こっちは野菜と炒めると美味しいですよ」

炊き込みご飯や鍋ものにしてもいいよね。ピザに入れてキノコピザも作れそうだ。帰ったら作ってみようかな。

キノコや山菜を集めた後は、みんなでくまゆるとくまきゅうと一緒に遊ぶことになったので、草原に移動する。

くまゆるとくまきゅうの上に子供たちが登り始める。取り合いのようになる。

わたしが注意をしようとしたら、ルイミンが駆け出す。

「ああ、みんな。そんなに乗ったら、くまゆるちゃんとくまきゅうちゃんが可哀想だよ。乗るなら順番だよ。みんなだって、何人も背中に乗られたら嫌でしょう」

くまゆるとくまきゅうに乗りたがる子供たちにルイミンが注意をする。

「順番を守らないと、乗せないよ」

子供たちのお世話をしていると、ルイミンがしっかりしたお姉さんに見えるから不思議だ。

まあ、実際にルッカの姉だから、お姉さんで合っているんだけど、しっかりしているルイミンは違和感ある。

くまゆるとくまきゅうは子供たちを乗せて草原を走る。みんな楽しそうにしている。少し離れた位置にある木を回って、戻ってくると、他の子に代わる。

「楽しそうだね」

「みんな、くまゆるちゃんとくまきゅうに乗れて嬉しいんですよ」

一度乗った子も、順番待ちをする。

「くまゆるちゃんとくまきゅうちゃんは大丈夫ですか？」

「速度も出ていないし、距離も短いから大丈夫だよ。でも、ある程度遊んだら休ませてもらえると嬉しいかな」

くまゆるとくまきゅうは長距離を走り続けることができる。だから、少し離れた木を何周かするぐらい大丈夫なはずだ。それに子供を乗せているので、それほど速度は出していない。

「はい、わかりました。何周かしたら、休ませてあげますね」

ルイミンは子供たちのところに戻っていく。

わたしはくまゆるとくまきゅうと遊ぶ子供たちの姿を眺める。

やっぱり、子供たちが元気に楽しそうに遊ぶ姿はいい。引きこもっているのはよくないからね。

なにか、自分で言っていて胸が痛くなる。元引きこもりのわたしに言う資格はないよね。

しばらくすると子供たちは遊び疲れたのか、わたしのところにやってくる。

「お腹空いた」

確かにお昼ごはんの時間は過ぎている。

キノコ採りをして、くまゆるとくまきゅうと遊んでいたら、時間があっという間に過ぎていた。

「それじゃ、村に一度戻りますか？」

「う〜ん、せっかくだから、さっき採ったキノコや果物で昼食にしようか」

わたしがそう言うと子供たちは嬉しそうにする。わたしはクマボックスから調理道具を出し、採ってきたキノコを使った料理を作る。といっても簡単な料理だ。

ルイミンに聞いて、そのまま焼いても美味しいキノコは肉と野菜と一緒に串に刺して焼く。

それからキノコを食べやすいサイズに切って、肉と野菜と一緒に料理をする。もちろん、味付けは醬油だ。

醬油の香ばしい匂いがする。

「美味しそうです」

調理を見ていたルイミンがそんな感想を言う。

「ルイミン、焼けた串焼きを順番に渡してあげて、そして、どんどん焼いていくよ」

「はい」

ルイミンは子供たちに焼き上がった串焼きを渡していく。わたしはキノコが入った肉野菜炒めをパンに挟んで、子供たちに渡していく。
子供たちは美味しそうに食べる。
子供たちはパンを手に取り、串焼きを手に取り、どんどん食べていく。
採ったばかりのキノコは、みんな子供たちのお腹の中に消えていった。
お昼を食べたわたしたちは、改めてキノコを探すことになった。

アニメイト購入者特典

5 クマフォンを使う　ルイミン編

ユナさんとお姉ちゃんが不思議な扉を使って帰っていきました。

わたしは一人で神聖樹のところにやってきて、神聖樹を見上げます。とても綺麗な木。大きく、この森全体を守ってくれている、エルフにとって大切な木。

その神聖樹は寄生樹にとりつかれ、大変なことになりました。でも、結界に綻《ほころ》びが出て、魔物が結界内に入り込んでしまいました。

神聖樹がとりつかれたところは見てませんが、お爺ちゃんたちの話を聞くと大変だったみたいです。お爺ちゃん、お父さん、お姉ちゃんの3人でも無理だったことをユナさん一人で倒してしまったのです。

さらに寄生樹に寄生されたことで、神聖樹の結界の中に入れなくなり、大変だったと言っていました。だけど、ユナさんだけが入れるという不思議なことが起こりました。

その後、新しい結界を張り直しても、ユナさんは結界の中に入ることができました。このことに関してはお爺ちゃんでも分からないそうです。

いろいろあって、わたしは王都に行っているお姉ちゃんの代わりに結界の中に入れるようになりました。今回のように緊急事態になったとき、村に結界を張り直すことができる者がいないと困ると考えたみたいです。どうしてわたしなのかと思ったのですが、村の長であるお爺ちゃんの孫ってだけです。

あと、お爺ちゃんが言うにはユナさんの秘密を知っているわたしが最適だそうです。

その秘密の一つとして、わたしはユナさんから遠くの人と話ができる魔道具をもらいました。名前は「くまふぉん」。「くまふぉん」は可愛いクマさんの形をしている、見た目は可愛いクマの置物です。この可愛い形をしたものが遠くにいるユナさんとお話ができる魔道具です。こんな凄《すご》い魔道具をわたしが持っていていいのかな？

わたしはアイテム袋から「くまふぉん」を取り出してみました。

ユナさんが帰ってからは、まだ一度も「くまふぉん」を確かめていません。本当に使えるのかユナさんが帰ってから不安になります。前に確かめたときは同じ建物内の一階と二階の短い距離でした。でも、ユナさんは王都より遠い場所にいます。たしか、クリモニアとかいう名前の街です。

王都でも遠いのに、さらに遠くにいるユナさんと会話ができるのかと信じられないです。

日がたつにつれ徐々に不安になってきます。

わたしは「くまふぉん」を握り締めて、誰もいないことを確認します。「くまふぉん」を使っているところは他の人に知られたら駄目だからです。

わたしは「くまふぉん」を両手で握り締め、目を瞑《つぶ》り、魔力を流し、ユナさんを思い浮かべます。

ユナさん、ユナさん。

これで遠くにいるユナさんとお話ができるようになるはずです。

しばらくすると「くまふぉん」から、『もしもし？』とユナさんの声がしました。

「る、るいみんです。ユナさんですか？」

わたしは手のひらにのせたクマさんの形の置物に話しかけます。

『ルイミン？　どうしたの？』

間違いなくユナさんの声です。本当にユナさんとお話ができます。

「その、そっちはどうですか？」

とくに用があったわけじゃなく、連絡をしてしまったので、慌ててユナさんのことを尋ねます。

『こっちは街に戻って、のんびりしているよ。そっちは大丈夫？　魔物とか、その後の神聖樹とか』

「あ、はい。大丈夫です。あれから魔物は結界内に入ってこなくなりました。それに結界の外でも魔物の姿はほとんど見ません。お爺ちゃんが言うには神聖樹にとりついていた寄生樹が魔物を呼び寄せていたから、その寄生樹が取り除かれたので、魔物も来なくなったと言っていました。これもユナさんのおかげだって」

エルフの村にユナさんと一緒に行くことになったとき、わたしが守ってあげるとか言った自分を思い出すと恥ずかしくなります。あのとき、お姉ちゃんもユナさんも笑っていたんだと思う。強いなら強いて言ってほしかったです。

『そんなことないよ』

でも、「くまふぉん」からは、威張ることも、自慢げに言う言葉も出てきません。優しい人です。わたしの腕輪を取り戻してくれたときも、「よかったね」と嬉しそうに言ってくれました。

わたしとお姉ちゃんがユナさんになにかお礼したいと言っても、「いらないよ」と言い、お礼は受け取ってくれませんでした。

『それで、なにかあって、連絡をくれたの？　サーニャさんに伝えたいことでもある？』

「いいえ、そのごめんなさい。とくに話すことはなかったのですが、この『くまふぉん』が本当に遠くにいるユナさんとお話しができるか不安になって……、ごめんなさい」

わたしが謝罪すると、ユナさんが明るい声が聞こえてくる。

『そんなことは気にしないでいいよ。まあ、これで話すことができたから、心配はいらないでしょう』

「はい」

わたしの不安を拭《ぬぐ》い去ってくれます。本当に優しい人です。

『そういえば、神聖樹のお茶は作っているの？』

「その、まだです。やっと、村が落ち着いてきたので、これから作ることになっています」

よくわからないのですが、ユナさんと寄生樹との戦いで神聖樹の葉が落ちてしまったそうです。しかも、その量はとてつもなく多かったです。なのに目の前の神聖樹の葉は生《お》い茂《しげ》っています。

お爺ちゃんたちはユナさんが何かをしたみたいだと言っていましたが、謎です。

『まあ、そうだよね。あれだけのことがあれば、お茶なんて作っている場合じゃないよね』

「でも、一気に全部は作らないそうです。あの量を一気に作ると、村の人が驚くので、少しずつ作るとお爺ちゃんは言ってました」

わたしが神聖樹の結界を張り直すときに、お爺ちゃんとお父さんから話を聞きました。

『うぅ、たしかにそうだね』

『くまふぉん』から、ユナさんの納得の声が聞こえてきます。

「ああ、でも、前に作った茶葉はありますから、欲しいならお渡しすることはできますよ」

そしたら、ユナさん、来てくれるかな？

『まだ、残っているから大丈夫だよ』

それは残念です。なければユナさんが来てくれたのに。

『でも、新しいのができたら、教えてね。そしたら、取りに行くから』

ユナさんは簡単に言います。本当なら、簡単に取りにくることはできません。でも、ユナさんには不思議な扉の魔道具があるので、簡単にやってくることができます。

『あと、キノコとかも欲しいから、採りに行くかも？』

「はい。いつでも、いいですよ。もし、連絡をくれれば、わたしが前もって、採ってきます」

ユナさんのためなら、少しでも役に立ちたい。

『本当？　そのときはお願いね』

「はい」

それから、わたしはユナさんといろいろなお話をしました。

わたしは「くまふぉん」から手を離す。本当に不思議な魔道具です。これだけで、遠くにいるユナさんとお話ができるんですから。

なくしたり、盗まれたりしたら大変なので、アイテム袋にしまっておきます。

ユナさんと話を終えたわたしは神聖樹から離れて、クマさんの形をした家に近づく。

とっても、可愛い家です。

この家にはお世話になりました。この家の中には王都に移動できる扉があります。今度、ユナさんが住む街に行ってみたいです。

VOL. 20.5

Kuma Kuma Kuma Bear

STORY

くまクマ熊ベアー11

王都のレストランで試食会

新しくできた絵本をフローラ姫に渡すために王都に訪れたユナ。たどり着いたユナの目に映ったのはクマさんが置かれた可愛いお店!? ユナのレシピを使い、プリンなどを一般の人々も食べられるようにと作られたお店で、エレローラに流されるまま試食をすることに! たくさんの料理にお腹は限界寸前…最後は、ゼレフの姪っ子・シャイラたちお店の料理人に、茶碗蒸しを振る舞ってミッション完了!

王都のレストランで試食会

シアに会いに王都のフォシュローゼ邸へ行ったところ、シアは学園祭の出し物に頭を悩ませている最中。ユナの提案で綿あめの出店に決定したところで、シアから学園祭のお誘いを受ける。クリモニアに帰ったユナはノアを学園祭に連れて行く許可を得

るべくクリフの元へ！　ついでに仕事に追われて疲れ切ったクリフに、神聖樹の葉っぱのお茶を差し入れするユナ、まさかの効き目でクリフにさらに貸し一つ!?

お城見学で嫌？な貴族に遭遇

ノア、フィナ、シュリを連れて王都にやって来たユナは、三人を連れてお城見学へ！　そこにはいやな感じの騎士団長が…なんだか波乱の予感？　フローラ姫のところに着くと、三人娘とフローラ姫はお城でくまゆるくまきゅうぬいぐるみを大事に抱っこ！　王妃様も当たり前のように登場し、くまゆるとくまきゅうを召喚させるように頼まれる。ぬいぐるみと本物のくまゆるくまきゅうで、お城の部屋がクマさんだらけに!?

学園祭スタート！

シアの学校の学園祭に遊びにきたユナ。紹介されたのはフローラ姫の姉ティリア。でもなぜかユナにお怒りの様子？　いつも自分がいないときにお城に来て、美味しい食べ物をフローラ姫や王様、そして王妃様にだけあげるからって拗ねていたらしい。そんな可愛らしいお姫様と一緒に、学園祭1日目を回ることに。魔物の解体講座も開かれ、目立つことが苦手なフィナがそこでまさかの大活躍！

6 国王に報告する エレローラ編

クリモニアの視察から戻ってきたわたしは国王陛下に報告書を持っていく。

「なんだ。このクマの置物って？」

報告書を見ていた国王陛下が眉《まゆ》をひそめる。

「書いてある通りよ。ユナちゃんのお店の入り口に大きなクマの置物があって、店内にもいろいろな形をしたクマが飾ってあるのよ」

わたしはノアから借りたクマの置物を国王陛下に見せる。これはノアがユナちゃんからもらったクマの置物だ。テーブルの上に飾ってあったクマと同じものだ。

国王陛下はわたしが差し出したクマの置物を手にする。

「あいつ、こんなものまで作っているのか？　どんだけクマ好きなんだ」

本人はクマの格好をしているし、クマの絵本を描き、クマのぬいぐるみを作り、お店にはクマの置物まで置いている。本当にクマ好きだと思う。

「それは小さいものだけど、店の入り口にはこのぐらいの大きさだったわよ」

わたしは自分の身長より高い位置まで手を伸ばす。

「それで、王都のお店にもこれと同じようなクマの置物を置くつもりなのか？」

わたしは報告書と同じように提案書を一緒に提出している。

「いい考えでしょう？」

わたしの言葉に国王陛下は呆《あき》れ顔になる。

「ダメとか言わないわよね」

「言いたい。別にクマを置かなくてもいいだろう。必要ないだろう」

わたしはその言葉に反論する。

「必要でしょう。国王陛下は自分が言った言葉に責任を持たないといけないと思うわ」

「俺が言った言葉の責任だと？」

「誕生祭でプリンを出されたときに、料理人を守るみたいなことを言ったの忘れたの？」

国王陛下はプリンのレシピを公表しない旨を伝え、他の街で作られることがあっても、手出ししないように言った。なにかあれば処罰するようなことを言った。

「ああ、言ったな。それでクリフにユナの店を守るように指示をしたぞ」

「でも、そこは念には念を入れてよ。クリモニアにあるユナちゃんのお店と同じクマの置物が王都のお店にあれば、城と関わりがあるっていう無言の圧力になるでしょう。一応、クリモニアの店はクリフが目を光らせているから、馬鹿なことをしようとする人はいないけど。実際はどうなるか分からない。あの店は女の子や子供ばかりが働いているから、少しでも抑止力を増やして守ってあげたいのよ」

店で働いているのは子供や女の子たちだけだ。しかも子供は孤児院の子供たちだ。わたしは領主夫人として、あの子たちには負い目がある。だから、少しでもあの子たちを守りたい。

「本音は？」

「面白そうだから」

わたしは奥にある本音を隠し、もう一つの本音で答える。王都にこんなクマがあったら面白いし、ユナちゃんが見たときの驚いた顔も見たい。クリモニアに行ったとき、会うことができずにユナちゃんを驚かせることができなかった。だから、今度こそ驚かせたい。

そのわたしの返答に国王陛下は呆れ顔になる。

「でも、間違ったことは言っていないでしょう。クマの置物を置くだけで、抑止力になって、クリフの仕事も軽減されることになるわ」

わたしの言葉に国王陛下は口を閉じ、報告書に目を戻す。

「それから、クマの服か？」

「ユナちゃんのお店だと、店員がクマの服を着て接客しているのよ。みんな可愛らしかったわ」

「それはつまり、みんなユナみたいな格好をしているのか？」

「う～ん、ユナちゃんの格好とは少し違うけど、クマの格好よ」

わたしはアイテム袋から、子供たちがお店で着ていたクマの服を出す。このクマの服はミサの誕生日パーティーで、ユナちゃんのクマと一緒にノアが遊んでいたときに着ていたものだ。これもノアから借りてきた。

わたしがクマの服を広げて見せると、国王陛下は即答する。

「却下だ」

「どうしてよ」

「そんな格好で仕事をさせるわけにはいかない。もし、自分が着るような事態になったことを想像してみろ」

「……見るのはいいけど、着たくはないわね」

「嫌なことを他の人にやらせるな。それにそれを着ているのは子供たちなんだろう。王都の店は大人に接客をさせる。あと城が管理する店だということは忘れるな。俺が許容できるのはクマの置物までだ」

「クマの置物はいいのね？　分かったわ。服は諦めるわ」

言質《げんち》を取った。

交渉の手の一つだ。人は大きな嫌なことがなくなれば、小さな嫌なことは許せてしまうものだ。始めからクマの服の許可は下りるとは思っていなかった。城が関わる店でクマの服は流石に無理なことは分かっている。でも、クマの置物ぐらいは置きたかった。

「クマの置物に関しては許可は出すが、一応ゼレフの許可はもらえ。ゼレフが渋れば却下だ」

「それなら大丈夫。ゼレフも作る気になっているから」

すでにゼレフとは話し合ってある。交渉は先手、先手を打つのが定石だ。

国王陛下も苦手というわけではないが、今回はわたしのほうが情報の多さで先回りができ、有利になっている。当初の目的はクマの置物だから、これで十分だ。

「それで、クリモニアのユナちゃんが管理するコケッコウのことなんだけど」

「ああ、書かれているな。本当にあいつは何をやっているんだ」

「困っている人がいたら、なんだかんだで手を差し伸べる子なのよ」

わたしたち領主家の汚点をユナちゃんが救ってくれ

た。今では孤児院は補助金を必要とせずに暮らしていけるだけの生活をしている。ユナちゃんはお金を渡すだけでなく、子供たちでもできる仕事を与え、自立させている。そこが一番凄《すご》いことだ。お金を与えるだけなら、誰でもできる。キツイ仕事を与えることもできる。でも、ユナちゃんは子供たちができることを仕事にさせ、できない仕事は大人にさせている。

「それで、ユナちゃんが管理しているコケッコウを参考にして、国から援助金を出して、近くの村で増やしたいと思っているけど」

「たしか、近くにコケッコウを育てている村があったんだな」

「ええ、それでちゃんと管理して、より卵の流通量を増やそうと思うのよ。今後のことを考えると今の数では足りなくなると思うからね」

王都の店ではプリンもケーキも出す予定になっている。その分の数は一応確保している。でも、それは長期的な目で見たら足りなくなる。

「それに卵の数が増えれば価格を安くすることもできるでしょう」

美味しいものは多くの人へ。ユナちゃんの考えだ。でも、利益のことも考えないといけない。

始めは無理でも、将来的に子供のお小遣いで食べることができればいいと思っている。

「その辺りはエレローラに任せる。あとで必要になる試算を報告しろ」

「もう、してあるわ」

わたしは紙を差し出す。国王陛下は目を通す。

「構わない。これで通しておく」

国王陛下は印を押すと承諾してくれる。

「ああ、あとこれはクマの置物にかかるお金ね」

もう一枚の紙を差し出す。

「結構かかるな」

「先ほど、了承したよね」

「……わかった」

国王陛下は承諾の印を押してくれる。

これで、準備は整った。

ふふ、楽しくなってきたわ。

それから魚介類を出すお店の報告を済ませる。

今度はトンネルやミリーラの町まで視察に行ってみたいわね。

WonderGOO購入者特典

7 料理人 シャイラ編

わたしは料理人を目指すシャイラといいます。

子供のとき、叔父様の料理を食べたときの感動は忘れられていません。そんな叔父様を目指して、料理人を目指すことにしました。叔父様は王宮料理人であり、一番偉い料理長をしています。そんな叔父様の下で働かせてもらっています。

わたしは叔父様専用の調理場に行き、入室の許可をもらうと部屋に入ります。

「いいところに来た。シャイラ、おまえも食べるか？」

叔父様は冷蔵庫から何かを取り出します。

「叔父様の作った料理なら喜んで食べますよ」

「ここでは料理長と呼べと」

「2人しかいないんですから、いいじゃないですか」

わたしの言葉に叔父様はため息を吐く。

「それで、なにを作ったんですか？」

「プリンという食べ物だ」

わたしは驚き、叔父様が差し出したカップを見る。

「プリンって、国王陛下の誕生祭の晩餐会《ばんさんかい》に出された？　誰が作ったのか、誰も知らないはずじゃ」

国王陛下の誕生祭の晩餐会のとき、叔父様が知らない料理が一品出され、叔父様は顔には出していなかったけど、怒っていました。

わたしはその場にいなかったので分かりませんが、プリンは好評だったと聞いている。

ただ、プリンを食べた叔父様は納得したと言っていました。

わたしはカップに入った黄色いのものを見ます。これが国王陛下が認められ、誕生祭のパーティーの晩餐会に出されたプリン。

叔父様がわたしの分のスプーンを用意してくれます。叔父様も自分の分を用意して、食べるようです。

「それじゃ、いただきます」

わたしはスプーンですくい、口の中に入れる。冷たく、甘さが口の中に広がる。これがプリン。確かに美味しい。

だけど、一緒に食べた叔父様の感想は違った。

「また、ダメか」

叔父様がスプーンをテーブルに置き、ため息を吐《つ》く。

「えっと、わたしは美味しいと思ったんですが」

どこが駄目なのか分からない。

「本物はもっと美味しい」

「これ以上に美味しいんですか?」

「美味しかった。あの感動は忘れられない」

わたしは叔父様が作ったプリンも十分に美味しいと思う。

でも、本物はこれ以上に美味しいという。

「叔父様はこれを作った料理人を知っているのですか?」

「……知っている」

「誰なのですか?」

その質問には叔父様は答えてくれませんでしたが、このプリンを作ったのはクマの格好をした女の子ではないかと噂されています。クマの格好をした女の子はフローラ様に会っているという噂《うわさ》が立ち、クマの女の子がお城に現れると王族への昼食が中止されるからです。王宮料理長である叔父様よりクマの女の子がお城にやってきても、会っても、話しかけないように言われています。

それからも叔父様がプリンを作るたび、わたしに試食をさせてくれます。その度に感想を聞かれます。確かに、作るたびに甘味やコクが初めの頃とは違ってきます。

さらにクマの女の子がお城にやってくると、フローラ姫のお世話をしているアンジュさんが、叔父様のところに、食べ物などを持ってくることがあります。

その中にショートケーキがあり、数日後には叔父様はショートケーキを作っていました。試食をしましたが、とても美味しかったです。

もし、これを噂《うわさ》のクマの女の子が作ったなら、話をしてみたい。わたしと同じ料理人なら、会ってみたいです。

ある日、王都に城直営のお店を出す話が持ち上がりました。その料理人を城で働くわたしたちの中から選ぶそうです。

ですが、城で働く者は王宮料理人になるために入ってきた者たちです。わたしもその一人です。

いくら城直営といっても、王宮料理人として外されたことになります。誰もお店で働きたくはありません。

そんな気持ちを知らずか、叔父様は2人の料理人の名を呼びます。

2人とも若く、将来有望な料理人です。

名を呼ばれた2人も、どうして自分が呼ばれたか分からないようです。本来なら、城に残って叔父様の側で腕で磨き、将来は叔父様から仕事を任せられるほどの料理人です。

「どうして、自分が選ばれたんですか!?」

「そうです。わたしの腕では料理長のお役に立てないと言うのですか？」

「その説明はわたしの部屋でする。それからシャイラ、お前も来るように」

「わたしも？」

わたしは王宮料理人としては下から数えたほうが早い。わたしが呼ばれるとは思っていなかった。

わたしたちは叔父様専用の部屋に移動します。

「それで料理長。どうして俺たちなのですか？」

「お前たちを選んだ理由は若い中で最も信用が厚く、料理の腕前が良いからだ」

「それでは、どうして城から追い出されないといけないのですか!?」

「納得がいきません」

わたしもそう思う。

「お前たちにこれを今度の店で作ってもらうためだ」

叔父様が冷蔵庫から出したのはプリンとショートケーキです。

「このレシピは秘匿《ひとく》になっている」

はい、何度かゼレフ叔父様は作ってはわたしに試食をさせました。

このショートケーキ、それからパン、ピザ、どれも美味しいものでした。

作ったのはクマの女の子だと噂が広まっていますが、レシピは誰も教えてもらっていません。

「この料理をお店で出すことなっている」

「つまり、レシピを教えてくださるってことでしょうか？」

「そうだ。レシピを洩《も》らすことは許されない。だから、信用がおける人物。そして、この料理だけでなく、王宮でお出しする料理が作れる実力を持っている者。そして、未来を切り開く力を持っている若い者。それでおまえたち2人を選んだ」

「それではわたしたちを城から追い出すわけでは」

「当たり前だろう。国王陛下より、勅命を授かっている。それを実力もなく、信用ができない者に任せるわけにはいかないだろう」

だから、この部屋にわたしたちを連れてきたみたいです。こんな話は他の料理人の前では言えません。

残った者は実力が足りないと言われたのと同じです。

「それで、どうする？　受けるか、断るか？」

「……自分は受けさせていただきます」

「自分もです」

2人は一瞬悩みましたが、叔父様の真剣な顔を見ると、引き受けました。

「それで叔父様、わたしはどうしてここに呼ばれたのですか？」

わたしの実力は低い。王宮で作れる料理の数も少ない。

「お前もこのレシピを知りたがっていただろう。おまえはわたしの姪であり、身元はハッキリしている。実力はまあ最低限はある。料理の腕を磨きたいなら2人の側で勉強をすればいい。どうする？」

「…………」

つまり、わたしを信頼しているから言っている。

「受けます」

「それで料理長。このプリンやショートケーキを作ったのは噂のクマの女の子って本当でしょうか？」

「本当だ」

やっぱり、そうだったんだ。わたしと同じ女の子。

「このことは公にはしないことになっている。レシピも守るように」

それから、わたしたちはプリンやショートケーキのレシピを教わることになった。それからピザのレシピも教わる。

見たこともない食材もありましたが、基本的な食材でこれだけの料理を作れるのは凄《すご》い。

まるで魔法のようだ。

こんな料理を作った、クマさんの格好をした女の子に会ってみたい。

協力書店特典

8 クマさん、フィナたちを連れてレストランに行く

学園祭まで日にちがあり、わたしは知り合いに挨拶に向かうことにした。フィナたちもついてくるってことなので一緒に向かう。まずは、コカトリスと戦ったので、鍛冶《かじ》職人のガザルさんにミスリルナイフを見てもらう。一応、自分でできる範囲でメンテナンスはしているけど、専門家ではない。たまには専門の職人に見てもらわないといけない。フィナもナイフはゴルドさんに見てもらっている。

わたしはミスリルナイフをガザルさんに見てもらい、フィナが冒険者ギルドのギルドマスターのサーニャさんに挨拶をしたいと言うので、会いに行ったりした。

「そろそろ、どこかでお昼を食べようか？」

「それなら、新しくできるユナさんのお店に行きましょう。お母様にお願いして、昼食の用意をしてくれているはずです」

ノアが意味の分からないことを言う。

「……わたし、王都にお店を出す予定はないけど」

「えっと、先日クリモニアにお母様が来たときに、ユナさんがお店を出すと聞いたんですが？」

ノアが小さく首を傾げる。

「はい、わたしも聞きました。それで、ユナお姉ちゃんのお店を見に来たって」

もしかして、あの店のこと？

「違うよ。わたしのお店じゃなくて、わたしのお店で出している食べ物を出すんだよ」

わたしは訂正をする。

エレローラさんのせいでわたしのお店になってしまっている。そもそも、「ユナちゃんのお店〜〜〜」とか「ユナのお店は〜〜〜」「ユナ殿のお店〜〜〜」とか話している大人3人が悪い。

「わたしはレシピを教えただけで、お店には関わっていないよ。だから、わたしのお店じゃないよ」

「そうなんですか？　わたしがお母様にユナさんのお店にを見に行きたいって言いましたら、普通に場所を

教えてくれましたよ。あと、お昼を用意してくれるって言っていました」

あの人は……。

あまりフィナたちを連れてきたくなかったけど、昼食を用意していると言われたら、行かないわけにはいかない。

わたしはクマの置物がある店にやってくる。

「クマだ～」

シュリがクマの置物を見て駆け出す。それをフィナが追いかける。

「ノア。そういえば、プレゼントしたクマの置物、エレローラさんに貸したんだってね」

「あれは、お母様にお願いされて、断れなかったんです」

そのせいで、クリモニアと似たようなクマの置物が王都の店に置かれてしまった。

「でも、ちゃんと可愛くできていて、よかったですね」

なにがよかったのか分からないよ、ないほうがよかったよ。

入り口の前で騒いでいると、ドアが開き十代後半の女性が出てきた。ゼレフさんの姪のシャイラだ。

「ノアール様とそのお友だちですね。お待ちしていました。どうぞお入りください」

わたしたちはお店の中に入る。

「わたしはシャイラと申します」

シャイラが丁寧に挨拶をする。

「ゼレフさんの姪っ子さんだよ」

わたしがシャイラさんを紹介すると、3人も挨拶をする。その瞬間、3人はシャイラのお腹を見たけど、失礼だよ。ちなみにシャイラはゼレフさんみたいに太っていない。

「それにしてもシャイラ、口調が変だよ。気持ち悪いよ」

「うぅ、ユナさん、気持ち悪いなんて酷いです」

わたしが指摘すると、口調が変わる。

「だって、初めて会ったとき、そんな口調じゃなかったでしょう？」

「叔父様とエレローラ様に人前に出ることもあるから、気をつけろと言われたんです。一応、この店は富裕層が多く来る予定になっていますから、失礼がないように練習しているんです」

たしかに普通のお店だったら、フレンドリーな口調でもいいかもしれないけど、身分の高い相手なら気をつけないといけない。貴族も来るようにならなおさらだ。

「それで今日はエレローラ様のご令嬢がユナさんと友達を連れてやってくるとお聞きして、練習をしていたんです。今日はわたしが皆さんの料理を作りますので、食べて行ってください」

シャイラは席に案内して、調理場に向かう。

わたしたちは席に着き、料理が来るのを待つ。

ノアたちは店内を見回している。わたしのお店も元お屋敷ってこともあって、綺麗だったけど、この店はそれ以上に綺麗だ。

店内を見たり、会話をしていると、シャイラが料理を運んでくる。

料理はどれも美味しそうだった。でも、気になったものがある。

「どうして、くまパンがあるの？」

お皿にのっていたのはクマの形をしたパンだった。クリモニアで販売しているくまパンに似ている。前回、試食したときにはなかった。

「えっと、エレローラ様がクマのお店にしましたよね」

したね。知らないうちにクマの置物が置かれていた。名前までクマの名前がついている。

「それで、クマのパンを出そうってなって、エレローラ様と叔父様に聞いて作ったんです」

犯人が2人いた。

「それでくまパンなの？」

「はい」

「でも、ここは貴族やお金持ちが来るお店なんでしょう？」

「それでも子供は来ますから。子供にも喜んでもらえるようにと考えたんです」

「いや、必要ないでしょう。普通のパンでいいでしょう。みんなもそう思うよね」

「くまパンは可愛くていいと思います」

「くまパンは子供に人気があります」

「くまパン、好きだよ」

わたしの味方は誰もいなかった。

「でも、これだけじゃ物足りないと思っているのですが、何も思いつかなくて」

いや、十分でしょう。そもそも必要ないよね。

「それなら、クマの絵はどうですか？」

ノアが意味不明なことを言う。

「なんのこと？」

「ユナさん、知らないのですか？」

「知らないけど？」

わたしはフィナに視線を向ける。

「たぶん、あれのことだと思います」

フィナの話によると、本来はホールを切り分けて1人用として販売しているケーキを、ホールを注文してくれたお客様に特別に作るケーキがあるらしい。それがクマの絵が描かれたケーキだという。

なんでも、カリンさんが絵を描いているらしい。

「カリンさん、いつのまにそんな技術を」

「たぶん、ユナお姉ちゃんが、孤児院の子供たちのために描いてあげたときだと思います」

フィナの説明によれば孤児院の子供のお祝いごとがあったとき、わたしは子供たちに喜んでもらえるようにと、ケーキにクマの絵を描いたことがあった。

どうやらカリンさんは、それを一度見ただけで、覚えてしまったらしい。

「ユナさん、教えてください」

シャイラが頭を下げて頼み込む。わたしの言葉を待っているのかシャイラは顔を上げない。

ここでクマの絵を描くと自分の首を絞めるような気がする。

「ユナさん、教えてあげたらどうですか？」

ノアがわたしの顔を見て、フィナもシュリもノアの言葉に同意する。

「出すのは子供だけにしてね」

「はい！」

わたしは食事を終えたあと、シャイラの願いに応じ、ケーキの上に生クリームでクマの絵を描いてあげることになった。

もしかして、自分で自分の首を絞めていない？

アニメイト購入者特典

9 シアの学園祭1日目　シア編

「これで準備は終了ね」

わたしたちは学園祭で行う模擬店の準備を終える。

「お客さん来るといいわね」

「来るさ。こんなに珍しいお菓子だ。みんな驚くぞ」

「そうだね。食べてくれた人の評価も高かったしね」

一緒に模擬店を出すカトレア、マリクス、ティモルも自信満々だ。

これもユナさんのおかげだ。でも、よくこんなお菓子の作り方を知っていたものだ。材料のザラメと道具を用意するだけで作れる。

火の魔石で中央の部分を熱し、中央の小さな穴が空いた場所にザラメを入れる。あとは風の魔石を使って中心を回転させるとふわふわの白い綿のお菓子ができ上がる。

たったのこれだけで作れる。本当に不思議だ。

準備も終わり、あとは学園祭が始まるのを待つだけだ。

学園祭開始の鐘が鳴る。その鐘の音で思い出した。

「あっ、ごめん。わたしユナさんたちを迎えに行ってくる」

ユナさんとは学園の入り口で会う約束をしている。

「ここはわたしたちに任せて、ユナさんを迎えに行ってください」

わたしはカトレアたちに後のことを任せて、ユナさんを迎えに行く。学園の入り口に向かって歩いていると、すでに学園の中に入ってくる人たちがいる。みんな、楽しそうな顔をしている。学園祭を楽しんでもらえれたら、わたしも嬉しい。

学園の入り口にやってくると、ノアたちがいた。その傍ではユナさんが子供たちに囲まれてこまっている。

ユナさんはいつもクマの格好をしていて、どうやら、子供たちはユナさんの格好が学園祭の出し物かなにかと思っているみたいだ。

わたしはユナさんを助けるために、子供たちに離れるようにお願いをする。子供たちは残念そうにするが、これればかりは仕方ない。

普通の服を着たらいいと思うけど、ユナさんはクマの服を脱ごうとはしない。

お風呂に一緒に入ったりしたけど、綺麗な人だ。普通の服を着れば、きっと男の人が寄ってくると思う。


わたしはユナさんと妹のノアたちを案内してマルクスたちのところに戻ってくる。

お客さんがいるかなと思ったけど、誰もいなかった。でも、あの美味しい食べ物なら、人は集まってくるはずだ。しかし、その考えは甘いらしい。

ユナさんが言うには宣伝が足りないらしい。いくら美味しいお菓子でも、知らないものを食べようとは思わないだろうと指摘を受けた。

ユナさんは少し考えるとお店の隣に魔法でわたしの背以上のクマの置物を作り出した。

凄《すご》い。これだけの大きさのものを作り出すのは簡単ではない。見た目の可愛いクマの格好をした女の子からは想像もできない。

すると、ユナさんが耳打ちをしてくる。

「今から、フィナたちに綿菓子を食べてもらうから、呼び込みをして。あと初めて見る食べ物だから、一口でいいから試食をしてもらうといいかも」

ユナさんはわたしにそう言うと、マリクスに綿菓子を作らせ、ノアたちに食べさせる。

みんなは演技なのか本当に美味しそうに綿菓子を食べ始める。

わたしはユナさんに言われた通りに呼び込みを始める。わたしの声とノアたちの食べる姿を見て、通る人たちが綿菓子に興味を持ってくれる。わたしは綿菓子に注目が集まったところで、試食をしてもらう。

無料ならと興味を持って食べてくれた人は、初めての感触に驚く。一口だけなので、すぐに口の中で溶けて、甘さだけが残る。

そして、試食した人は、もう一度食べたいと思ってしまう。

でも、試食はユナさんの言う通りに一口だけにしてもう一度食べたいと思った人には注文してもらう。

一人が注文すると、次から次へと注文が入る。小さなキッカケで大きく広がっていく。

ユナさんは冒険者だけでなく、商売人としても才能がある。本当に見た目と違って凄い人だ。


ユナさんはお客さんが集まるのを見ると、ノアたちを連れて学園祭に行ってしまう。わたしもユナさんと行きたかったけど、今日は案内役に申し出てくれたティリア様にお任せする。

ティリア様が一緒にいればユナさんに絡んでくる人もいないはずだ。

わたしたちはこの流れを止めないように呼び込みをする。

子供たちはマリクスが作る綿菓子を不思議そうに見ている。

「魔法なの？」

確かに子供たちが言う通りに、ザラメが綿になるのは魔法のようだ。

木の棒についた綿菓子をみんな美味しそうに食べている。

難点は食べすぎると、口の中が甘くなることだ。そこで近くの飲み物を売っているお店と連携をとる。そのこともあって、綿菓子は売れていく。

あと綿菓子は歩きながら食べることができるので、宣伝にもなる。綿菓子を持った人を見て、気になったお客さんがお店にやってくる。

「ここだ。このお店だ」

「本当にクマの置物がある」

他の人から聞いてきた人は、目印として、ユナさんが作ってくれたクマの置物を探してやってくる。遠くからでも目立つから、目印としては最適だ。

「すみません、クマのお菓子をください」

そして、知らないうちに名前がクマのお菓子となっていた。

始めは一人か二人だった。でも、目の前の人が言うのを聞いて、後ろに並んでいた人も「クマのお菓子」

と言い出し始め、それが連鎖していく。

お店にやってきた友達に聞くと、クマの置物が一番影響があるらしい。

噂を聞いたお客さんが次から次へとやってくる。

「溶けるので、気をつけてくださいね」

わたしたちの綿菓子の店は順調だ。

初めは興味本位だったお客さんも綿菓子を一度食べると、不思議な食感に驚く。一つを友達同士で分け合うことができるところもいい。

カップルで食べる人もいる。

そんな、食べている人の姿を見て、買ってくれる人もいる。そして、食べた人が友達や知り合いに教え、さらに広まっていく。

店が順調に繁昌しているとクラスメイトの2人がやってくる。

「シア、来たよ」

「それでなにを売っているの？」

「綿菓子っていう、甘いお菓子だよ。もちろん、食べていってくれるんだよね？」

「不味かったら、お金を返してもらうよ」

「いいよ。マリクス、2つお願い」

わたしは自信があるので、そう返答する。

マリクスは綿菓子を2つ作って渡してくれる。わたしは食べ方を教えてあげる。

「なにこれ？　口の中に入れた瞬間溶けたよ」

「それに口の中に甘さが広がる」

2人にも好評のようだ。

「そういえばシアって、クマの格好をした女の子と知り合いなの？」

綿菓子を食べながら聞いてくる。

「えっ、なんで？」

ここでユナさんの話が出てくるとは思わなかったので驚く。

「シアと一緒にいるところを見たって子がいたから」

「うん、まあ。それでそのクマの格好をした女の子がどうしたの？」

「いや、賞品を取りまくっているらしいよ。見た人が言うにはナイフ当てらしいんだけど、最高得点を出して、一番良い花飾りを初日で持っていったって」

ユナさん……。

「でも、ティリア様が一緒にいたから、誰も話しかけることができなくて」

「そのクマさんなら、わたしも見たよ」

話を聞いていた他の友達も会話に入ってきた。

「先輩がやっているボール当てゲームなんだけど」

なんでも、遠くにいる魔物役の学生にボールを当てるらしいんだけど。クマの格好をした女の子は一番遠くにいる魔物役に当てたらしい。そして、一番良い賞品を持っていったらしい。

「あのクマの女の子って、誰なの？　学生？」

「うん。まあ、知り合いだけど。誰かは秘密かな」

わたしは誤魔化す。

ユナさんのことはどこまで話したらいいか分からない。ユナさんはあんな目立つ格好をしているのに、目立つことを嫌がる人だ。


それからも綿菓子を作っていると、ユナさんの情報が入ってくる。

クマの連れの小さな女の子が解体をしたとか。

たぶん、フィナちゃんのことだと思う。

フィナちゃんからお父さんの仕事を手伝って、解体をしていると聞いたことがある。

解体は難しい。経験がないわけじゃないけど、解体は苦手だ。魔石を取る分くらいはできるけど、細かい解体はできない。

解体に参加した一人が言うには、もの凄い上手だったみたいだ。さらにクマの格好をしたユナさんに、王族であるティリア様も一緒だったから、余計に目立ったそうだ。


さらに昼食には見たことがない料理を食べ、その食べ物を探しに生徒が駆け回ったとか。話題は尽きない。

それからもユナさんの情報は次々にわたしのところに入ってきた。

ユナさん、なにをやっているんですか！

電子版購入者特典

10 とある新聞部員

わたしは学園の新聞を書いているレレーナと申します。学園祭について、面白い記事を書きたいと思っています。

初めは王族であるティリア様に密着取材をお願いしましたが断られました。才色兼備のティリア様の記事なら人気が出ると思ったのですが残念です。勝手に書いて、怒られでもしたら、わたしの人生が終わってしまいますので諦めます。

学園祭当日、いろいろと見回ります。どこも楽しそうにしていますが、目玉記事になりそうなものは見つかりません。

面白いことがないかと歩いていると、クマの格好をした女の子が学園祭に出没している情報を手に入れました。クマの格好。熊の毛皮を被っているのでしょうか。これは面白い取材対象を見つけました。

わたしはクマの格好をしている女の子の情報を集めることにしました。

証言　小さい女の子

「くまさん？　ふわふわで柔らかかったよ」

「うん？　柔らかかった？」

クマの女の子のことを知っているという子に話を聞きましたが、要領を得ません。

クマが柔らかいとはどういうことでしょうか。

証言　ナイフ投げの出し物をした女子生徒

「ああ、クマの格好をした女の子ですか？　凄《すご》かったですよ」

「どんな風に凄かったんですか？」

「話してもいいですが、これはここだけの話にしてくださいね」

女性生徒はそう言うと話し始めてくれます。

「ナイフの扱いって難しいんです。それも学園祭で使っているナイフは3本とも重さが違うんです。ナイフの重さが違うことで、1投目と2投目を同じように投げてもずれたりして、的に当たりづらくなっているんです」

「それは酷いんじゃ」

「ゲームです。的に当てにくくするためです。なかにはナイフ投げの上手な人もいますからね。なのにそのクマの女の子は3本とも一番遠くにある的に当てたんです。もう、驚きました。そのせいで初日の早い時間には目玉賞品が取られてしまったんですよ。本来ならナイフの重さを均等にしたり、的を近づけたりして、徐々に簡単にして、最終日に取ってもらうつもりだったんです。それがあの不均等な重さのナイフを使って、遠い的に当てられるなんて思ってもいなかったです」

ナイフ投げが上手なクマの格好をした女の子。わたしの勘は正しかった。

「どんな女の子でした？」

「クマのフードを被っていて、顔は見えなかったよ。でも、ティリア様と小さな女の子と一緒にいましたよ」

クマの女の子の正体はつかめませんでしたが、ティリア様と小さな女の子と一緒だったという情報は得ることができました。

でも、ナイフ投げの実力が高いみたいです。

面白い記事になりそうです。わたしは次にクマの女の子が向かった先に向かいます。

証言　ボールの魔物当ての出し物をした男子生徒

次に魔物役の生徒にボールを当てるゲームです。

「クマの女の子？　ティリア様と来たよ。あと小さな女の子が3人一緒だったかな？」

情報通りです。

やっぱり、ティリア様の友人、知り合い、関係者、それだけでも興味がわきます。

「どんな女の子でしたか？」

「凄かったのひと言だな。魔物の格好をした俺たちが的になって動くから、当てるのは難しいんだけど、クマの女の子は先読みをしているのか、動く先に投げるんだよ。しかも、避けたと思ってもボールに回転がかかっていて、当たるんだよ。一緒にいた女の子は普通の女の子だったぜ。ただ、ティリア様が一緒だったから、誰も声をかけられなかったけどな」

ナイフ投げといい、投擲《とうてき》が上手なのでしょうか。

ますます、記事にしたいです。

証言　障害物競走を見た男子生徒

なんでも障害物競走に参加したということなので、話を聞きに行きます。

「あれは人の動きじゃなかった。あんな動きにくそうな格好をしているのに、走れば速いし、障害物も軽々と越えていく。細い棒を難なく渡り、坂道を一気に駆け上がり、何度も練習した俺たちの記録を超えたから、立場がなかったよ」

なんでも障害物のコースを作った本人たちの最高記録を基準に賞品を決めていたそうですが、クマの格好をした女の子はその記録をやすやすと更新して、一番良い賞品を手に入れていったらしい。

クマの格好をした女の子は運動神経もいいみたいです。

証言　魔物の解体の出し物に参加した男子生徒

「クマの女の子？　来たけど、凄いのは一緒にいた小さな女の子だよ。あんな小さな女の子が魔物の解体をしちゃうんだぜ。もう、驚いたもんじゃないぜ。俺も見習って練習しないといけないぜ」

クマの格好をした女の子の後を追いかけていたら、別の情報が入ってきました。

「解体をしたのはクマの女の子でなく、一緒にいた小さな女の子？」

「ああ、クマの女の子はいたが、何もしていない。凄かったのは10歳ぐらいの女の子だ。あっと言う間にウルフの毛皮を剝《は》ぎ取り、肉を切っていく姿は、見ていた者を魅了したぞ」

クマの格好をした女の子と一緒にいた10歳ぐらいの少女は魔物解体が上手。新しい面白い記事のネタを仕入れることができました。

証言　昼食を食べたクマを見た女子生徒

「見ましたよ。お昼になにかを食べようとしたら、ティリア様と一緒にいました。なにか、いろいろと見たことがない食べ物がテーブルに並んでいて、ティリア様と小さな子供たちと食べていました。ティリア様、楽しそうにしていたけど、あの子たち誰だったんだろう？　わたしもその食べ物が美味しそうだったから探したんだけど、どこにも売っていなかったんですよ」

クマの格好をした女の子は見たことない料理を食べていたそうです。なにを食べていたか記事にしたかったですが、誰も詳しくは知りませんでした。

しかしティリア様と仲良く食事とは、クマの格好をした女の子、そして一緒にいる少女たちは一体何者なんでしょう。

証言　服を売っているお店の女子生徒

「ティリア様と一緒に来た女の子たちですよね。覚えていますよ。あんなデザインの服、見たことがありませんでしたからね。本当は見せてほしかったんですが、ティリア様のご友人みたいだったので、そんなことをお願いすることはできなかったです。あのクマの服近くで見たかったです。触ってみたかったです。顔ですか。ずっとフードを深く被っていましたので、分からないです」

服を売っている店でもクマの服を脱がないとは。

ここまで話を聞いても、どんな女の子かまったく分からない。この学園の生徒なのか、それすら分かりません。

証言　絵を描いた女子生徒

ここに来たってことは、クマの女の子の絵を描いてもらえるはずです。

「ティリア様も一緒だったから覚えていますよ。もう、緊張しちゃいました。クマの女の子ですか、凄く可愛かったですよ。でも、恥ずかしいのか顔を隠していて、ハッキリとは見えなかったんですよ」

「そのクマの女の子の絵を描いてもらえる？」

「えっと、こんな感じだったかな？」

女子生徒は紙に思い出しながら描いていく。

「可愛いクマさんでしょう」

紙に描かれていた女の子の格好はクマでした。でも、それはわたしが思っていたクマの格好とは違いました。

確かに可愛いクマです。熊の毛皮を被っているのかと思っていましたが、違いました。

顔は少しだけ見ることができましたが、ハッキリとは分かりませんでした。

この絵を入れて、新聞記事を書けば注目を浴びるに間違いないです。でも、大きな進展です。


それから、他にも回って情報を集めましたが、行き違いなのかクマの女の子には会えないまま、学園祭1日目が終わりを告げる鐘が鳴ります。

でも、ティリア様の行き先は分かりました。行き先はクマの置物があるお店だそうです。行ってみることにします。

クマ？

お店に向かうと可愛いらしいクマが置いてありました。そこにはティリア様の姿もあります。わたしは思い切って、ティリア様にお声をかけます。

「ティリア様、本日はクマの格好をした女の子と一緒だと聞いたのですが本当でしょうか？」

わたしはクマさんの女の子が描かれた紙を見せます。

「あなたは、たしか先日の」

「学園の新聞を書いているレレーナです。学園祭に現れたクマの格好をした女の子を調べています」

「どんなことを調べているのかな？」

わたしは調べ上げたことをお話しします。

「それは学園の新聞に書かないでね」

ティリア様はクマの格好をした女の子の描かれた紙をわたしの手から取ると、折り畳んでポケットにしまいます。

「それは」

わたしは手を伸ばします。

「書かないでね」

ティリア様はニッコリと微笑みます。

その笑顔は怖いです。わたしは諦めて、伸ばした手を引っ込めます。

「ど、どうしてですか？」

「彼女はわたしにとっても大切な友達だから、新聞に取り上げられるのは困るの。もし書いたら、お父様が出てくるかも知れませんよ」

……国王陛下。それだけ、重要な人物ってことでしょうか。

ティリア様にここまで言われたら、書くことはできません。新聞の記事どうしよう。

「書く記事がなければ、このお店のことを書けばいいわよ」

わたしが困っていると、ティリア様がお店を指します。

「シア、片付けをしているところ悪いけど、最後に一つ作ってもらえる？」

そう言って作られたのは綿のようなお菓子でした。

ひと口食べると凄く甘い不思議なお菓子でした。

取引は成立です。

Kuma Kuma Kuma Bear
VOL. 10

▶ILLUSTRATION GALLARY_

KUMA
KUMA
KUMA
BEAR
Kuma Kuma Kuma Bear
VOL.11

STORY

くまクマ熊ベアー12

クマさん、制服に!?

学園祭2日目、ミサ、ティリアと一緒に見学することになったユナたちは、様々な出し物を満喫。ティリアの好意で王家だけが入れる特等席でゆったり劇を観ていると、なんとそこに王様と王妃様、そしてフローラ姫も!? 制服姿のユナが誰だか分からない王様に冷たい視線を向けつつ、他のみんなもクマの服以外の時に自分だと気づいてくれるか不安になるユナだった…。

クマさんVS騎士団長!!

学園の生徒と現役騎士との模擬戦が行われるということで、見学に行ったユナたち。そこにはガジュルドの件でフォシュローゼ家に恨みを持つ騎士団長ルトゥムがいた。ティリアの護衛騎士を夢見る女子学生に、模擬戦の場で自分の部下を使って痛めつける外道っぷ

りにユナの堪忍袋の尾が切れた!? 勝負を挑むとまさかの条件が…女子学生の騎士への夢のため、シアとノアのため、クマさん剣技で騎士に挑む！

みんなで水着を作ろう！

王都から帰り、のんびりした日々を過ごしていたユナは、従業員旅行を思いつく。孤児院の子どもたちやアンズたち、いつもお世話になっているティルミナ一家、ユナのお店で働くみんなを連れた、ミリーラの街に1週間バカンスの準備に。存分に遊ぶために、シェリーに頼んで水着を作ることにしたユナ。ユナにどんな水着が似合うか楽しそうに話すノアやシェリーから逃げるようにお任せしたけれど、一体どんな水着ができるのか!?

国王からの単独依頼

国王から呼び出されたユナ。なんでもクラーケンの魔石が必要らしい？ いつも通り顔パスでお城に入ると、国王直々にユナに依頼!? 砂漠の中心にある街デゼルトが、水不足でピンチになっているらしい。しかも訳あって国王自身が動くことはできない…ユナの砂漠を駆ける極秘ミッションがスタートだ!!

11 学園祭 セニア編

「それじゃ、わたしたちは行ってくるわね」

「行ってらっしゃい」

ジェイドとメルの2人は学園祭の解体の出し物の手伝いをするために学園に向かう。

学園祭では、学生によるいろいろな出し物が行われる。食べ物や参加型の遊ぶイベント。学生による見世物。それは剣技だったり、魔法だったり、歌だったり、劇までやる。

その中に魔物や動物を解体をする出し物を行う学生がいる。ジェイドとメルはその手伝いをしている。

昨日はなんと、その解体の手伝いをしているところにユナがやってきたそうだ。ユナは鉱山のゴーレム討伐のときに一緒に戦った、可愛いクマの格好をした女の子だ。見た目の可愛さと違って、とても強い女の子。

クリモニアにいるときに、ブラックバイパーを一人で倒したとか、ゴブリンキングを倒したとか、いろいろと噂を聞いたが、それが事実であることを知っている。

わたしたちが倒せないと思っていた鉱山のゴーレムを一人で倒したのを見たからだ。

あんなに小さいのに、本当に凄《すご》い女の子だ。わたしも小さいから、嬉しくもあり、嫉妬《しっと》も覚える。

ジェイドとメルが出ていってしばらくして部屋に残っているトウヤに声をかける。

「トウヤ、わたしは行くけど、どうする？」

「もちろん、行くに決まっているだろう」

わたしとトウヤも出かける準備をする。もちろん、行き先は学園だ。

せっかくの学園祭だ。見に行かないともったいない。学園に到着するとトウヤは楽しそうにしている。たまには息抜きも必要だ。冒険者は危険と隣り合わせ。いつ、死んでもおかしくない。だから、心残りがないようにするのは必要だ。

「セニア、あっちに面白そうなものがあるぞ」

わたしは駆け出すトウヤのあとをゆっくりと追いかける。

トウヤが行く先にはナイフの的当てをする出し物があった。どうやら、3本のナイフを的に当てた点数で賞品がもらえるらしい。賞品が並んでいる場所を見ると、女の子向けの髪飾りだった。

どうりで、カップルが多いわけだ。

「俺が取ってやろうか」

「いらない。それにトウヤじゃ無理」

トウヤがナイフを投げたところを見たことがあるけど、はっきり言って下手だ。まだ、剣を扱うほうが上手い。それにトウヤからプレゼントでもされたら、周りから勘違いされる。それだけは勘弁してほしい。

トウヤはわたしの言葉を無視するように参加者の列に並び、ナイフ投げに挑戦する。

学生の出し物に冒険者も参加していいのかと思ったけど、問題はないらしい。逆に見ている人が盛り上がるから、歓迎らしい。確かに見ている人が多い。その中で冒険者が参加するのは勇気がいる。見ている人は、冒険者だったら的に当てて当たり前と思っている。そんな中、的を外すようなことがあれば、恥ずかしい。

わたしは賞品に目を向ける。

髪飾りがたくさんある。高得点の賞品に並んでいる髪飾りはどれも綺麗だ。

そんな中、一番大きく、綺麗な髪飾りがある場所に目が向く。そこにはクマレベルの賞品と書かれていた。

「クマレベル？　なんだろう？」

意味が分からない。そんな髪飾りの賞品を見ていると、トウヤが挑戦するところだった。

トウヤは自信ありげに挑戦するが、想像どおりに失敗する。3本のナイフは一本も命中しない。それもそのはずで、一番遠い的を狙っていた。

ナイフなんて使わないくせに、どうして、あんなに自信があるのか分からない。

周りから、「冒険者だよな」「違うかもよ」とか聞こえてくる。

トウヤの実力が、冒険者のレベルだと思われるのは困るので、わたしも参加する。

「はい、ナイフです。頑張ってください」

学生から3本のナイフを受け取った瞬間、ナイフの重みがそれぞれ違うのが分かった。

わざとなのか、適当に集めたためか、理由は分からないけど、普段からナイフを使っているわたしは、このぐらいのハンデは問題はない。

わたしは構えると、トウヤが外した一番遠い的に向かってナイフを投げる。ナイフは的に命中する。

問題なし。

わたしは立て続けに、残りの2本のナイフも遠くの的に当てる。

見ていた学生たちから歓声が上がる。

「すげえ」

「凄い。さっきの男の人はダメだったけど、あの女の人、凄い」

トウヤと一緒にしないでほしい。

わたしは賞品である髪飾りを受け取る。クマレベルの賞品より、ワンランク低い賞品だった。どうやら、クマレベルはもっと難しいらしい。でも、わたしは満足だ。

この髪飾りはメルに似合うと思うから、プレゼントしよう。

それから不思議な食べ物があると噂《うわさ》を聞き、その店に向かう。そのお店はクマの置物があるから、すぐに分かるという。ここでもクマか。もしかすると、この学園ではクマが流行っているのかもしれない。

「あれじゃ、ないか」

トウヤが指差す先には、可愛らしいクマの置物があった。

「あのクマ、どこかで見たことがないか？」

それはわたしも思った。でも、すぐに思い出す。

「クリモニアのユナのお店」

「ああ、そうだ。あの嬢ちゃんのお店にあったクマの置物だ。もしかして、嬢ちゃんが店をやっているのか？」

わたしたちが店を見ると、ユナの姿はなかった。もしかすると、真似をして作ったかもしれない。

とりあえず、目的の店は見つかったので、食べることにする。

お店では白いふわふわの綿のような不思議な食べ物を作っていた。周りを見ると、みんな綿をちぎって美味しそうに食べている。

もの凄い興味深い。

わたしとトウヤも注文する。

学生の女の子は木の棒を持つと、機械から出てくる細い糸を棒に纏《まと》わりつかせていく。徐々に大きくなり、綿のようになっていく。

「不思議だな」

トウヤが呟く。

本当に不思議だ。

綿は最終的には頭の大きさぐらいになる。

「はい、できました。時間が経つと、溶けますので早めに食べてください」

わたしは注意を聞きながら受け取る。

わたしは周りの人が食べているように、綿をちぎって口に入れてみる。口の中に入った瞬間、溶ける。

「甘くて、不思議な食感」

「本当に不思議な食べ物だな」

トウヤも別の子が作ったお菓子を受け取ると口に入れて食べ始める。

「でも、甘いな」

原料はザラメだけみたいだ。だから、甘いのは分かるけど、このように細い糸のようになり、綿のようになるのは不思議でならなかった。教えてくれた人に感謝だ。


そして、午後にジェイドとメルの仕事ぶりを見に行く。

あれ、思ったより人が多い。学生たちは緊張しながらも解体作業を行っている。

「ねえ、こんなに人気があるの？」

わたしは手が空いているメルに尋ねる。

「それが、可愛い小さない女の子が解体を教えてくれるって広まっちゃったみたいで。噂を聞いた人が集まったみたいなの。それに昨日いた子もいるし」

「それって、昨日言っていたユナと一緒にいた女の子のこと？」

「教え方も上手だったし、なにより、小さい女の子がやると、自分でもできる気がするのかもね」

それはなんとなくわかる。

自分より小さい子が頑張っていると、応援したくなるし、負けたくない気持ちにもなる。

「それじゃ、その女の子にお願いすればいいかもね」

「それはできないわよ。ユナちゃんと楽しそうに学園祭に来ていたんだら。それに友達や妹さんも一緒だったし。こんなこと頼めないわよ。それに、これはわたしたちの仕事でしょう」

メルの言う通りだ。これはわたしたちの仕事だ。

ジェイドとメルがしっかり仕事をしているところを確認したわたしとトウヤは、学生たちによる合奏や劇を見る。学生ながら、上手だった。メルにも見せてあげたい。

そして、3日目はわたしとトウヤが仕事を代わってあげることにして、ジェイドとメルの2人には学園祭を楽しんでもらった。

とらのあな購入者特典

12 とある学園祭実行委員

わたしは学園祭を管理する実行委員をやっている。

各学年から数名参加し、とどこおりなく学園祭を進めるのがわたしたちの仕事だ。

学園祭はいろいろな出し物が学生によって行われる。ある者は自分たちで作った物を販売したり、出し物の賞品にしたりする。また、剣や魔法の技能を持っている者は、その技能を披露したりする。

そして、学生を少しでもやる気にさせるために、人気投票で優秀だった出し物には学園から微々たるものだが、賞品が出る。

グラウンドを使う出し物はグラウンドの使用優先権。体育館なら、体育館の使用優先権。食べ物屋なら、学園の食券や食材。雑貨などを販売するなら、お店で購入できる一定の金額。お金でなく、服を作るなら布、髪飾りの材料、ブレスレットの材料と一定の金額まで購入することができる。

そのこともあっても、年々盛り上がっている。

1日目の学園祭が終わり、わたしたち実行委員は手分けをして、学園に設置してある投票箱から投票用紙を集めてくる。

投票箱は学園のあちこちに設置してあり、その投票用紙を毎日回収することになっている。

投票用紙は学園に入るときにもらい、面白かった出し物の番号を書くようになっている。

過去に同じ出し物があり、どっちの出し物に投票したか分からなかったことがあったためと、文字を書けない子供もいることもあって、出し物は通し番号となった。ちなみに番号は3つまで書けるようになっており、同じ番号を3つ書くこともできる。

投票用紙を集めて部屋に入ると、すでに数名の実行委員が投票用紙をテーブルに広げている。

「会長、集めてきました」

「ありがとう。時間もないし、集めてきたものから集計してくれ」

会長は投票用紙を確認しながら、わたしに声をかける。

わたしは集めてきた投票用紙を机の上に出す。たくさんある。大変な作業だ。

わたしは一枚の紙をテーブルの上に出す。紙には1から数字が書いてある。この数字の横に投票用紙に書かれている番号を確認して、チェックを入れていく。

大変な作業だが、マス目があり、10間隔に並んでいるので、数も数えやすくなっている。

「35」「22」「101」「5」「66」「22」「クマ」

「クマ!?」

番号を確認していると、変なものが交じっていた。

「あ、それなら、こっちもあります」

「わたしのほうにも」

わたしが「クマ」と口にすると、番号の仕分けをしている皆も「クマ」と書かれた投票用紙が出てきたと言う。とりあえずは、会長の指示で、クマと書かれていた投票用紙は弾き、後回しにすることになった。


そして、1日目の集計を終わってみると、また数字以外が書かれた投票用紙が出てきた。その中でも「クマ」と書かれた紙が一番多く。それなりの数となった。

「このクマっていうのはなんだ?」

「分かりません」

本来は数字以外の投票は無効だが、子供の字で「くまさん」と書かれているのを見ると無効票にするのもはばかられる。

とりあえず今日のところは保留にし、明日、各自「クマ」と書かれていた投票用紙が入っていた投票箱付近を調べることになった。

翌日、わたしはクラスメイトに会ったので、「クマ」について尋ねてみる。

「クマ?」

「うん、学園祭でクマを出している出し物を見なかったかな? 『クマ』って書かれている投票用紙が多くて、探しているの」

「それなら、シアのお店にクマの置物があったのを見たよ」

「シアの？」

クラスメイトの名前が出てきた。

シアは貴族の令嬢だけど、身分を盾に威張ることもしない女の子だ。初めて会話したとき、「シア様」と呼んだら、「シアでいいよ」と言ってくれた。それ以来、シアと呼んでいる。

「確か、シアたちは甘いお菓子を売っているんだよね？」

「うん、ふわふわで、甘くて、不思議なお菓子だよ」

そういえば、そんなことを他のクラスメイトからも聞いていた。行ってみようと思っていたけど、実行委員の仕事が忙しくて、昨日は行くことができなかった。

わたしは学園の地図を出す。それには、昨日、「クマ」と書かれていた投票用紙が入っていた投票箱がチェックしてある。シアのお店の近くの投票箱にも「クマ」と書かれた投票用紙は入っていた。

一応、確認したほうがいいかな。

「そのシアのお店にクマの置物があるの？」

「大きい可愛いクマの置物だよ」

わたしはシアのお店に行ってみることにした。

お店はお客さんがたくさんいて、繁盛している。そのお店の横には友達が言っていたようにクマの置物が本当にあった。

そのクマの手には何か持たされている。なんだろう？

でも、周りを見ると、すぐに理解する。お店で売られているものと同じものだ。木の棒に白い綿のようなものがくっついているものを持っている。クマの置物の手に持っているものと同じだ。

「クマのお菓子ください」

子供が元気よく注文する。そこにはクラスメイトのシアやマリクスの姿がある。

もしかして、投票紙に「クマ」と書かれていたのはこのお店のことなのかもしれない。

わたしはお客さんが減ったのを確認して、シアに声をかける。

「シア！」

「ミリー、どうしたの？　もしかして、手伝いに来てくれたの？」

「違うよ。実行委員の仕事だよ」

わたしは投票用紙に「クマ」って書かれていたことや、クマの置物がここにあることを聞いてやってきたことを説明する。

「クマ……」

シアはクマって単語に反応して、考えだす。

「そのクマって書かれていた投票用紙が入っていたのって、この近くの投票箱？」

「ううん。それが不思議と、いろいろな場所だよ。一か所なら分かりやすかったんだけど、あっちこっちに散らばっていてね。それで仕事をしながら調べているの」

「出し物の場所が書かれている学園の地図は持っている？」

わたしは持っていた学園の地図をシアに見せる。地図には、どこでどんな出し物があるかが書かれている。そして、「クマ」と書かれていた投票箱には丸がつけてある。多い投票箱は二重丸だ。このお店の近くの投票箱は丸だ。少なくはないが、一番多いところと比べると少ない。

シアは地図を見ながら口を開く。

「もしかして、わたしたちのお店のクマじゃないかも」

「どういうこと？」

わたしが尋ねると、シアは言いにくそうに話してくれる。

なんでも、昨日の学園祭にクマの格好をした女の子がいたことを教えてくれる。

「どこかのお店の出し物？　クマの格好をする出し物なんてあったかな？」

わたしの言葉にシアは微妙な表情をする。シアはそれ以上は詳しく教えてはくれなかったが、クマの格好をした女の子が現れたと思われるお店を教えてくれた。

「そのお店で話を聞けば、少しは分かると思うよ。あと、たぶん、今日はクマの投票はないかも」

シアは予言めいたことを言う。

とりあえずわたしはシアから教わったお店を回ることにした。

そして、シアの言うとおりに、クマの格好をした女の子の話を聞くことができた。

シアが言いたいことは分かった気がする。クマの格好をした女の子はいろいろな出し物に参加し、一番いい賞品を取っていったらしい。その姿を見た人たちが「クマ」と書いて投票したと考えられる。

そして、2日目の学園祭も終わる。

わたしはクマについて得た情報を会長に報告する。

他の実行委員もクマの格好をした女の子がいた情報を得ていたようで、2日目と3日目の投票を確認して、クマの投票をどうするかを決めることになった。

そして、シアの予言どおりに2日目、3日目はクマの格好をした女の子が現れなかったのか、クマと書かれた投票は数枚しかなかった。これはクマの置物があったシアのお店のことだろう。

1日目のクマと書かれていた多くの票は無効票として扱うことが決まった。

TSUTAYA購入者特典
13 心配するお姫様 ティリア編

大変なことになりました。

細かい経緯は分かりませんが、ルトゥムとエレローラが、お互いの職を賭けた試合をすることになりました。

ルトゥムの言葉は、女性騎士蔑視した感じでした。ルトゥムは騎士は男性がなるものだと決めてかかり、女性騎士を目指す者を軽視する傾向がある。

ルトゥムは自分の部下を、エレローラ側はユナが代表として試合をすることになった。

でも、ユナが女性騎士代表になって、戦う理由が分かりません。ユナはルトゥムに対して怒っているのか、騎士との試合に勝ったら、ルトゥム本人とも試合をさせてほしいとお父様に頼む。それで、ユナが勝ったら、女性騎士に対する考え方を改めてもらうようにお父様にお願いする。

お父様は少し考え、ユナの願いを受け入れた。

「あいつは何を考えているんだ」

お父様がユナを見ながら、小さなため息をつく。わたしも同じ気持ちです。ユナは何を考えているんでしょうか。

「お父様、どうして止めなかったんですか。騎士との試合なんて、危険です。ユナは女の子なんですよ」

お父様なら、止められたはずなのに、止めようとはしなかった。

「ユナ本人が試合をすると言っているんだ。それにあの状況で止められない」

「ですが、ユナが怪我でもしたら、フローラが悲しみます」

フローラはユナのことを、いつも嬉しそうに話す。フローラのために食べ物を持ってきたり、クマのぬいぐるみを持ってきたり、可愛い絵本を描いてくれる優しい女の子。

そんなユナが怪我をしたと知ったら、あの子は悲しむ。

「そうだな。でも、ユナの表情を見ただろう。あれは負ける可能性なんて、これっぽっちも考えていないぞ。騎士に勝ち、ルトゥムにさえ、勝つつもりでいるぞ」

ユナの表情は怖がった様子も、怯《おび》えた様子もなかった。飄々《ひょうひょう》として、これから騎士と試合をする顔には見えなかった。普通の女の子なら騎士と試合をするとなれば、怖がったりするもの。でも、ユナの表情にはそれがなかった。

シアからは黒虎《ブラックタイガー》を倒すほどの実力を持っていると話を聞いていますが、あの可愛い姿からは想像もできない。

もしかして、以前よりユナのことを知っているお父様は詳しく知っているのかもしれない。

「お父様は黒虎《ブラックタイガー》のことを知っているんですか？」

「ああ、エレローラから聞いている。それだけでもふざけた話なのに、あいつの話はそれだけじゃないからな」

お父様が意味深なことを言う。

やっぱり、わたしが知らないユナのことを知っているみたいです。

でも、心配せずにはいられない。

「そんなに心配はするな。危険と判断すれば止める。それにあのクマは簡単に負けはせぬ」

お父様、今はクマの格好をしてませんよ。

わたしの心配をよそにユナと騎士との試合が始まります。

そして、目の前では信じられない光景が繰り広げられます。ユナが騎士と互角に戦っています。騎士が手加減をしていないことは素人のわたしが見ても分かります。

騎士の攻撃は一撃、一撃が鋭い。でも、ユナはそのすべてを躱《かわ》し、受け流している。

「凄いな。受け流しながらもバランスを崩すこともないか。魔法は凄いとは聞いていたが、まさか剣の技術もここまで高いとは」

凄いってレベルではない。ユナがやっていることは簡単にできることではない。これがユナの実力。

だから、エレローラはユナを信用して、職を賭けた。

「凄い」

「だが、どうして、あいつは魔法を使わないんだ？」

「相手に合わせているのでは？」

シアからは聞いた話では魔法が得意とは聞いている。でも、それを使わずに騎士と互角に渡り合っている。

ユナと騎士は動く。ユナが剣を受け流し、騎士がバランスを崩す。ユナの剣が騎士を襲う。

ユナが勝った。と思った瞬間、騎士がユナを摑むと、投げ飛ばす。周りから叫び声が上がる。

でも、投げ飛ばされたユナは綺麗に足から着地すると、騎士に向かって走りだす。騎士は体勢が崩れている。

一瞬の攻防が起きたと思ったら、今度は逆にユナが騎士を投げ飛ばしていた。

信じられませんが、ユナが勝った。

でも、ユナはルトゥムと試合をしないといけない。ルトゥムは貴族の地位のおかげで騎士隊長をしていますが、実力も高い。勝てるかは分からない。

「少し休憩を入れて、すぐに試合をするみたいだな」

「お父様、ユナは試合をしたばかりですよ。休憩を入れたとしても、連続でルトゥムと試合なんて不公平です。後日でも」

あれだけ動いて疲れているはず。まして、相手は万全の状態です。ユナが不利だ。

「ユナが自分で言い出したことだ」

「そうですが」

そう、全てはユナが言い出したこと。そして、国王であるお父様が了承してしまっている。簡単に止められないことぐらいは理解している。

でも、口にせずはいられない。

「お父様、ユナは何者なんですか？」

わたしのイメージはクマの格好をした女の子。クマのぬいぐるみを作ったり、美味しいものを持ってきたり、子供に優しい女の子。でも、シアの話を聞くと、強い冒険者だという。

「詳しくは知らん。ただ、あいつが見た目と違って、強いことは知っている。俺なら、あいつに喧嘩《けんか》を売るような真似はしない」

「もしかして、お父様は初めからユナが勝つと思っていたんですか？」

「互角に戦ってもらえればと思っていた。そうなれば、少しは女性騎士に向けられる目もやわらぐと思っている。まあ、それもこのあとのルトゥムとの試合次第だがな」

「だから、ルトゥムとの試合を了承したんですか？」

「女性騎士を認めさせるには、女が強いことを証明しないといけないからな」

「だからといって」

「分かっている。先ほども言ったが、危険があれば止める」

お父様と約束をする。


そして、少し休憩をするとユナとルトゥムとの試合が始まる。

先ほどの試合の疲れも見せることもなく、ユナはルトゥムと互角の試合をする。

誰しもが静かに二人の試合を見ている。

ユナはルトゥムの攻撃を躱し、受け止める。離れた場所から見ているから、ルトゥムの右手に気づけた。ルトゥムが魔法を使った。

「ユナ！」

ユナに魔法が命中したと思ったが、ユナは躱していた。

「今のは危なかったな」

「ユナに命中したと思いました」

胸を撫《な》で下ろす。

試合が続くと思ったら、ユナが叫んでいます。魔法を使うなんて、反則だと。

「どうやら、魔法を使ってはいけないと思っていたらしいな」

そうみたいです。エレローラに言われて、ユナは渋々といった感じで納得して、試合が再開します。

先ほどまでの試合でも信じられなかったのに、今度は魔法も使った試合になる。

体格のいいルトゥムと体が細いユナの試合は異質に

感じられた。

まるで夢物語の光景です。

「ユナの奴、笑っているぞ。しかもルトゥムの奴まで笑っているぞ」

本当です。ユナとルトゥムは楽しそうに試合をしている。

ユナがルトゥムの魔法で追い込まれていく。ユナは逃げます。

離れて！

ユナは逃げるが、ルトゥムも魔法を放ちながらユナのほうに移動する。

ユナとルトゥムの距離が縮まっていく。

ルトゥムは剣を振り上げている。ユナユナの行動を制限していた。ユナに剣が当たると思った瞬間、ユナの前の前に何かが出現して、ルトゥムの剣を弾いた。次の瞬間にはユナの剣がルトゥムの首にあった。

一瞬の出来事だった。

短い静寂が訪れ、歓声へと変わる。

「……ユナが勝ったの？」

「ああ、ユナが勝った」

横にいるお父様を見ると、まるで、信じられないものを見るかのように、笑っていた。

ルトゥムは負けを宣言する。

よかった。

そして、ユナがルトゥムに何かを話したと思った瞬間、ユナがルトゥムを殴った。ルトゥムはゴロゴロと転がっていく。

先ほどまでの歓声が静まり返った。

な、なにをやっているんですか！

協力書店購入者特典
14 学園祭の片付け　シア編

学園祭は終わり、今日は片付けです。

3日間だけだったけど、いろいろと大変な学園祭でした。

1日目は綿菓子は珍しいこともあって、好評だった。綿菓子が売れたのも、ユナさんがお店の横に大きなクマの置物を作ってくれたからです。クマの置物は綿菓子を持ち、周囲の目を引いてくれた。クマの置物の宣伝の効果もあり、お店から離れることができなかったほどに売れました。

わたしたちは手が空いている友達に声をかけ、2日目以降を手伝ってもらうことにした。お礼に食事をご馳走することになったけど、楽しい学園祭の時間をもらうのだから、そのぐらいのお礼をさせてもらうことになった。

学園祭2日目は友達が手伝ってくれたことで、順調に進む。

綿菓子はクマの置物や昨日売れたこともあって、朝から順調に売れている。

ティリア様が来るまでは……。

ティリア様が少し遅れて、お店にやってきました。ティリア様はユナさんを紹介する代わりにお手伝いを申し出てくれた。初めは断ろうかと思いましたが、ティリア様に押しきられる感じになってしまった。

ティリア様には呼び込みをお願いする。

「わかりました。任せてください」

ティリア様は張り切って、お店の近くを歩く人に声をかける。

「甘くて、ふわふわで、不思議な食感の美味しい食べ物ですよ」

ティリア様が満面の笑みで声をかけると、男子、女子と関係なく人が集まってくる。ティリア様効果は大きかった。

綿菓子の注文が次から次へと入ってくる。マリクスとわたしは、ユナさんから借りた綿菓子を作る道具を

2台フル回転で綿菓子を作る。いくら作っても列は減らない。いや、綿菓子を作っている間に列が増えていく。

一生懸命に綿菓子を作る中、ティリア様の声が聞こえてくる。

「甘くて、ふわふわで、不思議な食感の美味しい食べ物ですよ」

ティリア様が周りに声をかけるたびに、列が増えていく。わたしとマリクスも大変だけど、ティモルや友達が列の整理をしているが、大変そうだ。

「シア、マズくないか？」

隣で綿菓子を作っているマリクスが尋ねてくる。

「うん、マズイかも。ティリア様を止めたほうがいいよね」

わたしも手を動かしながら答える。

「シア、ティリア様を止めてきてくれ」

「わたしが!?」

「シアがティリア様に頼んだんだろう」

別にわたしが頼んだわけではない。ユナさんに会わせるために、ティリア様がお礼で手伝うと自分から言い出したことだ。

でも、そのティリア様の申し出を断らなかったのはわたしだ。わたしの責任と言われたら、そうなのかもしれない。

「分かったよ。ティモル！」

わたしはティモルの名を叫ぶ。

「なに!?」

人混みからティモルが顔を出す。

「ティモル、交代して。ティリア様を止めてくるから」

わたしの言葉をすぐに理解したティモルは、わたしと綿菓子作りを交代してくれる。そして、わたしはティリア様のところに向かう。

「甘くて、ふわふわで、不思議な食感の美味しい食べ物ですよ」

ティリア様が声をかけるたびに、歩いている人はティリア様を顔を見ると止まり、ティリア様の笑顔を見ると、列に並び始める。

早く止めないとマズイ。

わたしは呼び込みをしているティリア様に声をかける。

「ティリア様、少しいいですか？」

「なんですか？」

満面の笑みで振り返る。こんな笑顔でティリア様に言われたら、男も女も関係なく、誰しもが立ち止まり、買ってしまうと思う。

わたしはティリア様の手を掴むと、屋台の裏に移動する。

「シア、どうしたのですか？」

わたしは息を整えて、ティリア様に向かってお礼の言葉を言う。

「ティリア様、本日はお手伝いありがとうございました」

わたしの言葉にティリア様は首を傾げる。

「なにを言っているのですか？　まだ、始めたばかりですよ」

ティリア様が少し呼び込みをしただけで、この状況だ。お姫様効果は、わたしが思っていた以上に大きかった。これ以上、ティリア様に手伝ってもらうわけにはいかない。

「その、お手伝いのほうは大丈夫です。ティリア様の呼び込みのおかげで、お客さんは集まりました」

わたしは綿菓子の列に並ぶお客さんに視線を向ける。予想以上に人が集まってしまった。これでは他のお店から文句が来てしまう。

ティリア様も綿菓子を購入する行列を見る。

「でも、まだお手伝いをしてほんの少しですよ」

「その少しで十分に手伝ってくれました」

「それなら、綿菓子作りのお手伝いを」

「作るのは難しいんです」

それ以前にティリア様が作ったら、それこそ大変なことになる。想像しただけでも怖い。

わたしはティリア様をどうにか説得をする。ティリア様はなかなか納得をしてくれず、最後にはいじけてしまった。

今はお店の裏で背中を向けている。

こんなお姫様の姿を見せるわけにはいかないよね。

だからといって、手伝ってもらうと大変なことになる。どうしたものかと思いながら、お客さんの対応をしていると、ユナさんが差し入れを持って、帰ってきた。

ユナさんはティリア様がいないことを尋ねてくる。ユナさんなら、いじけるティリア様をなんとかしてくれるかもしれない。わたしはお店の裏にティリア様がいることを教える。

これはチャンスだ。

わたしはユナさんと一緒に学園祭を回ることをティリア様に提案する。

最初は渋ったティリア様だけど、ユナさんやノアたちのおかげでティリア様に笑顔が戻り、ユナさんたちと一緒に学園祭を回ることになった。

2日目はティリア様のおかげで、売り上げも凄かった。


そして、学園祭3日目。

これが一番、大変な出来事が起きた。

わたしの婚約の話から、友人のリーネアが怪我をさせられそうになった。

最終的にはお母様の職を賭けて、ユナさんが騎士と試合をすることになった。

お母様は負けてもクリモニアに帰るだけと言ったが、お母様がクリモニアに帰ったら、王都にわたし一人が残ることになってしまう。

わたしは不安に押しつぶされそうになる。ユナさんが強いことは知っている。でも、相手は国の騎士だ。

でも、ユナさんは騎士に勝ち、騎士隊長にまで勝ち、お母様を守り、わたしをいやな婚約からも守ってくれた。

嬉しさが込み上がってくる。

ユナさんにお礼を言おうとしたが、ユナさんとお母様は国王陛下に連れていかれてしまったので、お礼を言うことができなかった。

ユナさんは黒虎《ブラックタイガー》のときといい、格好いい。

ノアが慕うのも分かる。

そんな3日目の学園祭が終わる。

そして、学園祭が終わった翌日。学園祭で優秀な出し物の発表もあり、食べ物部門で3位になれた。マリクスは残念がったが、仕方ない。

発表のあとは学園祭の片づけだ。

「このクマどうする?」

わたしたちはお店の隣にあるクマの置物を見る。この3日間、お世話になった。

お店の屋台は業者が片付けてくれるので、このままでいい。でも、ユナさんが作ってくれたクマは片付けないといけない。

「どうしようか」

「壊すしかないだろう」

「そうだけど、もったいないよね」

「可愛いし」

誰も壊したがらない。でも、このままにしておくわけにはいかない。

「マリクス、お願い」

「俺!?」

「ほら、剣で刺すとか」

「そんなことをしたら、ユナさんに殺されるだろう。どうして、剣なんだよ。それなら、シアが魔法で壊せばいいだろう」

結局、誰も壊したがらず、わたしたちは手分けをして、クマの置物を崩すことになった。

少し、寂しい気持ちになった。

これで、学園祭が終わった。

電子版購入者特典
15 学園祭後の食事会 ティリア編

学園祭ではクマの格好をしたユナとの出会い（想像していたクマの格好とは違いましたが）、シアのお店の手伝い（あまりできませんでしたが）、ユナとルトゥムとの試合（不安で心配をしました）と、いろいろなことがありましたが、楽しい学園祭でした。

今日はシアたちのお店を手伝ってくれた人たちを集めて、食事会をすることになっています。

わたしは、あまりお手伝いをしていなかったので断ろうとしましたが、シアは十分に手伝ってくれたと言ってくれました。断るのも悪いので、参加させてもらうことにしました。

食事をするお店はユナが関わっているお店だそうです。どんなお店か楽しみです。

わたしは少し用事があり、お城を出るのが遅くなりました。

わたしは急いで馬車が止まっている場所に向かいます。今日の話を聞いたお父様が馬車を用意してくれました。

「遅くなりました。よろしくお願いします」

馬車の前で、わたしを待っていた男性に挨拶《あいさつ》をする。

男性はわたしを見ると微妙な顔で馬車のドアを開けてくれます。なんだったんでしょう？

わたしは気にしながらも馬車に乗ります。

「遅かったな」

馬車の中には誰もいないと思っていましたので、声をかけられて驚きました。

「お父様！」

馬車の中にはお父様がいました。椅子に座って、わたしを見ています。

「どうして、ここにお父様がいるのですか？」

「店の視察に行くためだ」

「視察って、そのことをお兄様や他の者たちは知っているのですか？」

わたしの言葉にお父様は目を逸らします。

知らないのですね。

「サボリですか？」

「視察の仕事だ」

「お店の視察はお父様がするようなお仕事ではないと思いますが」

わたしの父はこの国の国王です。お店の視察は国王の仕事ではないと思います。それよりも大切な仕事がたくさんあります。

「それに、どうして今日なんですか？　わたしがお店に行くことを知ってますよね」

そもそも、馬車を用意してくれたのはお父様です。

「ついでに、おまえの学友の顔を見るためだ」

「恥ずかしいから、やめてください」

「おまえは、国王である父親が恥ずかしいのか？」

「そうではなく、学生たちの集まりに、父親が来るのが恥ずかしいんです」

どこに娘の友人たちの集まりに参加する国王がいるの？

「本当はそれを口実にサボるんでしょう。お兄様やエレローラに叱られますよ」

「だから、視察だと言っているだろう。馬車を出してくれ！」

お父様が御者に向かって言うと、御者台から「分かりました」と返事が返ってきて馬車が動きだします。

わたしが止める暇もない。そもそも、お父様とわたしでは、お父様の意見のほうが通ってしまう。御者台に乗っている者も国王であるお父様の言葉には逆らえない。

わたしは小さなため息を吐き、諦めます。

今でも遅れているのに、これ以上お父様の相手をしていたら、食事会が終わってしまう。

「お父様、邪魔だけはしないでくださいよ」

「分かっている」

お父様は勝ち誇った表情をする。

何か悔しいです。

馬車は進み、しばらくすると止まる。御者台に乗っていた男性が馬車のドアを開けてくれる。わたしとお父様は馬車から降りる。

お店の入り口にはフォークとスプーンを持った2頭の可愛いクマの置物がある。

このお店はユナさんが関わっているので、クマの置物があると話は聞いていましたが、本当にありました。

「ここにいると目立つ。中に入るぞ」

周囲を見ると、わたしたちを見ている人がいます。

どちらかと言うと、お父様でしょうか。確かに、このまま立っていると、お父様のせいで目立ってしまいます。お父様がいなければ、目立つこともなかったのに。

わたしは何度目かのため息を吐《つ》いて、お店の中に入る。

「お父様。何度も言ってますが、邪魔だけはしないでくださいよ」

「分かっている。視察をしたら帰る」

お店の中を見回すと、シアたちが、わたしとお父様を見て、固まっている。

国の姫である自分が言うことではありませんが、やっぱり学生がいるお店に国王は場違いだと思います。

「そんなに気を張らなくてもよい。お店の視察に来ただけだ」

「わたしをダシにして、仕事から逃げてきただけでしょう」

「うるさい。国王の威厳がなくなるだろう」

そう言って、お父様はクマの置物を見ます。

外にもあったけど、お店の中にまで、クマがあります。

「それにしても、本当にエレローラの奴は、クマの置物を作ったんだな」

話によると、クリモニアにあるユナのお店にもクマの置物あり、エレローラが真似をして作ったらしい。

クリモニアにあるユナのお店。いつかは行ってみたいですね。

お父様は少し離れた席に座ると、料理の注文を始める。

女性料理人が驚いた表情をしています。確か、ゼレフの親族だったはずです。だから、信用して注文をしたんですね。

でも、本当に料理を注文するとは思いませんでした。

「食べたら、帰ってくださいよ」

「分かっている。お前たちの邪魔はせぬ」

お父様がここにいるだけで、邪魔なんです。

ほら、いつも騒いでいるみんなも黙々と料理を食べています。

うぅ、ごめんなさい。私が参加できなくなっても、お父様は連れてくるべきではありませんでした。

そんなわたしの気落ちを知らずにお父様は料理を食べている。学生のみんなもお父様の前だから、静かに食べている。ここはわたしが連れて帰ったほうがいいかもしれません。

残念ですが、仕方ありません。わたしが連れてきてしまったのですから。

そう思って、腰を上げたとき、救いの女神がやってきました。

「国王陛下！」

お店にやってきたはエレローラでした。

「どうして、エレローラが？」

お父様は驚きますが、エレローラなら居場所を把握していてもおかしくありません。

「仕事がありますから、お城に戻っていただけますか」

「お前に言われたくないぞ」

普段のエレローラを知っている人物なら、そう思いますよね。

「陛下がいないと、わたしに仕事が回ってくるんです。それと、なぜか、みんな、わたしに陛下の居場所を聞いてきて、困るんです」

それは2人揃《そろ》って、いつもサボっているからでは？

「ほら、馬車も用意してあります」

エレローラはお父様を連れていきます。

最後にわたしたちのほうを見ます。

「みんな、ごめんなさい。国王陛下は連れていくから、ゆっくりと楽しんでね」

エレローラはそう言うと、お父様を連れてお店から出ていきました。

最後にチラッとシアのほうを見ました。もしかして、お父様がここにいることを知って、娘のために連れ戻しに来てくれたのかもしれません。エレローラは娘に優しいですからね。

お父様とエレローラの姿が見えなくなると、みんなの緊張が解け、口を開く。

「まさか、国王陛下が来るとは思わなかったよ」

「お父様がごめんなさい。止めることができなくて」

「いいえ、ティリア様のせいではありません」

みんなはそう言ってくれるので、少しだけ罪悪感が消えました。

「でも、シアの母親って凄いな」

「エレローラ様って、カッコいいよね」

「それに若くて、綺麗だし」

みんな、エレローラのことを褒めはじめます。

でも、シアは否定します。

「お母様、そんなに凄くないよ」

そんなことはないと思います。あのようにお父様を連れ出すことができる者は少ないです。

本当にルトゥムとの試合で、ユナが勝ってくれてよかったです。

お父様がいなくなったことで、みんなの緊張もなくなり、楽しそうに会話が始まり、美味しそうに料理を食べだします。

本当にお父様は邪魔でした。エレローラには感謝しないといけませんね。

アニメイト購入者特典
16 クリフの憂鬱

娘のノアが王都の学園祭に行って、数日が過ぎた。家から元気な娘の声が聞こえないのは少し寂しくもある。だが、そろそろ学園祭も終わった頃だから、ノアも帰ってくるはずだ。

「お父様、帰りました」

ノアが王都から戻ってきた。

「楽しめたか」

「はい、凄《すご》く楽しかったです」

ノアは満面の笑みを浮かべる。母親とも姉のシアとも会う機会が少ない。だからなるべく、機会があれば王都にいる2人に会わせたいと思っている。

「それで、何事もなかったか？」

主に、騒ぎの元凶になるクマについてだ。護衛としての実力は信用しているが、あのクマの格好のせいで騒ぎの元凶にもなる。

「えっと……」

ノアが言いにくそうにする。

「なにかあったのか？　やっぱり、あのクマが原因か？」

「今回はユナさんが原因ではないです。お母様から預かっている手紙に書かれていると思います」

「エレローラから手紙？」

ノアが手紙を取り出し、俺は手紙を受け取り、中を確認する。

内容はルトゥム卿により、シアとノアの婚約の話を持ちかけられたそうだ。前からシアの婚約の話はあったが、断っているとエレローラから聞いていた。もちろん、娘と結婚させるつもりはない。

だが、学園祭で娘たちがルトゥム卿に会ってしまい、シアだけでなくノアにまで婚約の話を持ちかけてきたそうだ。

エレローラが断ると、脅迫みじた様子でシアの友人を、騎士の練習の名のもとで傷つけようとしたそうだ。

ルトゥム卿はあくまで、女性騎士の弱さを示すのが目的であって、婚約を脅すようなことではないと話をずらしたそうだ。

シアは友人を守るために自ら代わりに試合をしようとしたが、ユナが代わりに試合をすると言い出したらしい。

そして、エレローラとルトゥム卿の職を賭けての試合になったと書かれている。

「なんで、そうなる」

頭が痛くなる。

結果はユナがルトゥムの部下の騎士に勝ち、さらにはルトゥム卿本人にまで勝ったと書かれていた。エレローラが嬉しそうに手紙を書いている姿が目に浮かぶ。

「ユナさん、格好よかったですよ」

試合のことをノアに聞くと、ユナについて、楽しそうに話す。

つまり、あのクマに、また大きな借りができたわけだ。

孤児院の件、魔物一万匹の件、ミリーラの町の件、それから間接的だが、ミサの誕生日パーティーの件もある。借りがどんどん増えていく。

一応、ユナの店と孤児院には危険が及ばないようにしているが、それだけで借りが返せているわけではない。あいつ自身が冒険者としても名が知られているから、店を守る抑止力になっている。

商業ギルドでもユナに借りがあるため、ユナの店を守っている。国王陛下にも貸しを作っているようだし。この国はクマの借りが増え続けている。

とりあえず、クマに礼を言わないといけないので、ノアにクマが家に来たら、俺に伝えるように頼む。

まもなくして、クマが家にやってきた。

近くでピクニックするので、ノアを誘いに来たらしい。

「ユナ、王都では助かった。礼を言う」

「ノアの護衛のこと？　わたしも楽しかったから気にしないでいいよ」

このクマは分かっていないみたいだ。

「違う。ルトゥムの件だ？」

俺の言葉にユナは首を傾げる。

「ルトゥム？　どこかで聞き覚えがあるけど、誰だっけ？」

あれだけのことをして覚えていないのか。頭が痛くなってくる。

「おまえさんが戦った貴族の騎士のことだ。シアとノア、エレローラのために試合をしてくれたんだろう」

「ああ、あの自分の息子をシアと結婚させようとした男のこと？」

どうやら、思い出したみたいだ。

「ああ、その男のことだ」

名前も覚えられていないと思うと、ルトゥム卿に哀れみを覚える。

「おまえさんがルトゥムとの試合に勝ってくれたことで、面倒事が減った。礼を言う」

このクマはどれだけのことをしたか気にした様子もなく、「気にしないでいいよ。わたしもムカついただけだから」と言う。

ユナが勝ったからいいが、負けていたらどうするつもりだったんだ。本当に自分勝手に動くエレローラには困る。

だが、流石のルトゥム卿も魔物一万匹を倒したのが、このクマとは思いもしないだろう。それにクラーケンまで倒している。

ルトゥム卿もそのことを知っていたら、クマと試合をしようとは思わなかっただろう。

俺は今回の礼もあるので、ノアとのピクニックの許可を出す。

これで、しばらくは落ち着くかと思ったが、ノアがピクニックから帰ってくると、海に行くと言い出した。なんでも暖かくなってきたら、ユナがみんなで海に行こうと言い出したそうだ。

あいつは何を考えているんだ？

「お父様、勉強はしっかりしますから、行ってもいいですか？」

数日前には王都の学園祭、今日はピクニック。遊んでばかりの感じがするが、ララからの報告ではノアはしっかり勉強はしているらしい。

ダメと言うのは簡単だが、ミリーラの町を見るのも勉強になる。

それにダメと言えばあのクマが何を言い出すか、分かったものではない。

「構わない。だが、ミリーラの町の様子もしっかり見てくるんだぞ。それも勉強だぞ」

「はい、分かっています。お父様、ありがとうございます」

ノアは嬉しそうにする。いろいろな町を見るのは見聞を広げるためにも、いいことだ。ただ、あのクマの影響を受けすぎるのは困ったものだが。


それから、数日後。また頭が痛くなるような手紙が届いた。

手紙には王家の紋章がある。国王陛下からの手紙だ。もしかしてエレローラについての手紙かと思い、恐る恐る中身を確認する。でも、内容はユナについてだった。

ユナがクラーケンの魔石を持っているかという確認と、持っていれば、王都に持ってこさせるようにと書かれていた。別の件で頭が痛くなる。

つまり、ユナに魔石を譲れと言う役目を、俺がしないといけない。

俺は使いの者に至急ユナを連れてくるように指示をだす。

まもなく、面倒くさそうな顔をしたクマがやってきた。

「来たか。座ってくれ」

ユナは椅子に座る。

いまだに目の前にいるクマの格好をした少女がクラーケンを一人で倒したことが信じられない。

だが、事実だから、受け入れないといけない。

「それでなに？」

警戒しているな。

「国王陛下から手紙が来た。ユナに王都まで来てほしいとのことだ」

それから、クラーケンの魔石を持っているか確認すると、持っていると言う。

持っていなかった場合、魔石の行方を探さないといけなかった。もし、売ったなら、買い戻さないといけなかった。それが商業ギルドで売って保管してあればいい。でも、他の者に売っていたら、交渉をしないといけない羽目になるところだった。

この忙しいのに、そんなことをやっている暇はない。だから、ひと安心する。

あれほどの大きさの魔石は、なかなか手に入ることはない。手に入れるのは困難だし、いくらお金を出しても譲ってくれる者はいないだろう。

俺はユナに、王都に行き国王陛下に魔石を譲ってくれるように頼む。

断られる可能性も考えたが、ユナは引き受けてくれた。

これで問題は解決した。一安心だ。

「助かる」

俺が礼を言うと、ユナは不思議そうな顔をする。

ユナが断れば、俺は国王陛下にその旨を伝えにいかないといけない。いろいろと面倒なことになったはずだ。

なのに、このクマは「奪わないのか」と尋ねてくる。

そんなことをするわけがないだろう。そんなことをすれば、ノアにシア、エレローラに何を言われるか分からない。

まして、このクマを慕っている領民は多い。

そもそも、クラーケンを討伐するクマを俺がどうにかできるわけがない。それなら、国王陛下に謝罪するほうが楽だ。

ユナはすぐにでも王都に向かってくれることになった。

また、ユナに借りが一つ増えた。

STORY

くまクマ熊ベアー13

出会ったのは、困り果てた領主の娘…？

デゼルトの街に向かうユナ。砂漠を移動中にジェイドたちと再会し、協力してサンドワームを倒すことに。無事に砂漠を踏破して到着したのは、砂漠の中に湖がある街だった。国王から頼まれた通りクラーケンの魔石を届けに領主に会いに行きたいユナは、情報を聞くために冒険者ギルドへ。そこで出会ったのは冒険者たちに依頼を受けてもらえず困り果てた、領主の娘カリーナだった…。

異世界でカレーに遭遇

カリーナになんとか信用してもらったユナは、領主のお屋敷へ招かれる。国王からの手紙を見て領主のバーリマから客人として扱われることになったユナだったが、お屋敷で出てきた食べ物はまさかのカレー!?　なんとしてもレシピを知りたいユナはこんな時の切り

札…プリンで見事使用人のラサから見事合格をもらいスパイスを買いに街へ出発！

大きなサソリに立ち向かえ！

デゼルトの街の水不足を救うには、ピラミッドの迷宮内で無くしたカリーナの家に代々伝わる水晶版を探し出し、迷宮内に水の魔石をつける必要があるらしい。サンドワームの大群を蹴散らし、迷宮内で無事水晶版のありかを見つけたユナたちだったが、それはまさかの巨大なスコルピオンのお腹の中だった…！ 今までの戦い方が通用しない難敵とのバトルが始まる。

砂漠の街に水を取り戻せ!!

巨大スコルピオンを倒し、領主の家に帰ったユナたち。無事水晶版を見つけ出して帰ってきたカリーナに感激の涙を流すバーリマ。しかし、改めて魔石を設置しに行こうにもバーリマは腕を怪我してしまっているため、ユナにカリーナと一緒にもう一度迷宮に入ってほしいと頼む。そして無事、再びオアシスに水が溢れ、デゼルトの街、そしてカリーナは救われるのだった。

アニメイト購入者特典
17 ゲンツの仕事

俺は冒険者が討伐してきた魔物や動物を解体するのが仕事だ。手が空いているときは事務仕事もする。基本的に忙しくなるのは、近場の魔物を倒した冒険者が戻ってくる昼過ぎだ。

冒険者は解体して、素材を売りに来る者、討伐した魔物をそのまま持ってくる者に分かれる。

解体をしてくると、こっちの手間が省けるので助かるが、たまに汚いのがある。その場合は「解体せずに持ってこい」と言う。そのほうが高く引き取ることができる。

これなら、うちの娘のほうが上手に解体ができる。

さっそく、冒険者がウルフを持ってきた。

どれも状態が悪い。斬りつけすぎて、毛皮がダメになっている。この場合は引き取り価格が低くなる。

こうやって討伐された魔物を見ると、冒険者の実力が分かる。ウルフ相手に、何度も斬りかかっているようでは、まだまだだ。

命の危険が迫っているときに、綺麗に討伐しろと言うのは無理かもしれないが、あまりにも酷いと売り物にならないし、毛皮の修繕にも金がかかる。もう少し、クマの嬢ちゃんを見習ってほしいものだ。

クマの嬢ちゃんが持ってくるウルフは、ほとんどが一発で致命傷を与え、倒している。だから、クマの嬢ちゃんが持ってきたウルフや一角ウサギは綺麗で、どれも高く取引されている。

ウルフを簡単に討伐できるようになれば、冒険者として一人前だと俺たち冒険者ギルドの職員は思っている。

新人冒険者が何人かいるなか、最近、上達している新人パーティーがいる。

そのパーティーメンバーがやってきた。

「シンたち、強くなったんじゃないか？」

俺はウルフを討伐した冒険者に声をかける。初めは頼りなかったが、今では新人冒険者の中では頭一つ抜きん出ている感じだ。

「そうですか？」

「討伐した魔物を見れば分かる。前は、傷が酷《ひど》かったからな」

何度も斬りつけて、酷いものだった。まさしく、新人冒険者って感じだった。でも、今では斬りつける回数が減っている。たまにだが、一撃で討伐しているものもあった。

「俺とブルートはギルさんに武器の使いを教わっているし、なによりウルフを討伐できるようになったのはホルンがユナさんに魔法を教わってからだよな」

予想外の名前が出てきた。

「ユナって、クマの格好をしている？」

「はい、ユナさんはわたしの魔法の先生なんです。ユナさんに魔法を教わってから、魔法が上手に扱えるようになって、みんなの足を引っ張ることがなくなったんです」

パーティーメンバーの一人、ホルンが嬉しそうに答える。この中で、唯一の魔法使いの女の子だ。

話によると、クマの嬢ちゃんに魔法を教わっているらしい。それから、魔物の戦い方や心構えなども、教わっているという。

クマの嬢ちゃん、そんなことをしていたのか。あまり、他の冒険者と関わりがないと思っていたが、そうでもなかったらしい。

「今じゃ、ホルンが指揮役だからな」

「そうなのか？」

「基本の行動はシン君が決めるけど、魔物と対峙《たいじ》するときは後方にいるわたしが指示を出しているんです。魔法を使うタイミングとかあるので」

「そのおかげで、俺は目の前の魔物に集中できるし、ホルンの援護もあるから、楽に魔物を倒せるようになったんです」

シンがリーダーだが、接近戦で戦えば、全体は見渡せなくなる。もちろん、接近戦を行いながら、指示を出すリーダーもいる。でも、やっぱり、全体を把握できるのは後方にいる人物だ。

それにしても、クマの嬢ちゃんが来てから、冒険者ギルドの雰囲気も変わったものだ。今でも騒がしいことに変わりないが、冒険者同士のトラブルは減った。新人いびりもなくなった。まあ、トラブルを起こしていたのはごくわずかの冒険者だったが、クマの嬢ちゃんに叩《たた》きのめされてからは大人しいものだ。

うちのギルドマスターも目をかけているし、商業ギルドのギルドマスターやこの街の領主様と親しいことは冒険者ギルドに広まっている。

両ギルドマスターや領主に喧嘩を売る者はいない。そんなことをすれば、この街にいられなくなる。

そのためか、冒険者ギルドはいい感じになっている。

それからしばらくして、家族で夕食を食べていると、娘たちがミリーラの町に遊びに行く話を聞かされる。

なんでも、クマの嬢ちゃんが、孤児院の子供たちを連れて、ミリーラの町の海に遊びに行くと言いだしたそうだ。

「ティルミナも行くのか?」

「ユナちゃんが言うには、従業員旅行だったかしら? なんでも、ユナちゃんのところで働いているみんなで、旅行に行って楽しんで、親睦を深めるとか言っていたかしら? だから、わたしも行くことになっているのよ。子供が多いし、大人の手が多いほうがいいからね」

「孤児院の子供たちだけじゃないのか?」

「日程が決まったら、告知する予定だけど、『クマさんの憩いの店』と『クマさん食堂』も休みにして、一緒に行くことになっているわよ。その予定を全て、わたしに任せられているから、これからいろいろと大変よ。コケッコウのお世話の手配に、お店の食材を余らせないように調整しないといけないし、ミリーラの町に行く準備もあるし。本当にユナちゃんにも困ったものよね」

ティルミナは困ったと口にするが、楽しそうに話している。

「どれほどの間、行くんだ?」

「まだ、決まっていないけど。ユナちゃんの話だと、7日間ぐらいって言っていたわよ。そんなにお店を空けるのは不安だけど、ミリーラの町との往復や遊ぶ時間を考えれば、そのぐらいは必要だと思う」

「前に、フィナとシュリがミリーラの町に出かけたとき、数日で戻ってきただろう」

「あれはくまゆるちゃんと、くまきゅうちゃんがいたからよ」

「くまゆるちゃんとくまきゅうちゃん、速かったよ」

シュリが教えてくれる。

「これだけの人数になれば馬車で行くことになると思う。馬車だと、ユナちゃんのクマより時間がかかるでしょう」

そうだが。

それだと、その間、俺は一人きりになってしまう。なら、俺の行動は一つ。

「俺も行く」

「行くって、仕事があるでしょう？」

「休みをもらう」

「仕事を辞めさせられても困るんだけど」

「休みを交代してもらえば大丈夫だ」

出発の日が決まっていないのが難点だが、今から、みんなに頼み、当日休みを代わってもらえれば、なんとかなるはずだ。

翌日、俺はギルドマスターに頼み、俺の休みと他の職員の休みを入れ替えてもらい、ミリーラの町に行くときになったら、まとめて休ませてもらうようにお願いをする。

「他の職員がいいと言うなら、問題はない」

「ありがとうございます」

ギルドマスターの許可さえもらえれば、あとは他の職員にお願いするだけだ。

「俺のほうからも頼んでやる」

「本当ですか？」

「ああ、だから一つ頼みがある。ミリーラの冒険者ギルドの現状を調べてきてくれ。周辺の魔物、冒険者の数、ギルドランクも分かると助かる」

「それは手紙でも」

「仕事だ。そう言えば、皆も説得しやすいだろう」

ギルドマスターはニカッと笑う。

そうか。ギルドマスターの言葉の本当の意味に気づくのに時間がかかった。

「それに実際に目で見ないと分からないこともある。その他の時間は自由にすればいい」

ギルドマスターは仕事という名目で行ってこいと言ってくれている。

「ギルドマスター、ありがとうございます」

俺はもう一度お礼を言う。

そして、ギルドマスターの口添えもあり、仕事仲間も承諾してくれた。

そのぶん、俺は海に行くまで、休みを返上して仕事をすることになった。

WonderGOO購入者特典
18 カルスの町に行く　ブリッツ編

俺たちはミリーラの町から、新しくできたトンネルを通り、クリモニアに向かい、いろいろな町を移動をしながら、王都までやってきた。

いろいろな町を見るのは楽しい。ローザたちも俺のわがままに文句を言いながらもついてきてくれている。パーティーの3人には感謝している。

最近、面白かったのは、クリモニアのクマの店だろう。料理も美味しかったが、なによりもクマが目立った。店の入り口にはクマの大きな置物があり、店で働く子供たちもクマの格好をしている。この店がユナの店だというのだから、どれだけクマ好きなんだと思う。

いろいろと街を移動して王都までやってきた俺たちは、しばらくここで仕事をすることにした。何度か仕事をしていると、面白そうな話を聞く。なんでも南に行くと砂に覆われた町があるという。周りは砂しかなく、とにかく暑い場所だという。興味を引かれた。

行ってみたい。と俺が思っていると、偶然にもそのカルスの町に荷物を運ぶ依頼があった。

「砂の大地を見てみたいから、受けようと思うんだが」

俺はローザたちに相談する。依頼を受けるかどうかは相談して決めることにしている。

「面白そうね」

「砂に囲まれた町か、どんなところなんだろうね」

「皆がいいなら、わたしもいい」

話を聞いたローザ、ラン、グリモスの3人とも好意的で、依頼を受けることになった。

俺たちは馬に乗ってカルスの町へ向かう。

南に向かって移動すると、景色も徐々に変わっていく。

「ミリーラの町などと比べると木が少なくなっていくな」

「それはそうよ。砂の中にある町っていうんだから」

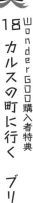

ミリーラは海があり、山があり、森林に覆われていた。でも、徐々に木々は少なくなっていく。

しばらく馬を走らせていると、町が見えてくる。あれがカルスの町だ。

俺たちは町の入り口で、冒険者ギルドと宿屋の場所を教えてもらうと、町の中に入る。

「ちょ、あれ、なに？　トカゲ？」

ランが驚いたように指さす先には大きなトカゲのようなものがいた。

「みんな乗っているよ」

そのトカゲのようなものに、人が乗ったり、荷物を載せたりしている。馬の代わりなのかもしれない。

「あんな大きなトカゲがいるのね」

ローザたちは不思議そうに見ている。いろいろなところに行ったが、トカゲのような乗り物を見るのは初めてだ。

俺たちは町の中を歩く大きなトカゲを見ながら、宿屋を探す。

「汗をかいたから、早くお風呂に入って、さっぱりしたいわね」

王都を出発してから、風呂に入っていない。たしかに、風呂に入りたいところだ。

だが、俺たちが泊まった宿屋には風呂がなかった。

「まさか、お風呂がないなんて」

「他の宿屋にはあるみたいだけど、どこも埋まっているらしいからな」

「でも、宿屋の人に、町の大浴場がある場所を聞いたから、行ってこようかしら」

「わたしも行く」

ランの言葉にグリモスも頷く。

「それじゃ、俺も行くか」

俺たちは荷物を部屋に置くと、大浴場に向かい、風呂で疲れを癒やす。やっぱり、風呂はさっぱりする。

宿屋に戻ってきた俺たちは、今後の相談をする。

「できれば、この先のデゼルトの街へ行く依頼でもあればいいんだ」

依頼の荷物を運ぶ仕事は、ここカルスまで。

俺たちが行きたいのは、この先の砂の大地にあるデゼルトの街だ。

「まあ、それは明日、冒険者ギルドへ行って、確認しましょう」

「そういえば、砂の道を通るときは、あのオオトカゲに乗って行くらしいぞ」

あの大きなトカゲはラガルートというらしい。

「えっ、あれに乗るの？」

ランが少し嫌そうな顔をする。

「聞いた話だと馬じゃ行けないらしい」

細かい話は冒険者ギルドで聞くということで、今日は休むことにした。


翌日、俺たちは冒険者ギルドに向かう。

「ここだな」

俺たちが冒険者ギルドに入ると、少し、騒がしくなる。

「女の冒険者を3人も連れているぞ」

「しかも、3人とも美人、可愛い、カッコいいとタイプが違うぞ」

周りから、そんな声が聞こえてくる。3人とも、顔が整っているから目立つ。

「やっぱり、男は顔なのか」

「そりゃ、パーティーを組むなら、おまえみたいなブサイクな奴より、カッコいい男のほうがいいだろう」

周りから笑いが起きる。

「くそ、なら、あの男の顔を潰《つぶ》して、俺と同じような顔に」

なにか、とんでもない言葉が聞こえてくる。

それと同時にローザとランが左右から体を寄せてくる。

「ローザ、ラン、少し離れてくれ」

「くそ、イチャイチャしやがって」

時と場所を考えてくれ。

「おまえたち、やめろ。男の僻《ひが》みは恥ずかしいぞ」

俺が困っていると、体格のいい男がやってくる。

「あんたたち、見かけない顔だな」

「ああ、この町には初めて来た」

「そうか。ここには女にモテない男たちが多い。暴力をふるう奴はいないと思うが、妬《ねた》ましいと思う輩はいるからな、気をつけたほうがいい」

「そんなときは、俺が守るさ」

「ブリッツ……」

「くそ、顔だけでなく、心までカッコいいな」

「そんな言葉、女の前で言ってみたいぜ」

「おまえじゃ、似合わないって」

「そもそも、言う相手がいないだろう」

周りから、笑い声が起きる。

「それで、色男さんは仕事か？」

「色男はやめてくれ、俺はブリッツ。それから、仲間のローザにラン、グリモスだ。今日は王都から荷物を運んできた」

この町に来た理由を話し、ローザたちを紹介する。

「そうか。俺は、この町の冒険者のドランだ」

お互いに挨拶をする。

ドランのおかげでギルドの中は落ち着き、俺たちは運んできた荷物を受付で引き渡す。

「確かに受け取りました。こちらが依頼料になります」

これで、王都で受けた仕事は終わりだ。

俺たちは依頼が張ってあるボードの前に移動する。

「なんだ。依頼を受けるのか？　今は王都に行く仕事ならないぞ。あるのは砂漠を越えて、デゼルトの街に荷物を運ぶ仕事ぐらいだ」

「そのデゼルトの街に行ってみようと思っている」

そのためにここまで来た。

「なら、俺がいろいろと教えてやるよ。おまえさんはどうなってもいいが、綺麗な女性に死なれると、人類の損失だからな」

ドランはそう言うと、俺たちにデゼルトの街への行き方をいろいろと教えてくれる。

砂漠を渡るには水の魔石をつけたマントが必要なこと。普通の格好では、数時間で倒れることもあるらしい。水の魔石がつけたマントで涼しくさせるらしい。

教わっていなかったから、危なかった。

「おまえさんたちラガルートに乗ったことはあるのか？」

「いや、乗るどころか、見たのも初めてだ」

素直に答える。見栄を張って、嘘をついても仕方ない。

「それなら、馬とは感覚が違うから、乗る練習をしたほうがいいぞ」

俺たちはドランと一緒にラガルートを貸し出している場所に向かう。

「どうして、そんなに親切にしてくれるんだ？」

歩きながら、いろいろと教えてくれるドランに尋ねる。

「悪い噂が立って、人がこの町に来なくなったら、困るからな。女ほど、大げさに広めるからな」

「そんなこと、しないわよ」

「そうよ」

「いや、ランはよく大げさに言うだろう」

確かに、女だけでなく、男だって大げさに言う者はいる。

「まあ、そんなわけで、何も知らない冒険者が来たら、手を貸すことにしている」

こんな男がいれば、冒険者ギルドでトラブルを起こることもないだろう。

さっそく、俺たちはラガルートがいる小屋にやってくる。

「馬と違って、固いね」

ローザはラガルートに触る。

「よく触れるね」

ランはグリモスの後ろからラガルートを見ている。

「とりあえず、乗ってみろ」

ドランに言われて、俺たちは代わる代わる、ラガルートに乗る。ランは嫌がったが、俺が一緒に乗ることで、渋々と乗る。

「うぅ、これに乗って行くの？」

「嫌なら、この町で待っているか？」

「一人で残るなんて嫌。ブリッツが一緒に乗ってくれるなら、我慢する」

ローザもグリモスも、今回はランのわがままを許すことにしたらしい。

それから、ラガルートに乗る練習をした俺たちは、デゼルトに荷物を運ぶ依頼を受ける。

さて、デゼルトはどんな街なんだろう。

楽しみだ。

とらのあな購入者特典

19 クマとの遭遇　ウラガン編

王都で冒険者をしている俺は、今回は砂漠の街、デゼルトまで荷物を運ぶ依頼を受ける。

面倒だが、わりと金になる仕事だ。まずは砂漠の近くのカルスの町まで馬で行き、そこからラガルートというトカゲの魔物に乗り換えて、砂の大地を進むことになる。

俺たちパーティーはカルスの町までやってきた。

「なんだ、あれは？」

最近、仲間になった新顔がラガルートを見て驚く。

こいつの実力は、強くはないが、弱くもないってぐらいだ。俺の指示にも従うし、他の仲間とも仲良くしている。

「おまえ、ラガルートを見るのは初めてか？」

「初めて見た」

ラガルートはトカゲを大きくしたような生物だ。

「それじゃ、驚くよな。これに乗って、砂漠を移動する」

「砂漠を見ても驚くぞ。本当になにもなく、暑いからな」

仲間たちは笑いながら、なにも知らない新顔に教えてやっている。新顔は不安そうにするが、本当に驚くのはこれからだ。

俺たちは馬を預け、ラガルートを借りると、砂漠にあるデゼルトの街に向かう。

砂漠は草木一つなく、砂だらけの大地だ。道もなく、普通に進むと迷うが、砂漠には誰が作ったか分からない、大きな柱が立っている。

「あの柱を目指すのか？」

「そうだ。あの柱がここでの道案内役だ。俺たちをデゼルトの街まで案内してくれる」

柱はデゼルトの街まで続いているので、柱を目指して進めば、迷うこともなく辿り着くことができる。さらに、柱には魔物避けの効果まであり、魔物との遭遇も低くなる。あの柱を作ってくれた、過去の人物には感謝だ。

だからこの場所での敵は、この暑さだろう。水の魔石を入れたマントを着ることで、多少は軽減されるが、暑いことには変わりない。新顔も初めての経験で、戸惑っているようだ。

そして、俺たちはやっとのことでデゼルトの街に到着する。

これで、ようやく落ち着いて休むことができる。慣れない暑さで、疲れも出ている。冒険者ギルドに運んできた荷物を渡して、酒でも飲んでひと休みしたいところだ。

荷物の引き渡しをするために冒険者ギルドに入ると、小娘が近寄ってきて、俺の歩く道を塞《ふさ》ぐ。

「すみません。仕事を引き受けてくれませんか」

仕事？　こっちは街に到着したばかりで、疲れているんだ。引き受けるわけがないだろう。

「他をあたれ」

俺は小娘を追い払おうとするが、小娘は俺の服を摑む。

しつこい。

俺は軽く腕を上げて払いのけると、小娘は床に尻をついて倒れる。俺が悪いわけではない。小娘がしつこいのが悪い。それに軽く払いのけただけだ。

だが、小娘は怖気《おじけ》づくこともなく、立ち上がると、もう一度、近寄ってくる。

こっちは砂漠を移動してきて、疲れているんだ。

もう一度、払いのけようと腕を振ろうとしたとき、俺と小娘の間に黒いものが割り込んできた。

なんだ？

よく見ると、クマの顔のフードを被った女だった。

女はクマの手袋で俺の腕を受け止めていた。

なんなんだ、このクマは。

そう疑問に思ったとき、俺の後ろで新顔の男が、青ざめた顔で「ブラッディーベアー」と呟《つぶや》いた。

ブラッディーベアー？　なんだそれは。

俺は腕に力を込めるが、ビクともしない。

「断るにしても、払いのけることはないんじゃない？」

クマの格好をした女が俺を睨《にら》むように口を開く。

俺だって好きで振り払おうとしたわけじゃない。疲れているのに、小娘が何度も寄ってくるから、軽く払いのけただけだ。

俺はクマの女を払いのけようと腕に力を込めるがビクともしない。さらに力を込めようとしたとき、新顔が「やめたほうがいい」「関わらないほうがいい」と言う。

「あの男は、ああ言っているけど、どうする?」

周りを見回すと受付嬢が俺たちを見ている。ここは冒険者ギルド、余計な面倒ごとは起こしたくはない。

俺はクマの格好をしている女の手を振り解いて離れた。

クマの格好をしている女も、俺から離れる。

すると、受付嬢が俺に仕事を頼んだ少女に話しかけると、少女はギルドから出ていった。そのあとをクマが追いかけるように出ていく。

それを見た新顔はホッとした表情をする。

一体、なんだったんだ。

俺たちは受付で依頼の荷物の引き渡し、ギルドを後にする。そして、疲れを癒やすために宿屋で休むことにする。

「おまえは、あの変な格好の女のことを知っているのか?」

宿屋の食堂で酒を飲みながら、新顔に尋ねる。

「……」

だが、新顔は黙っている。

「話せ」

新顔は仲間の顔と俺の顔を見る。全員、新顔の言葉を待っている。新顔はゆっくりと、クマの格好をした女について話していく。だが、その話はバカバカしくなるような内容だった。

冒険者になりにきたという、先ほどのクマの格好をした女に冒険者が絡んだそうだ。

バカなことをする奴もいたものだ。誰が冒険者になろうといいだろう。実力がなければ死ぬだけだ。

ほうっておけばいいのに。

「そのクマに絡んだデボラネは簡単にやられ、一緒にからかっていた俺たちも試合をすることになった。試合はあっという間に終わった。クマの動きは速く、気づいたときには殴られていた。俺含め、10人以上の冒険者が何もできずに倒された」

「それで、ビビっているのか？」

新顔は首を横に振る。

冒険者になった女はタイガーウルフを倒し、ゴブリンキングと一緒にいたゴブリン100体を倒し、さらにはブラックバイパーまで、倒したという。

普通なら、笑い飛ばして信じなかっただろう。だが、男が真面目な顔で話すので、笑い飛ばすことはできなかった。

それに、俺の腕を受け止めた事実もある。

それで、いつまた絡まれるか分からないから、逃げるように王都に来たそうだ。

だが、あのクマの格好をした女は王都にも現れ、暴れたという。

「思い出した。王都の冒険者ギルドでクマに注意って聞いたことがある」

話を聞いてた仲間の一人が口を開く。俺も王都の冒険者ギルドにいたが、聞いたことがない。

「俺も、知り合いと酒を飲みながら、聞いただけだから覚えだけど、クマの格好をした女の子をからかった冒険者が血祭りにあったとか」

「あのクマの女には喧嘩をふっかけないほうがいい。ふざけてクマの格好をからかうのもダメだ」

男は震えながら、答える。

よほど、怖かったのだろう。

まあ、仲間の言葉だ。忠告として受けておこう。といっても、そうそう会うこともないだろう。

だが、依頼を受けた先でクマに出会うとは思いもしなかった。

俺たちの仕事はそのクマと、この街の領主の娘をピラミッドに連れていくことだ。冒険者ギルドで俺に絡んできた小娘が、この街の領主の娘とは思いもしなかった。会ったとき、断られるかと思ったが、娘は「ありがとうございます」と嬉しそうに言った。

なんでも何度も断られたそうだ。それだけ、危ない仕事なのかもしれない。

俺たちは街の外にやってくる。ピラミッドが見える。あそこまで連れていくのが俺たちの仕事だ。だが、そのピラミッドに向かう途中には、たくさんのサンドワームが砂の中を動き回っている。

引き受けたはいいが、簡単に行けそうもない。もう少し人数を増やすか、対策が必要だ。

俺たちと同様に、今回の依頼に参加しているジェイドに相談しようとしたが、ジェイドはクマに相談する。どうやら、ジェイドはクマと知り合いのようだ。だからといって、俺にでなく、クマに相談するのはムカつくところだ。

クマはどんなことを言うのかと思ったら「それじゃ、全部倒しちゃおうか?」とバカなことを言い出す。

全部なんて倒せるわけがないだろう。だが、話を聞いたジェイドも乗り気だ。なんでも、クマが砂の中からサンドワームを掘り出すから、打ち上げられたサンドワームを俺たちが倒す計画らしい。

そんな簡単に砂の中からサンドワームを掘り出すことができれば苦労しない。だが、ジェイドの言葉によれば、クマならできるらしい。

なら、見せてもらおう。

サンドワームの討伐を始めて、しばらくして、俺たちは息切れする。

「……待て、クマ」

俺たちの前では黒いクマに乗ったクマが風魔法で的確にサンドワームを掘り出していく。サンドワームは砂の上に打ち上げられる。俺たちは、そのサンドワームを剣で刺していく。

腕が疲れる。

クマはそんな俺たちに構わず、どんどん、サンドワームを掘っていく。

ふざけるな。休ませろ。

だが、「できるなら、やってみせろ」と言ってしまったからには、俺が止めるわけにはいかない。

このクマは本当に正確に砂に埋まっているサンドワームの位置を把握して、見逃すこともなく、的確に掘り出していく。クマの実力は認めるしかない。

だが、そろそろ腕が限界だ。

頼むから終わってくれ。仲間はついてこれていない。ジェイドも疲れた様子を見せるが、流石と言うべきか一番サンドワームを倒している。もう一人のトウヤと名乗った男は俺と同様に疲れているが、なんとかついてきている。

止まってくれと思っていると、前を走るクマが止まる。

どうやら、終わったらしい。

辺りを見ると、サンドワームの死体がたくさん転がっていた。

本当に、このクマ、やりやがった。

だけど、このクマの本当の恐ろしさを知るのは、このあとだった。俺たちの前に見たこともない、大きなサンドワームが現れたのだ。

あれは無理だ。

だが、クマはたった一人で戦い、倒してしまった。

俺は新顔の言葉を思い出す。


ゴブリンキングにブラックバイパーを倒した。あの話が事実だということを理解した。

話を信用していなかったわけではないが、理解はしていなかった。だが、目の前で巨大なサンドワームを倒すところを見せつけられれば、脳が理解する。

今後、クマに会っても、バカにしてはいけない、と。

TSUTAYA購入者特典

20 ブラッディーベアーから逃げる冒険者

俺は、さほど強くはないが冒険者をしている。それでも、小さな女の子には負けないと思っていた。

今日は仕事はせず、クリモニアの街の冒険者ギルドで、仲間と楽しく会話をしていた。最近、どんな仕事をしたとか、楽な仕事で報酬のいい仕事はないかと、くだらない話だ。そんな話をしていると、受付のほうが騒がしくなる。何事かと思って、受付のほうを見ると、デボラネが騒いでいた。

デボラネは性格には難があるが、体が大きく、強い冒険者だ。もちろん、俺では勝てない。

そのデボラネが受付で、変な格好をした女の子に絡んでいた。

あれはクマか？

周りからもクマって単語が聞こえるから、クマで間違いないだろう。どうして、あんな格好をしているんだ？

女の子がどうして、クマの格好をしているのかは謎だが、その女の子は冒険者になりに来たそうだ。それをデボラネが冒険者の質が落ちるとか言って、絡んでいるみたいだ。

あのクマの格好で冒険者？　笑わせる。

デボラネの言う通り、ウルフすら倒せそうもない少女に冒険者を名乗ってほしくない。でも、女の子の口から出たのは「ウルフぐらい倒せるよ」という言葉だった。

デボラネは笑い、話を聞いていた他の冒険者も笑う。もちろん、俺もだ。

ウルフは魔物の中でも弱いが、普通の少女が倒せる魔物ではない。

だが、クマの格好をした少女は、自分の実力を証明するため、デボラネに試合を申し込む。しかも、負けたほうが冒険者を辞めることを提案してきた。

受付嬢のヘレンさんは止めようとしたが、女の子はやる気でいる。

結局、ヘレンさんは止めることができず、試合をすることになる。俺を含め、みんなは冷やかしに見学する。

普通の女の子なら、デボラネと対峙《たいじ》しただけで怖がるものだ。でも、クマの格好をした女の子は怖がる様子を見せない。本当に勝つ気でいるみたいだ。

試合が始まる。試合は誰もがデボラネが一方的に勝つと思っていた。だけど、結果は逆。驚いたことにクマの格好をした女の子がデボラネに圧倒的な差で勝った。

試合を見ていた者は信じられないようにクマの格好をした女の子を見ている。俺もその一人だ。

そんなクマの格好をした女の子は俺たちをほうを見て、試合をしようと言う。

俺たちはデボラネの言葉を思い出す。

試合が始まる前、デボラネが「貴様に負けたら辞めてやるよ。なあ、お前たち」と俺たちに向かって言った。それに対して、俺たちは「おお！」と返事をした。

クマの格好をした女の子はヘレンさんに、そのことを確認する。ヘレンさんは頷《うなず》く。

俺たちも逃げることはできない。デボラネを倒す相手に、誰もが一人で勝てるとは思っていない。だから、一人の冒険者が「まとめて相手をしてもらおうか」と言い出した。

その言葉で、誰もが、全員でかかれば勝てると思った。俺もだ。

でも結果は、俺たちは手も足も出ず、女の子に殴られ、デボラネと同じように地面に倒れることになった。

俺たちはクマの格好をした女の子一人に負けた。

冒険者ギルドカードの剝奪《はくだつ》が頭に浮かぶ。

だが、それはギルドマスターのおかげで回避された。その代わりにクマの格好をした女の子には誰も手を出さないようにギルドマスターに言われた。そんなことを言われなくても、デボラネの酷い顔を見れば、二度とクマに関わろうとしないだろう。

その後、冒険者になったクマの格好をした女の子はタイガーウルフ、ゴブリン１００匹、ゴブリンキング、さらにはブラックバイパーまで倒した。倒された魔物を見たけど、どれも俺一人で倒せるような魔物ではなかった。そんな相手を俺たちは笑い者にしたかと思うと、バカなことをしたと思う。

その血みどろの魔物やデボラネの顔を見た冒険者は、女の子のことをブラッディーベアーと呼ぶようになった。

俺はクマの格好をした女の子を見るたびに体が震えてしまう。仕事にも支障が出るようになった俺は住み慣れたクリモニアを出ることにした。

そして、逃げるように王都にやってきた。ここにはクマはいない。それにクリモニアと違って、人が多く、活気がある。ここで新しい冒険者としての生活を始めることに決めた。

だが、そんな俺の気持ちを裏切るように、冒険者ギルドが騒がしくなる。

笑い声や、小馬鹿にする声が聞こえる。

俺は騒ぎになっているほうを見ると、クマの格好をした女の子。ブラッディーベアーがいた。

なんでクマがここにいるんだ。

俺は叫びそうになるのを堪える。

関わってはいけない。でも、そのブラッディーベアーに絡むバカがいる。だから、どうして、絡むんだ。

その女だけはダメだ。

「そのクマには手を出さないほうがいい」

俺のことがバレて、また殴られるかもしれないので、俺は忠告だけすると、顔を隠す。

だが、俺の忠告を聞かないバカがクマに絡む。

やめろ。死ぬぞ。

俺の気持ちは届かず、クマに絡んだ男は吹き飛ばされ、それを見た仲間が怒る。

やめろ。すぐに謝れ。

俺の気持ちに関係なく、クマと冒険者たちは外に行く。そして、すぐに叫び声が聞こえてくる。

どうやら、クマに返り討ちにあったみたいだ。

だから、俺はやめろと言ったんだ。無知とは怖いものだ。

その後、クリモニアと同様にギルドマスターが仲裁し、クマの格好をした女の子が来ても、絡んだり、ちょっかいを出したりしないようにと忠告された。約束を守れない者はギルドマスターが処罰をするとまで言う。

それからはクマが冒険者ギルドに現れることもなく、俺はウラガンという男のパーティーに入れてもらい、充実した冒険者ライフを送ってきた。ウラガンは口が悪いが、強く、仲間がピンチのときは助けてくれて頼りになる。

そんなウラガンが南の砂漠に行く依頼を受けた。砂漠のことは聞いたことはあったが、行ったことはないから楽しみだ。

話では聞いていたが、来てみれば、本当に砂しかなく、暑くて堪《たま》らなかった。

あと、なにに驚いたかというと、トカゲのようなラガルートに乗って砂漠を移動したことだ。なにもかも新鮮で充実な冒険者を過ごしている。クリモニアを出て正解だった。

だが、その気持ちは早々に壊されることになる。

俺たちは、砂漠の街、デゼルトに到着すると、冒険者ギルドに報告しに行った。そこで小さい女の子がウラガンにつきまとい始める。仕事を頼みたいそうだが、砂漠を越えてきた俺たちは疲れていて、ウラガンは女の子に対して、面倒臭そうに対応する。そして、ウラガンが女の子を払いのけようとしたとき、黒いものが間に入ってきた。

間違いようがない。ブラッディーベアーだった。俺はとっさのことで声が出なかった。

クマは睨《にら》みつけるようにウラガンの腕を摑んでいた。このままではウラガンがデボラネのような目にあってしまう。

「そのクマに関わらないほうがいい」

どうにか、口を開き、注意する。

仲間から、知っているのかと尋ねられる。クマも俺のことを見る。俺はとっさに、「知らない」と答えた。

もし、知っていると言って、あのときのことを思い出されたら、殴られるかもしれない。

俺は自分の身を守るため、それ以上は何も言わなかった。

ウラガンは腕に力を込めて、クマの手を払いのけようとする。表情を見れば、かなり力を入れていることが分かる。

これ以上はダメだ。

俺の気持ちが伝わったのか、ウラガンは腕を引っ込める。クマもそれ以上はなにもしてこなかった。よかった。

だけど、この街で受けた依頼先に、またクマがいるとは思いもしなかった。

どうして、何度も俺の前に現れるんだ。

協力書店購入者特典

21 クマとの遭遇　ラサ編

わたしの名前はラサ。イシュリート家で働かせていただいているメイドです。元々は祖母がこの家で働いていました。ですが、年齢のこともあって、辞めることになり、わたしが祖母の代わりに仕事をすることになりました。イシュリート家には幼い頃から、祖母に連れてこられていて、皆さんとは面識がありましたので、すぐに受け入れてくださいました。

わたしがここで働くことになって3年。カリーナ様も大きくなられました。わたしのことを姉のように慕ってくれ、わたしも妹のように大切に思っています。

そんなカリーナ様が泣きながら帰ってきました。

わたしたちの街は砂漠の中にあり、湖は生きていくためになくてはならないものです。その湖の水が減り始めました。

湖の管理をしているのは、イシュリート家です。そのことは街に住む者なら誰もが知っていることです。最近、湖の水が減り始めたことで、イシュリート家に問い合わせが多くなって、当主であるバーリマ様は忙しくしています。

そんなある日、バーリマ様とカリーナ様は水を確認するためピラミッドに行くことになりました。

ですが、ピラミッドから戻ってこられたカリーナ様は泣いており、バーリマ様は腕を痛めていました。

なんでも、湖の水を管理するための大切なものをなくしてしまったそうです。そのときに、バーリマ様は怪我をしてしまったといいます。

カリーナ様は、大切なものをなくしたのも、バーリマ様が怪我をしたのも、自分の責任だと言い、自分の部屋で泣き崩れていました。わたしは、どんな言葉をかけてよいのか分からず、ただ側にいることしかできませんでした。

それからしばらくして、カリーナ様は頻繁にどこかに出かけるようになりました。部屋に閉じ籠《こ》もっているよりはいいですが、帰ってくると、いつも悲しそうな顔をしています。

尋ねても、「大丈夫です」と答えるだけです。

とても、そんなふうには見えません。

今にも、一人でどこかに行ってしまいそうな感じです。

なるべく、気にかけることにします。


翌日、またカリーナ様の姿が見えません。

どこに行ったの？

昨日の表情を思い返すと、カリーナ様が、一人でピラミッドに向かったのでは、と想像してしまいます。

カリーナ様は、ピラミッドで大切なものをなくしたことをとても後悔していました。

そのなくしたものはバーリマ様が冒険者ギルドに探索依頼を出しています。始めは引き受けていた冒険者もいましたが、ピラミッドの周辺に魔物が増え始めてから、誰も受けてくれなくなったと言っていました。

バーリマ様にカリーナ様のことを相談したほうが、いいのかもしれない。わたしが、どうしようかと悩んでいると、カリーナ様が帰ってきました。

よかった。街の外には出ていなかったようです。

でも、カリーナ様の側に変な格好をした女の子がいました。

名前はユナさん。なんでも、冒険者ギルドで出会い、バーリマ様に会いに来たそうです。

こんな変な格好した女の子が冒険者で、しかもバーリマ様に会いに？

カリーナ様は信じているようなので、わたしも丁寧に対応をします。

そして、バーリマ様のことを聞かれ、執務室で仕事をしていることを伝えると、カリーナ様は駆け出していきます。ユナさんも、わたしのほうを窺うと、カリーナ様を追いかけていきます。

わたしが行っても、なにもできることはありませんが、後を追いかけます。

ですが、用もなく、バーリマ様の部屋に入ることできません。

そうだ。来客のお茶の用意をすれば中に入ることができます。

わたしはお茶の用意をするため、キッチンに向かうと、奥様のリスティル様とお会いしました。

「お客様？」

わたしは、カリーナ様がクマの格好をした女の子を連れてきたこと、そしてバーリマ様の執務室にいることをお話しします。

リスティル様はわたしの話に驚き、執務室に向かって歩きだします。

お茶の数を一つ増やさないといけなくなりました。

そして、お茶の準備を終え、運ぼうとしたとき、カリーナ様がやってきて、お茶の用意を頼まれました。

タイミングがよかった。

わたしがあらためて、お茶を運ぼうとすると、カリーナ様が「わたしに運ばせてください」と言い出しました。

「ですが、これはわたしの仕事ですので」

「わたし、お父様とユナさんのお話が聞きたいんです。このままでは部屋に入れてくれないと思います。だから、わたしに運ばせてください」

どうやらカリーナ様は、お部屋にもう一度入るための理由が欲しいみたいです。

カリーナ様の表情が少しだけ、和らいでいる感じがします。あのクマの格好の女の子のおかげかもしれません。

「分かりました。それなら、カリーナ様に手を貸すことにします。それではお茶を運ぶ仕事はカリーナ様にお願いしますね」

「ラサ、ありがとう」

カリーナ様は嬉しそうに微笑みます。カリーナ様は台車にお茶を乗せ、部屋に運んでいきます。

カリーナ様が話を聞くことができたか心配になるけど、わたしは自分の仕事をします。それからしばらくして、カリーナ様が嬉しそうにわたしのところにやってきました。

「ラサ、ユナさんが泊まるお部屋を用意してください」

どうやら、あのクマの格好をした女の子は泊まっていくことになったらしいです。

「分かりました。すぐに準備をします」

準備といっても、部屋の掃除はしてあるので、ベッドのシーツを替えるぐらいです。

「どの部屋ですか？」

「2階の少し広めの客室でいいのでは」

バーリマ様のお客様です。それに他のお客様は誰もいませんので、広いお部屋を使っていただくことにします。

「あの部屋ですね。分かりました。話が終わり次第、ユナさんを連れていきますね」

カリーナ様は嬉しそうです。

「あと、ユナさんの食事もお願いします」

確かにそうですね。あとで食材の確認をしないといけませんね。

話を終えたカリーナ様はユナさんのところに駆けだしていきます。

カリーナ様はあのクマの格好をした女の子のおかげで元気になりました。少し、悔しくもあるけど、よかったとも思います。

わたしは急いで客室に向かい、空気の入れ替えとシーツの交換を終えると、タイミングよくカリーナ様がユナさんを連れて部屋に入ってきました。

やっぱり、クマの格好ですよね。

前に本で見たクマに似ています。本で見たときは、もっと怖い感じでしたが、ユナさんはとっても可愛らしいクマの格好です。カリーナ様が懐くのも分かる気がします。

わたしはユナさんに部屋の説明をすると、食事の準備をするため、キッチンに向かいます。

さて、何を作りましょうか。

住んでいる地域によって、口に合わないことはよくあります。なので、別の地域から来たお客様には気をつかいます。

まして、主人のお客様です。クマの格好をしているけど、失礼がないようにしないといけません。

わたしは少し考えて、カレーを作ることにしました。

カレーはいろいろなスパイスを混ぜて作った料理です。前にエルファニカ王国から来たお客様に出したとき、好評でした。ユナさんのお口にも合うといいのですが。


そして、夕食の準備も終わり、皆を呼びに行きます。

全員が食堂に集まり、わたしは料理を並べていきます。お皿にカレーを入れると、ユナさんが驚いた表情をします。

匂いが強いので、驚いたのかもしれません。

でも、食べれば、きっと気に入ってくれるはずです。

そして、わたしも椅子に座り、一緒に食事をします。

わたしはユナさんの評価が気になるので、軽く目を向けます。ユナさんがパンをカレーにつけて、口に入れると、表情が変わります。

どっち？

隣にいるカリーナ様と話をしています。

カリーナ様がわたしを呼びます。

もしかして、口に合わなかったのでしょうか。

違いました。

このカレーの作り方を教えてほしいというお話でした。

ユナさんは、カレーを気に入ってくれたみたいです。

これは祖母から母へ、母からわたしが教わったレシピです。

簡単に教えるのは躊躇《ためら》われます。

なので、条件を出すことにしました。

わたしはカリーナ様たちに美味しい料理を食べてほしいと、いつも思っています。なので、わたしが知らない美味しい料理のレシピと交換条件を出します。

ユナさんはエルファニカ王国から来たと言っていました。わたしが知らない料理のレシピを知っているかもしれません。

ユナさんは少し考え、夕食の後にお菓子を食べさせていただけることになりました。

どんなお菓子がいただけるのか楽しみです。

電子版購入者特典
22 ウラガンと酒を飲む　ジェイド編

俺たちはデゼルトの街でユナと再会し、この街の領主のバーリマさんの依頼を受けた。内容は街の近くにあるピラミッドで落とし物を探すことだった。

その落とし物は見たこともない大きなスコルピオンの体の中にあった。俺たちは一度、街に戻ることを提案するが、一緒にいたユナが一人で戦うと言いだした。ユナは可愛らしいクマの格好をしている少女だが、見た目からは信じられないほどに強い冒険者だ。俺たちはユナの言葉を尊重して、任せることにした。

ユナなら、何かあっても逃げてこられると思ったからだ。しかし、ユナは信じられないことに、本当に巨大なスコルピオンを一人で倒してしまった。

あのクマの格好と年齢からしたら、誰も信じることはできないだろう。俺だって、クリモニアでユナのしたことを知らなければ、信じはしなかっただろう。

ユナのおかげで無事に探し物を見つけた俺たちは、お礼も兼ねて、バーリマさんのところで食事をごちそうになった。どの料理も美味しかったが、少し物足りない。

それは一緒に依頼を受けたウラガンたちも同様のようで、彼らと酒を飲みに行くことになった。

「ジェイド様の奢《おご》りだ」

「奢らないぞ」

勝手なことを言うな。

「ランクC様がせこいな。それにあんな美人を2人も連れ回しているんだから、酒ぐらい奢れ！」

「そうだ。そうだ」

「メルさんもセニアさんも綺麗だよな」

周りからも声があがる。

「2人は関係ないだろう」

まあ、2人とも、女性冒険者の中では綺麗なほうだろう。それを本人たちの前で言うと、調子に乗るから口にはしない。

「とりあえず、1杯は奢ってやるから、それでいいだろう」

「まあ、今日のところは1杯で許してやろう」

今日のところって、おまえたちと何度も酒を飲むつもりはない。

とりあえず、酒と適当に食べ物を注文する。

「ジェイド。あんたは、あのクマについて詳しいのか？」

運ばれてきた酒を飲みながらウラガンが尋ねてくる。

「彼女の拠点としている街に行ったこともあるし、一緒に仕事をしたこともあるから、多少は知っている」

「確か、クリモニアだったか」

「ああ、知っていたか」

「うちの一人がクリモニアから来ているから、少しだけ話を聞いた。初めはどれもバカバカしい話だと思ったが、今回のことで、嘘じゃないことを理解した」

話だけを聞けば、疑いたくなる話ばかりだ。俺だって、話を聞いただけだったら、信じなかったと思う。

「サンドワームを砂の中から、的確に掘り起こせる魔法の技術。大きなサンドワームに、見たこともない大きなスコルピオンの討伐。この目で見ても、未だに信じられん」

実際にこの目で見ても信じられないことだから、仕方ない。でも、事実だから、受け入れるしかない。

「一つ、忠告しておくが、あの嬢ちゃんをバカにしたり、あの格好についても尋ねないほうがいいぞ。あの嬢ちゃんのことを何も知らずに絡んだ冒険者がボコられて、酷い目にあったらしいぞ」

トウヤが酒が入ったコップを持ち、笑いながら忠告する。

「そのうちの一人が俺のパーティーにいるぞ」

ウラガンは一人の男を見て、笑いだす。その男は苦笑いを浮かべる。

「それはご愁傷様だったな。俺たちは、その日は冒険者ギルドにいなかったら、見ることができなかった。残念だぜ」

「いや、トウヤ。おまえがその場にいたら、絶対にユナに絡んでいたと思うから、やられた冒険者たちと同じ運命を辿《たど》っていたと思うぞ」

「確かに、それは否定できないな」

トウヤの実力ではユナには勝てない。ユナの戦いを見たわけではないが、ブラックバイパー、黒虎《ブラックタイガー》、ゴーレム、それから、今回の巨大なサンドワームにスコルピオン。簡単に倒せない魔物ばかりだ。それをたった一人（クマを入れれば3人？）で倒している。ユナの実力は測り知れない。

ただ言えることは、俺たちパーティーメンバーが全員で戦っても勝てるかは微妙なところだ。

それだけ、ユナが強いってことだ。

「それにしても、あのクマはあれほどの大きなスコルピオンを、どうやって倒したんだ？」

「分からない。サンドワームのときは火の魔法を口の中に入れていた。スコルピオンにはその形跡がなかった」

そもそも、体内破壊は簡単にできることじゃない。普通は口の中では魔法は打ち消される。体内を破壊できるってことは、ユナの魔法が、それだけ強力ってことだ。

「尻尾《しっぽ》は切れていたよな」

「だからと言って、あれが致命傷にはならないだろう」

「そもそも、あの尻尾をどうやって切ったんだ？　あんなの簡単に切れるもんじゃないぞ」

甲殻に触ってみたが、かなりの硬さがあった。

「ユナはミスリルのナイフを持っていたから、それで斬ったと思う」

「いや、ナイフじゃ短いだろう」

「アイテム袋に剣が仕舞ってあるのかもしれない。しかも鍛冶《かじ》職人ガザルの銘入りの」

「ガザルって、あの王都の鍛冶職人のガザルか？」

俺の言葉にウラガンは驚いた表情する。

「ああ、ナイフを見せてもらったから、間違いない」

ウラガンは俺の言葉に信じられない表情をする。

「あのクマはなんなんだ。甲殻も簡単に譲るし、今回のことは黙っててほしいと言うし、冒険者なら、自慢をするもんだろう」

「ユナは金も名声も興味がないらしい。本人は目立つのは嫌いとか言っている」

「ふふ、笑わせるな。あんな格好をしていて、目立ちたくないとか」

分かっている。でも、それを本人が望んでいる。

ゴーレムを討伐したときも、口止めされたし、一緒にいたバーボルドたちが自分たちがゴーレムを倒したように言っていたと教えても、怒った様子はなかった。

普通なら、自分の功績を他人に取られれば怒るものだ。それに自分の功績を広めるのが冒険者だ。それによって、知名度や信頼度も上がり、入ってくるお金も変わってくる。

あんな格好をしているのに、本当にユナは目立ちたくないんだろう。

「まあ、口止め料として、スコルピオンの素材を譲ってもらったからには、誰にも言うつもりはない。おまえたちも絶対に言うなよ」

ウラガンが仲間に念を押す。

「トウヤもだぞ」

「分かってるって。俺だって、まだ死にたくないからな」

酔っていて、本当に理解をしているのか不安になる。トウヤは口を滑らせることがあるから、危ない。

「それにしても、あれで防具を作るのが楽しみだ。早く王都に戻って、作りたいぜ」

ウラガンは嬉しそうに酒を飲む。

あの巨大はスコルピオンの甲殻は軽いのに堅い。防具としては最高級の素材だろう。俺は小手を作るつもりでいる。剣を振るうとき、重い小手だと腕にかかる負担が大きくなる。

その点、ユナから譲ってもらったスコルピオンの甲殻は軽く、強度もあるので、小手には最適な素材だ。

それは小手だけに言えることでなく、足でも、胴体でも防具が軽く強度が高ければ、動きやすくなる。動きやすくなれば魔物を倒しやすくなる。冒険者なら、喉から手が出るほど欲しい素材だ。

そんな素材をユナは簡単に譲ってくれた。

ユナにとっては、価値はそれほどないんだろう。本当に不思議な女の子だ。

VOL.
20.5
Kuma Kuma Kuma Bear

▶ILLUSTRATION GALLARY_

Kuma Kuma Kuma Bear
VOL.13

STORY

くまクマ熊ベアー14

従業員旅行のこと、忘れてないよね…？

デゼルトの街から帰ってきたユナ。王様に報告を済ませてクリモニアのお家でのんびりしていたところにフィナから連絡が！　計画中の従業員旅行の日程を早く決めないとゲンツが休めないみたい。何人が参加するのか、移動手段は？　クマさん社長、決めることが山積みだ！

水着がついに完成！

シェリーに頼んでいた水着が完成して、試着することになったユナたち。シュリは孤児院の子供達も着るスクール水着を着て楽しそう！　可愛くていいねと思っていたら…ちょっと待って!?　お尻のところにクマさんの尻尾が…？　自分が着る水着がクマさん仕様になっていないか不安になるユナなのであった。

いざ、ミリーラへ!!

いよいよ従業員旅行の日！　ユナお手製のクマバスを動かすために白クマの状態になって準備万端。孤児院のみんな、くまさんの憩

いの店のみんなやアンズたち、フィナとシュリの家族、ノアとシア、ミサなど大所帯でミリーラの町に出発だ!!

海を大満喫!?

楽しいバス移動を経て、ミリーラに到着したユナたち。大きなクマさんハウスに荷物を置いて早速海に遊びに行こう！　しっかり準備運動をして、クマさんの尻尾がついた水着に耳がついた帽子を着た可愛い子供達。泳ぎ方を教わったり、海で遊ぶみんなだったけど…あれ、ユナがいない？　シェリーが作ってくれたからと頑張って水着を着たのに、みんなクマ服じゃないユナに気づいてくれない!?

とらのあな購入者特典

23 出発の準備　ティルミナ編

　ユナちゃんの思いつきで、孤児院の子供たちや、お店で働くモリンさんたちを連れて、海に行くことになった。そのため、わたしの仕事が一気に増えた。

　ユナちゃんから話を聞いたわたしは、いつも通りに仕事をしてから、院長先生のところに向かう。

　まだ、子供たちには聞かれたくないので、個室で話をする。

「それで、子供たちに聞かせたくない話とはなんでしょうか？」

　院長先生が少し不安そうにする。

　わたしが子供たちに聞かせたくないと言ったことが、不安にさせたみたいだ。

「すみません。別に、悪い話ではなく、子供たちに聞かれると、騒ぎになると思っただけです」

　わたしはユナちゃんが、孤児院の子供たちを連れて、海に行くことを考えていると伝える。

「全員ですか？」

「院長先生やリズさん、ニーフさん。それから、ユナちゃんの働いているお店の人たちもです」

　わたしが説明をすると院長先生は驚く。

「わたしもですか？」

「できれば、子供たちを見ていただけると助かります」

　子供たちは元気で、勝手に動き回る。そんな子供たちを監督できるのは院長先生しかいない。もちろん、リズさんやニーフさんの言うことも聞くけど、やっぱり、院長先生の言うことを一番聞く。院長先生の存在は大きい。

「でも、相変わらず、ユナさんは驚くようなことをしますね」

　本当だ。ユナちゃんは、思いつきで行動する子だ。それに振り回される身にもなってほしい。

　でも、面倒だと思っても、本気で嫌だと思ったことはない。こうやって、働けるのは嬉しいし、ユナちゃんのやることは新鮮で楽しい。

ただ、今回は楽しいだけではない。

「それと、ニーフさんですが……」

「そうですね。わたしから、伝えておきます。無理強いはできませんので」

わたしの言葉の雰囲気を感じとったのか、理解してくれる。

「はい、その辺りはユナちゃんも分かっていると思いますので」

ニーフさんや、くまさん食堂で働く、ミリーラの町から来た人たちは、何かしらあって、クリモニアに来ていると聞いている。もしかすると、ミリーラの町に行きたくないかもしれない。その場合はクリモニアに残ってもらうことになっている。

孤児院を後にしたわたしは、「くまさんの憩いの店」に今回の件を伝えに行く。話を聞いたみんなは驚いていた。

全員で行くこともそうだけど、お店を休みにすれば、お金は入ってこない。でも、ユナちゃんは旅行中のお給金を減らしたりはしない約束をした。そのことを説明すると、さらに驚いていた。

モリンさんは信じられなさそうに、カリンちゃんは嬉しそうにしていて、ネリンちゃんは、わたしもいいのかなと呟《つぶや》いていた。

次にくまさん食堂に向かう。

ニーフさんのことは院長先生に頼んでしまったけど、流石にアンズちゃんに、セーノさんたちのことをお願いをするわけにはいかない。

わたしが不安そうに3人に伝えると、3人は思ったより前向きだった。

逆に気にしないでって言われた。

3人は顔を見合わせて、ニーフさんを含めて相談すると言った。

わたしは時間はあるので、ゆっくりと考えてと伝えた。詳しいことを知らないわたしには、それしか言うことができない。

年上なのに、もう少ししっかりしないといけないわね。

それから、わたしはユナちゃんに頼まれたことを商業ギルドに相談しにいく。

「ティルミナさん、今日は、どうかしたのですか？」

ニコニコと微笑む女性。まだ若いのに商業ギルドのギルドマスターのミレーヌさんだ。

「その、相談がありまして」

「何かしら？　儲け話ですか？」

「違いますが、考え方によっては、儲け話になるかもしれません」

わたしは孤児院の子供たちや、お店の人たちを連れてミリーラの町に行くことを説明する。

「全員？」

「はい、全員です」

ニコニコと微笑んでいたミレーヌさんの表情が驚いた表情に変わる。

「それで、その間、子供たちもいないので、商業ギルドにコケッコウのお世話をしてくれる人を手配してくれないか、お願いできればと思って」

図々しい頼みなのは分かっている。

「ガッツさんや、ビリーさんなら、お世話の仕方を知っているので、助かるのですが」

ガッツさんとビリーさんは卵を取りに来てくれる商業ギルドの人だ。たまに、こちらの準備が終わっていないと、コケッコウのお世話を手伝ってくれたりしている。

2人なら、コケッコウのお世話の仕方も知っているし、安心して任せられる。それに、ミレーヌさんが手配してくれた人ってこともあって、信用できる人たちだ。

「それは大丈夫ですけど」

「本当ですか？」

「ええ、前もって日にちが分かっていれば、対応はできますよ」

現状では出発する日にちは決まっていない。でも、日にちが前もって分かっていれば、対応してくれるというのは助かる。

わたしたちは、現在決められることを話し合う。

「それじゃ、お店も休みにするから、卵は全て、こっちで引き取っていいんですね」

「はい。捨てるようなことはしたくないので、商業ギルドで、全て引き取ってくれると助かります」

価格はいつもよりも安くなるが、ユナちゃんには確認済みだ。

「それじゃ、その間、キャンペーンでもしようかしら」

ミレーヌさんは、何かを考え込むと楽しそうに微笑む。さすが商業ギルドマスターだ。

「でも、海で遊ぶなんて、いいわね。ミリーラの町には、仕事で行ったことしかないから」

「その、ミレーヌさんも行きます？　きっと、ユナちゃんなら、大丈夫って言うと思いますよ」

「ふふ、ありがとう。気持ちだけ受け取っておくわ。行きたいけど、仕事もあるし、その卵の件もできちゃったし、無理だと思うから」

「ごめんなさい」

「ふふ、いいですよ。しっかり、楽しんできてくださいね」

本当にミレーヌさんには助けてもらってばかりだ。

それから、いろいろと準備を始めると細かい問題点がいくつか出てきた。

一番重要なのはお店の食材の管理だ。ちゃんとしないと、いつも注文している八百屋さんや肉屋さんに迷惑がかかる。

いきなり、明日から不要と言われたら相手も困る。できれば、前もって伝えないといけない。

でも、日程が決まらないことには伝えることもできない。

あと、お店で余った食材だ。全て使い切れれば一番いいのだけど、そう簡単なことではない。通常なら、翌日に回せる食材も、休みにすれば回すことはできない。

あとは、お店が休みになることを前もって告知しないといけない。いきなり休むことになれば、いつも食べに来てくれているお客さんに迷惑がかかる。

いろいろとやることはあるけど、どれも日程が決まらないと、できないことばかりだ。

あと、海に行くことを聞いたゲンツも一緒に行きたいと言い出した。仕事を長く休んで冒険者ギルドを辞めさせられでもしたら困るんだけど、休みを返上して働くと言い出した。

無理はしないでほしいんだけど……。

ゲンツのことも含めて、いろいろとユナちゃんに相談しようと思ったけど、ユナちゃんは領主様に依頼された仕事で王都に出かけていた。

まあ、今はユナちゃんが帰ってくるまでに、できることをしておきましょう。

ミリーラの町に行く準備を始めてから数日が過ぎた。

ニーフさんたちも一緒に行くと言ってくれた。少し心配だったけど、4人でちゃんと話し合って決めたそうだ。

4人が決めたなら、わたしがとやかく言うことではない。

そろそろ、ユナちゃんに相談がしたいと思っていると、フィナの持っているクマフォンという魔道具を通してユナちゃんから連絡があった。

フィナの話では国王様に仕事を頼まれて、遠くの街に行っているそうだ。

領主様に仕事を頼まれて王都に行って、次は国王様に仕事を頼まれるって、わたしからしたら想像もできないことだ。

でも、娘たちによると国王様と仲良く話をしているらしい。娘たちもお城に入ったり、国王様と王妃様、お姫様たちと食事をしたりしたそうだ。

ユナちゃんがいれば大丈夫だと思うけど、娘たちも国王様と会っていると思うと、少し不安になる。

あと、とりあえず、ゲンツも一緒に行く許可はもらえたみたいだ。

一緒に海に行くために、休み返上で働いているゲンツのために、今日は美味しいものでも作ってあげようかしら。

TSUTAYA購入者特典
24 クマバスの中 ノア編

今日はミリーラの町に行く日です。楽しみで早く目が覚めてしまいました。わたしは隣に寝ているミサを起こし、王都から帰ってきたシアお姉様とともに、待ち合わせの場所に向かいます。でも、誰もいませんでした。どうやら、わたしたちが一番早かったようです。

でも、まもなくして、ユナさんとフィナたちが来ました。

そして、ユナさんはミリーラの町まで行く移動手段として、クマさんの形をした馬車をクマのアイテム袋から出しました。

しかも、大きいクマの馬車と小さなクマの馬車が2台です。小さい馬車は色が黒と白なので、くまゆるちゃんとくまきゅうちゃんに似ています。ユナさんは好きなほうに乗っていいと言いますが、そんなに簡単に選べません。なので、わたしはミサとフィナと共にクマの馬車を見て、選ぶことにします。

「フィナは知っていたのですか？」

フィナとシュリはクマさんの馬車を見ても驚いていませんでした。

「大きいクマの馬車は知っていましたが、小さいクマの馬車は知りませんでした」

なんでも、大きいクマの馬車を作るときに、フィナとシュリは一緒にいたそうです。

「フィナ、抜けがけはズルいです」

フィナはユナさんと一緒にいることが多いから、仕方ないですが、羨《うらや》ましいです。

「でも、馬車の試し乗りをさせられて大変だったんですよ」

「うん、お尻痛かったよ」

話を聞くと、いろいろなクマの形をした馬車に乗せられ、大変な目にあったそうです。

でも、このクマの馬車以外にも乗れたことは、やっぱり羨ましいです。

「それで、みんなはどうします？」

孤児院の子供たちがやってきて、大きなクマの馬車に乗っています。早く決めないと乗る場所がなくなってしまいます。

ちなみに、わたしは全てのクマさんに乗りたいです。そのことを踏まえて話し合った結果。フィナたち家族とわたしたちは別々のクマさんの馬車に乗り、後で交代することで、クマさんの馬車の両方に乗れることになりました。

フィナたちと一緒に乗ると、他の人に交代をお願いしないといけなくなります。ですが別々に乗れば、交代もしやすいです。もちろん、フィナのお母様の許可はいただきました。


初めは、大きなクマの馬車にフィナたちが、小さいクマの馬車にはわたしたちが乗ることになりました。

わたしはミサ、お姉様、マリナとエルを連れて、白っぽいくまきゅうちゃん色の馬車に乗ります。

一番前の席にはわたしとミサ、真ん中にシアお姉様、後ろの席にマリナとエルが座ります。

そして、全員揃ったところで、ミリーラの町へ出発します。

大きなクマの馬車を先頭に、わたしたちの小さなクマの馬車も動きだします。

「馬もいないのに動きだしました」

はじめはどうやって動かすのかと思ったのですが、ユナさんが魔法で動かすそうです。

ユナさんと国王陛下の誕生祭のため王都に行ったときに、盗賊を捕まえました。そのときに、ユナさんはクマのゴーレムを作り、盗賊を檻《おり》に入れ、運んでいました。

それと同じことらしいです。

話を聞くと簡単のように聞こえますが、誰でもできるようなことではないみたいです。

「ユナちゃんの魔力が羨ましいわ」

後ろに乗っている魔法が得意なエルがため息を吐《つ》きながら呟きました。その呟きにミサが反応します。

「エルはできないのですか？」

「そうですね。車輪を動かすだけならできると思います。でも、重量、速度、距離、それらのことを考えると、長時間、遠くまで走らせることは無理です」

ミサの質問にエルが細かく説明してくれます。

「しかも、3つの馬車を一人で動かすなんて、信じられません」

「難しいんですね」

「そうですね。だから、平気な顔でやっているユナちゃんの魔力が羨ましいです」

魔法使いのエルから見ても、ユナさんの魔力は大きいみたいです。

いつかは、わたしもこんな魔法を使ってみたいです。


クマ馬車は何事もなく順調に進みます。

速さは大人の人が走っているぐらいでしょうか。

でも、のんびりと動く馬車よりは、間違いなく速いです。

「ノア。確か、冷蔵庫の中に飲み物があるってユナさんが言っていたよね。取ってもらえる？」

後ろにいるお姉様に頼まれます。

「はい。少し待ってください」

一番前の真ん中に小さな扉みたいのがあります。この中に飲み物が入っていると言っていました。

扉を開けると、冷たい空気が流れてきます。そして、ユナさんの言う通りに、飲み物が用意されていました。

「お姉様、どうぞ」

「ありがとう」

お姉様は受け取ると、飲み物を飲む。

「冷えていて、美味しい」

わたしとミサも飲むことにします。確かに、冷えていて、美味しかったです。

クマ馬車は進み、外を眺めながら、ミサやお姉様と話をしていると、クマ馬車が止まります。

どうやら、お昼の休憩をするみたいです。

お昼ごはんは、クマの憩いのお店でパンを作っているモリン叔母さんが用意してくれました。とても美味しかったですが、クマパンがなかったのは残念でした。

そして、お昼ごはんを食べ終えたわたしたちはフィナと交代することになります。

「ティルミナおば様、申し訳ありません」

「いいんですよ。話は聞いていましたから」

フィナたち家族は、わたしたちが乗っていたくまきゅうちゃん色のクマ馬車に乗ります。代わりにわたしたちが大きなクマの馬車に乗ります。

小さいクマ馬車もよかったですが、大きいほうもいいですね。

わたしはくまゆるちゃんを抱いて、ユナさんの隣に座ります。

「あれ、ノアが乗るの？」

「はい、フィナと交代で乗ることになっていますので」

帰りはくまゆるちゃん色のクマ馬車に乗れば、完璧です。

大きなクマ馬車が動きだすと、後ろから小さい黒と白のクマの馬車が追いかけてきます。

「それじゃ、少し速度を上げるね」

ユナさんはそう言うと、今までもよりも速くクマ馬車が走りだします。

その瞬間、子供たちは喜び、大人たちは慌てだします。もちろん、わたしは前者です。これなら、早く海に行けそうです。

そう思った瞬間、子供の一人が後ろを見て騒ぎます。

「くまさんの目が光ってる～」

後ろを見ると、小さいクマの馬車の目が何度も点滅しています。

「ユナさん、後ろのクマさんの馬車の目が光っていますよ」

何かあったとき、光らせるように言われていましたが、結局わたしは使いませんでした。

「なんだろう？」

ユナさんがクマ馬車を止めると、小さいクマ馬車が隣に止まります。

「ティルミナさん、アンズさん、なんですか？」

ユナさんが尋ねると、小さいクマの馬車に乗っているみんなから、速すぎると注意を受けました。クマ馬車の速度を落として、走ることになりました。

ユナさんは残念そうにしていましたが、孤児院の院長先生にまで「速度を落としてくれると助かります」

とお願いをされたので、仕方ありません。

わたしも残念ですが、わがままは言えません。

それでもクマの馬車は、普通の馬車よりは速く進み、トンネルの前に到着します。

トンネルの前には宿屋やお店が並んでいました。一番目を引くのはクマさんの置物でした。どうやら、お父様に頼まれてユナさんが作ったみたいです。わたしも家に作ってほしいとお願いをしたのですが、断られました。お父様の頼みは聞いたのにズルいです。


そして、ついにわたしたちはトンネルの中に入ります。このトンネルを抜ければ海があります。

トンネルの壁には光の魔石が付いていて、明るくなっていました。初めはトンネルの中も新鮮で楽しかったのですが、ずっと同じ風景が続くので、飽きてしまいました。

でも、しばらくすると、ユナさんが、もうすぐ出口だと教えてくれます。クマの馬車の中にいるみんなは騒ぎだします。


もちろん、わたしもです。

前方に出口が見え、クマの馬車はトンネルを抜けました。

目の前に大きな海が広がっていました。

「海です」

みんな、声を上げて、海を見ています。ミサもお姉様も、フィナもシュリも、わたしも。

これから数日間、とっても楽しみです。

協力書店購入者特典
25 クマバスの中　カリン編

今日はミリーラの町に行く日。

朝から、みんなの朝食のパン作りをしていたので、待ち合わせの場所に行くのが、遅くなってしまった。

待ち合わせの場所に着くと、大きなクマと小さいクマが2つあった。

もしかして、馬車なの？

そのクマの形をした馬車には孤児院の子供たちや、フィナちゃんや、ノアール様たちが乗っている。

どうやら、このクマの形をした馬車に乗って行くらしい。

でも、このクマの形をした馬車を引っ張る馬がいない。なんでも話によると、ユナちゃんの魔法で動かすらしい。話を聞いたときは、信じられないと思ったけど、あのユナちゃんだ。そのぐらいできてしまうのかもしれない。

わたしはお母さんとネリン、それから、クマさん食堂で働くアンズちゃんたちと一緒に黒い小さいクマの馬車に乗る。

セーノさんが一番前に乗りたいと言い出したので、一番前にはセーノさんとアンズちゃん。真ん中の席にはフォルネさんとペトルさんが座り、わたしたち3人は一番後ろの席に座ることになった。

そして、ユナちゃんから、馬車について簡単な説明を受けると、クマの馬車は動きだす。

不思議だ。馬もいないのに動いている。

セーノさんは一番前で騒いでいる。

「カリンお姉ちゃん、馬がいないのに動いていますよ！」

隣に座るネリンも騒いでいた。

もし、2人がいなかったら、わたしが騒いでいたかもしれない。

「本当にユナちゃんって凄《すご》いね」

「まあ、ユナちゃんだしね」

お店で仕事をしていると、お客さんの会話が聞こえてくる。それで、よくユナちゃんの話も耳に入ってくる。

喧嘩《けんか》を売ってきた冒険者を返り討ちにしたとか、とんでもない魔物を倒したとか、そんなユナちゃんなら、このぐらいできてしまうのかもしれない。

わたしより年下なのに、本当に凄い女の子だ。

「アンズさんはユナちゃんに呼ばれてミリーラの町から来たんですよね？」

「うん、お店を作るから、そこの料理人になってほしいって言われて。初めは冗談かと思ったけど、いろいろとあって本当だと知って、クリモニアまで来たの」

「わたしたちは、そのアンズちゃんのおまけで付いてきたのよね」

「初めはお給金が少なくてもいいから、町から出たかったんだよね。それで、アンズちゃんを頼って、ユナちゃんに話をしてもらったの」

人それぞれ、いろいろな事情があるみたいだ。わたしとお母さんも王都では大変なことがあり、ユナちゃんに救われた。今では子供たちに囲まれて、楽しくパンを作っている。

「でも、来てみたら、思っていたよりも仕事は楽しいし、嫌なことをしてくる人もいないし、お給金も多いし、ちゃんと休みもあるからお出かけもできるし、さらにはみんなで旅行もできるしね」

「まあ、わたしたちは住んでいた町に戻るだけだけどね」

周りから笑いが起きる。

「その、大丈夫なんですか？　町で嫌なことがあったって話を聞いたんですが」

聞いてもいいのか分からなかったけど、尋ねてしまった。

「そうね。町に行ってみないと分からないけど、今は大丈夫だと思っている。久しぶりにミリーラにいる友達にも会いたいからね」

「たぶん、一人じゃ戻れなかったと思う。でも、みんなと一緒なら大丈夫」

セーノさんたちはお互いの顔を見合わせる。

「だから、ユナちゃんに感謝よ」

「でも、さすがに、こんな大人数で行くとは思いもしなかったけどね」

孤児院の子供たちと、わたしたちと、フィナちゃん家族。さらには領主様の娘のノアール様も一緒だ。

「ミリーラの町ってどんなところなんですか？　海って本当に広いんですか？　水が全部塩水って本当なんですか？」

知識としては知っているけど、実際に見たことはない。

「みんな、それを聞くのよね」

だって、海なんて見たことがない。話で聞くぐらいだ。料理で使う塩はタダではない。海は湖より広く、どこまでも続く水が、全て塩水だと言うんだから、信じられない。

「カリンちゃんの言うとおりに、海は広いわよ。どこまで行っても海、どこを見ても海、そして、全部が塩水だよ」

「誰かが塩を撒《ま》いたんじゃないですよね」

話を聞いていたネリンが口を挟む。

「ふふ、そんなことをしたら、大変なことになるわね」

「それじゃ、なんで塩水なんですか？」

「う〜ん、実はわたしも知らないよね」

「っていうか、気にしたこともなかったわ。生まれたときから、海ってそれが当たり前だと思って生きてきたから、疑問に感じたこともなかった」

「カリンちゃんもネリンちゃんも、岩塩が、どうして塩でできているかなんて、分からないでしょう。金や銀、鉄などが、鉱山にある理由も分からない。そもそも、考えたこともないでしょう。わたしたちにとっても、海はそれと同じことなのよ」

そう言われてみれば、疑問に思ったことはなかった。あらためて疑問に思うが、わたしは答えを持ち合わせていない。それはお母さんもネリンも同様のようだ。だから、アンズちゃんたちも、海がどうして塩水なのかは、疑問にも思ったことはないし、考えたこともなかったらしい。

「それよりも、カリンちゃんは王都から来たんでしょう。今度は王都の話を聞かせてよ。わたし、いつかは行ってみたいと思っているの」

セーノさんが後ろを向いて、尋ねてくる。

「王都ですか？」

わたしとネリン、それからお母さんがたまに会話に入り、王都の話をしてあげる。

「いつかは王都に行ってみたいな」

「今回の旅行先、ミリーラの町じゃなくて、王都がよかったかな。このクマの乗り物だったら、早く着くんじゃないかな」

わたしたちが乗っているクマの馬車は大きなクマ馬車の後ろをちゃんと走っている。

初めは馬もなく、不安だったけど、乗り心地は良いし、馬車より速い。

普通の馬車は馬が歩く速度だけど、ユナちゃんのクマの馬車は人が走っているくらいの速度は出ている。

それが、朝からずっとだ。

「でも、ユナちゃんの魔力で動かしているから、かなりの負担になるんじゃないかな？」

確かに。魔法については詳しくないけど、こんなことが簡単にできるなら、他の人もやっていると思う。ユナちゃんだから、できるんだと思う。

その後の休憩のときに、ユナちゃんとルリーナさんの話が聞こえてきた。

どうやら、クマの馬車を魔力で動かすのは、普通はかなりの負担になるらしい。でも、ユナちゃんは平気そうに笑っていた。

簡単なのか、難しいのか、本当に判断が難しい。

そして、移動はトラブルもなく、ミリーラの町へ繋《つな》がるトンネルの前までやってきた。

トンネルの入り口の前で軽く休憩をしたわたしたちは、クマの馬車に乗り込み、トンネルの中に入る。

トンネルは壁に付けられている光の魔石によって奥まで光っている。

「このトンネルを抜ければ、海が」

「でも、このトンネル結構長いのよね」

「そうなんですか？」

「ええ、最初は初めての経験で楽しく眺めていたんだけど。延々と同じ風景が続くだけで、飽きてくるのよね」

「セーノさん、寝ていましたからね」

「みんなもでしょう」

セーノさんが怒るが、みんなは笑う。


アンズちゃんの言うとおりに、トンネルは長かった。隣に座っているお母さんも目を閉じているし、ネリンも寝ている。

アンズちゃんたちも寝てしまったのか、静かだ。

わたしも今日は朝が早かったので眠くなってくる。

ウトウトとしていると、前を走るクマ馬車に乗る子供たちが騒ぐ声が聞こえてくる。

「光だ！」「外!?」「海？」

その声で、わたしたちは目が覚め、馬車の窓から顔を出して、トンネルの先を見る。本当に光が見える。

クマの馬車が進むにつれ、徐々に光が大きくなっていく。

そして、光の中を通り抜けたと思った瞬間、大きな海が広がっていた。

海は本当に大きかった。想像以上に大きい。見える限り、海が続いている。

わたしだけでなく、お母さんもネリンも驚くように見ていた。

大きなクマ馬車からも子供たちの騒ぐ声が消えてくる。

子供たちが騒ぐ気持ちも分かる。

本当に凄い。

わたしたちの前に大きい水が広がっていた。

「これが海」

水はどこまでも、どこまでも、遥か遠くまで続いていた。

アニメイト購入者特典
26 初めての海　シェリー編

ミリーラの町に到着した、わたしたちは大きなクマさんの家に泊まることになりました。

部屋割りが決まり、孤児院の子供たちは、海に行きたいとユナお姉ちゃんにお願いをします。

時間が微妙のため、ユナお姉ちゃんは、あまり良い顔はしませんでした。でも、冒険者のルリーナさんが一緒に行ってくれることになって、海に行けることになりました。

わたしたちは飛び出そうとしますが、ルリーナさんが叫びます。

「勝手に行く子がいたら、行くのをやめるよ」

その言葉で、全員の動きが止まりました。

海に行けなくなるのは嫌です。

「わたしたちから、少しでも離れる子がいたら、すぐに帰るからね。だから、お互いに注意するんだよ」

誰もが一番先に海に行きたかったのを止められました。

特に男の子たちは残念そうにしていましたが、ギルさんにも「約束を守れない男は男じゃない」と言われ、抜けがけをする子はいませんでした。

わたしたちはゆっくりと歩きながら、緩い坂を下っていく。

海が近づいてくる。

ユナお姉ちゃんのクマさんの家に来るときに、海を見ましたが、本当に大きいです。

湖より、クリモニアの街よりも遥かに大きい。

どのくらい大きいのかも想像もつきません。ずっと、見える限り、海が続いています。

「ルリーナお姉ちゃん、海ってどこまで繋《つな》がっているの？」

女の子がルリーナさんに尋ねます。でも、ルリーナさんは困った表情を浮かべます。

「う〜ん、難しい質問だね。たぶん、ずっと行った先には、わたしたちとは違う国があって、人が暮らしていると思うよ」

「ずっと先って、どのくらい先？　ここからクリモニアの街ぐらい？」

「ごめんね。わたしも行ったことがないから、分からないの。でも、海の先の国と交流しているっていうから、人はいると思うよ」

どのくらい先なんでしょうか。

いくら遠くを見ても、海しかありません。

わたしたちは海の前にやってきます。砂が一面に広がっています。

「砂浜だよ」

砂浜。初めて見ました。

「水が迫ってくるよ」

「戻っていくよ」

「波だよ」

水がわたしたちに近づいたと思うと、戻っていきます。それを何度も何度も繰り返しています。

子供たちは我慢ができずに、走り出します。

「見れば分かると思うけど、急に水が近寄ってきたりするから、あまり近づいちゃダメだからね。あと、靴が濡れるから、気をつけてね」

ルリーナさんの注意は遅かったです。靴を濡らしてしまった子たちが出てしまいました。でも、みんな楽しそうです。

「しょっぱい」

水を飲んだ子が、ベロを出して、水を吐き出します。

「ああ、海の水は飲んだらダメだよ。海の水は塩水だから飲めないよ」

本当なのでしょうか。話には聞いてますが、目の前にある水が全てが塩水って信じられないです。

わたしも手に水を掬《すく》って、ほんの少し舐《な》めてみます。

しょっぱかったです。本当に塩水でした。

それから、短い時間でしたが、海を楽しみました。

みんな、まだ戻りたくなさそうにしましたが、ルリーナさんの「ユナちゃんとの約束を破るの？」のひと言で、みんな素直に帰ることになりました。

みんな、ユナお姉ちゃんの言い付けはしっかり守ります。

だって、みんな、ユナお姉ちゃんのことが好きだから。

クマさんの家に戻ってきたわたしたちは、夕食を食べます。

その後、わたしはミサーナ様とシア様の水着を渡しに行きます。

ノア様やフィナちゃんや他の人たちの水着はすでに渡してありますが、昨日まで作っていたミサーナ様たちの水着は、まだ渡していません。

「ミサーナ様、シア様。……その、水着です」

「ありがとうございます」

「ありがとう。大変だったでしょう」

二人は嬉しそうに受け取ってくれます。

「いえ、大丈夫です。作るの楽しかったので」

嘘《うそ》ではありません。作るのは楽しいです。でも、もう少し時間に余裕があったらと、思わなくもないですが。

「もし、おかしいところがあれば、簡単なことなら修正はできると思いますので、申し付けてください」

糸と針、それから多少の布は持ってきています。修正ぐらいは可能です。

「シェリーが作ったんですから、大丈夫ですよ。わたしとフィナの水着も完璧でした」

すでに、試着を終えているノアール様は安心させるように言ってくださいます。

「そうね。もし、問題があったら、言うわね」

「はい」

それから、ミサーナ様の護衛のマリナさんとエルさんの水着を渡し、最後にルリーナさんに水着を渡す。

これで、無事に全員に水着を渡すことができました。

翌日、朝食を終えたわたしたちは海に行く準備を始めます。孤児院の子供たちは、わたしが作った水着を着始めます。

試着はしているので、大丈夫だと思いますが、少し心配です。

わたしも着替え、全員が着替え終わると、ルリーナさんとリズさんが女の子たちを集め、外に出ます。

男の子たちは、すでにギルさんが連れて行ってくれています。

わたしたちは海に向けて一本道を進みます。

この道を進んだ先には海が広がっています。みんな走りたそうにしていますが、リズさんやルリーナさんの言葉に従って、自分勝手には動きません。

わたしたちは砂浜までやってきました。

波が来るから、気をつけること。遠くには絶対に行かないこと。いろいろと注意点をルリーナさんに言われますが、昨日すでに聞いている子たちは、あまり聞いてません。すぐに海に入りたいからです。

もちろん、わたしもです。

ルリーナさんとリズさんはため息を吐くと、「それじゃ、海で遊びましょう」と言った。

わたしたちは海に向かって駆け出し、海に飛び込む。

「冷たい」

わたしは友達と水の掛け合いっこなどをする。

服が水に濡れる。でも、動きにくくなったりしません。それに、普通の服と違って肌にへばりつくような嫌な感じもしません。

そんなわたしが作った水着を孤児院の子供たちはもちろん、貴族のノアール様やミサーナ様にシア様、冒険者のマリナさんにエルさんにルリーナさん。みんな、着てくれています。

ここにいる全員がわたしが作った水着を着ていると思うと、なんだか嬉しくなります。

そして、最後に　フィナちゃんとシュリちゃんが来ました。二人ともわたしが作った水着を着ています。

そして、その二人の横には髪の長い綺麗な女の人がいました。

一瞬、綺麗な女の人は誰？　と思いましたが、女の人が着ている水着は、わたしがユナお姉ちゃんのために作ったものです。それにフィナちゃんとシュリちゃんが、嬉しそうに手を握っています。その女の人の手には黒と白のクマの人形がはめられています。

あの綺麗な女の人はユナお姉ちゃんです。

友達は「フィナちゃんと一緒にいる女の人、誰かな？」とか言っています。どうやら、気づかないみたいです。わたしも、わたしが作った水着を着ていなかったら、気づかなかったかもしれません。

ユナお姉ちゃんは、あの水着を選んでくれたんですね。

スラッと伸びた体に、とっても似合っています。

他の水着も着ている姿も見たいですが、ダメでしょうか。

電子版購入者特典

27 里帰り　アンズ編

　久しぶりにミリーラの町に戻ってきた。こんなに早く戻ってこられるとは思わなかった。料理人が修業に出ると数年は戻ってこられないという話を、宿屋のお客さんたちから聞いていた。だから、わたしも、そんな気持ちでミリーラの町を出た。

　でも、よくよく考えると、ユナちゃんはわたしがミリーラの町とクリモニアを簡単に行き来できるように、トンネルを掘ってくれたことを思い出す。

　それで、今回、孤児院の子供たちだけでなく、わたしたちも誘ってくれたのかもしれない。

　わたしはミリーラの町に到着した日、家には帰らず、噂《うわさ》のクマの家に泊まった。

　ユナちゃんのクマの家は、わたしがクリモニアに行く前から話題になっていた。

　そのクマの家に入れるチャンスを逃すわけにはいかない。それに、モリンさんだけにみんなの食事を作らせるわけにはいかない。

　本当はクマの家の中を見て回りたかったけど、部屋を確認したあと、モリンさんが夕食の準備をするというので、わたしも手伝うことにする。

　食材はユナちゃんに出してもらい、わたしたちはその食材に合わせて料理を作っていく。カリンちゃんやネリンちゃん、それにセーノさんたちも手伝ってくれたので、思ったより、楽に食事の準備をすることができた。

　わたしたちが食事の準備をしている間、子供たちは海に行ったらしく、食事中はその話で盛り上がっていた。

　食事を終えたわたしは、セーノさんたちと家の中を探索し、お風呂に入る。

　お風呂の窓から見える夜の海の景色は、ミリーラの町に長年住んでいたわたしたちにとっても、凄《すご》く綺麗だった。

翌日、わたしはユナちゃんの好意に甘え、家族に会いに行くことした。本当は子供たちの食事が心配だったけど、大丈夫だからと言われた。

「まさか、こんなに早く戻ってくるとはね」

隣を歩くセーノさんがしみじみと言う。

わたしだけでなく、ミリーラの町出身の全員がいる。ニーフさんも院長先生に説得されていた。

それから、わたしの両親に会うため、ティルミナさんとゲンツさんも一緒だ。

「そうね。しかも、こんなに明るい気持ちで戻ってこられるとは思わなかったわ」

「それだけ、クリモニアの街での暮らしが楽しかったってことだね」

「わたしたちの行き場を失った心をユナちゃんが救ってくれたのね」

「本当に不思議な女の子だよね」

クマさんの格好をした不思議な女の子。

ユナちゃんの話をしながら歩き、分かれ道で止まる。

「それじゃ、わたしはこっちだから」

「ティルミナさん、ゲンツさん。アンズのことをよろしくお願いします」

「ええ、任せて」

分かれ道で、セーノさんたちと別れ、残ったのはわたしとティルミナさんとゲンツさんだ。

ティルミナさんとゲンツさんは、わたしの両親に会うため一緒に宿屋に向かう。なんでも、娘さんを預かっている以上、挨拶は必要らしい。

そんなのは必要はないと思うんだけど。

「みんな、元気そうでよかったわ」

ティルミナさんは少し事情を知っているみたいで、安堵の表情をしていた。

「そうですね。これもユナちゃんのおかげですね」

ユナちゃんが、みんなをお店で働かせてくれなかったら、どんなことになっていたか分からない。

あのまま、ミリーラの町に残って、悲しんでいたかもしれないし、当てのないまま、どこかに行ってしまったかもしれない。

でも、ユナちゃんは、温かく迎えてくれ、快適な家と環境の良い仕事場を与えてくれた。

クリモニアに来た当時は、みんなあまりに良い環境に戸惑っていた。


そして、ティルミナさんとゲンツさんと話をしていると、家が見えてくる。

久しぶりに家に帰ってきた。いつもと変わらない我が家だ。

宿屋兼料理店なので、建物は周りの家より大きい。

わたしは宿屋の入り口から入っていく。

「ただいま」

「ただいまって、アンズ?」

中に入ると、お母さんがいた。

「お母さん、ただいま」

「どうして、アンズが。もしかして、何か失敗してユナちゃんに追い出されたの?」

いきなり何を言うかな。

「違うよ。店はお休みをもらって、セーノさんたちやユナちゃんたちと一緒にミリーラの町に来たんだよ」

「冗談よ。昨日の夜、店に来たお客さんから、ユナちゃんが来たことを聞いたわ。本当は会いに行こうかと思ったんだけど、夜だったし、迷惑をかけると思ったし、それに、あまり騒ぐのは禁止されているでしょう。それに宿屋のほうも忙しかったしね」

知っていたなら、そんな悪い冗談はやめてほしい。実の娘をからかって、楽しいのかな。

「それで、そちらのお2人は?」

お母さんがティルミナさんとゲンツさんを見る。

「ティルミナさんはわたしがお世話になっている人で、ゲンツさんはその旦那さんです」

「挨拶に伺うのが遅くなって申し訳ありません。アンズさんが働くお店の管理を任されているティルミナと申します。大切な娘さんをお預かりしているのに、これまでご挨拶もせずに」

「もしかして、ユナちゃんのお母さん!?」

「お母さん、違うよ。えっと、ティルミナさんはフィナちゃんとシュリちゃんのお母さんだよ。2人は来たことがあるんだよね?」

お母さんがバカなことを言うので、慌てて訂正する。

ティルミナさんとゲンツさんも驚いている。

「フィナちゃんとシュリちゃんのお母さん？」

「はい、前に来たときは2人がお世話になりました」

「いいえ、わたしの娘と違って、とっても可愛らしい娘さんたちでした」

「アンズちゃんも、料理人として素晴らしい娘さんです」

「いえいえ、あの年であんなに礼儀正しいお子さんはなかなかいませんよ」

「それを言いましたら、アンズちゃんの年齢で店を切り盛りしている女の子もいませんよ」

「もう、お母さんもティルミナさんもやめて」

フィナちゃんがいなくてよかった。母親の前で褒められると照れくさいからやめてほしい。

わたしたちが騒いでいると、お父さんがやってくる。

そして、改めてティルミナさんとゲンツさんは挨拶をする。

「娘の料理はどうですか？」

「クリモニアでも、大人気ですよ。本当にアンズちゃんのおかげで助かっています」

だから、本人がいる前で、わたしの話をするのはやめてほしい。

もの凄く恥ずかしい。

「まったく、わざわざ聞かなくても、クリモニアから来るお客さんから、お店のことを聞いているんだから、知っているでしょう」

お母さんが、ため息混じりに言う。

「うちに来るお客がお世辞を言っているかもしれないだろう。ここは店を管理している人に、聞いたほうがいいだろう」

「安心してください。アンズちゃんは立派に店を切り盛りしていますよ」

「そうですか。それを聞いて安心しました。今後とも娘をよろしくお願いします」

お父さんは頭を下げる。

「はい、しっかりお預かりします」

「でも、もしお客が来ないようになったら、こっちに送り返してください。そのときは叩《たた》き直してやりますから」

「そのときは、お願いします」

ティルミナさんとゲンツさんは笑いながら挨拶をすませると、他の場所を見て回るそうで、出ていった。

案内を申し出たけど、「久しぶりに家族に会えたんでしょう。わたしたちのことは気にしないで」と言われてしまった。

うぅ、恥ずかしかった。

「それで、本当に元気でやっているのか。辛くないか？」

「大丈夫だよ。セーノさんたちがいるし、みんな優しいし」

「若い女だからって、舐《な》められたり、嫌がらせを受けたりはしてないのか？」

「他の人から？　それなら大丈夫。お客さんはユナちゃんのお店って知っているから、誰もそんなことはしてこないよ。たまにユナちゃんのことを知らない人が、嫌がらせをしてきても、冒険者の人や、商業ギルドの人が守ってくれるから」

「そうなのか？」

「しかもそれだけなく、領主様とも知り合いだし、冒険者ギルドや商業ギルドのギルドマスターとも仲良くしているみたいだから。だから、楽しく働けているよ」

本当に、凄い女の子だ。

ユナちゃんのことを知っている人なら、誰もお店に嫌がらせなんてしないし、いたとしても、守ってくれる人がたくさんいる。

「本当に凄い嬢ちゃんなんだな。あの格好からは想像もできないが」

クラーケンを倒し、わたしをクリモニアに連れていくためにトンネルを掘る女の子だ。

「それに、お店を休みにして、全員でミリーラの町に旅行に来るなんてね。信じられないことをするわね」

お母さんは、わたしが帰ってきた理由を聞いて、驚いていた。

わたしのお店だけでなく、モリンさんのお店に孤児院の子供達までだ。普通に考えたらありえない。お店を休みにすれば、売り上げもない。さらに旅行に行けば、それだけ費用もかかる。

ユナちゃんにメリットは何もないと思う。

今回はユナちゃんの家に泊まるから宿泊費はかからないけど。もし、全員がわたしの宿屋に7日間も泊まったとしたら、かなりの金額になる。

「嬢ちゃんに会いに行きたいが、宿を離れるわけにはいかないからな」

なんでも、クリモニアからやってくるお客さんが多いため、忙しいとのことだ。同じようなことをクリモニアの宿屋のエレナさんも言っていた。

「わたし、戻ってこようか？」

「アンズ、それ、本気で言ってるのか？」

わたしの何気ない言葉に、お父さんがいきなり怒りだした。

「だって、忙しいでしょう？」

「俺が、娘の夢を潰《つぶ》させてまで、忙しいからといって、家に戻ってこいと言う父親だと思っているのか!?」

「お父さん……」

「嬢ちゃんが、お前の料理を美味しいと思って、店を作ってくれたんだろう」

「うん」

「なら、最後までやり遂げろ。クマの嬢ちゃんに見捨てられたら、戻ってこい。それまでは許さない」

「うん、分かった。わたし頑張る」

「そうか。それでこそ、俺の娘だ」

「本当は戻ってきてほしいくせに」

「おい」

「いつも、アンズのことを心配していたのよ。冗談じゃなくて、いつ戻ってきてもいいからね」

「お母さん。わたしユナさんに追い出されないように頑張るよ」

だって、クリモニアでの仕事が楽しいんだもん。

STORY

くまクマ熊ベアー15

ギルマス…大丈夫？

従業員旅行を満喫中のユナは、ミリーラの町でお世話になった人たちへ挨拶に行くことに。アンズの父で、以前美味しいご飯で癒してくれたデーガ、ギルドのギルドマスターのアトラ達の後は、商業ギルドのギルドマスターになったジェレーモのもとへ！　相変わらずサボり癖が抜けないジェレーモだったが、教育係としてクリモニアから来たアナベルさんに叱られつつも、ギルマスとしてみんなに愛されながら頑張っているみたい…？

突如現れた謎の小島

挨拶を終えたユナがフィナ一家と釣りを楽しんでいると、最近突然現れた謎の島の話を耳にする。クラーケンの時お世話になったクロ爺に詳しく聞いてみると、沖の方に行か

ないと見えないその島は、近づかなければ何も危険はないらしい…。興味をそそられるもいったユナは、子供達を楽しませるべくウォータースライダーを作ることに!?

魔物からみんなを守れ!

子供達の隙をついて、謎の島の探検をしようとするユナ。しかしフィナとシュリ、そしてシアにバレてしまい一緒にくまゆるとくまきゅうに乗って海を渡ることに! 無事島にたどり着いた4人だったが、何やらこの島にはたくさんの謎がありそうで…色々と調べながら変わった島を満喫しようとしたところに魔物が襲来! みんなを守りながら撃退することはできるのか!?

夏の風物詩を満喫

島から戻ったユナたち。拗ねるノアのご機嫌を取るためにも一緒に目一杯遊んで海を満喫! すると、クリモニアからクリフやグランさんが。シーリンの街にも魚介を卸してほしくて交渉に来たという賑やかになったミリーラの街での旅行、最終日の夜はクマさんがカレーを振る舞い、魔法で作った花火をあげて盛大に楽しみ尽くす!!

アニメイト購入者特典
28 海に行く　院長先生編

初めティルミナさんに話を伺ったときは、信じられるものではありませんでした。ユナさんが孤児院の子供たち全員を海に連れていってくれるなど。

ティルミナさんの話では、一生懸命に働いている子供たちを労《ねぎら》う旅行だそうです。それを従業員旅行というらしいです。

ミリーラの町はクリモニアから近いとはいっても30人近い子供たちを連れていくのは容易なことではありません。お店で働いている子もいれば、コケッコウのお世話もあります。でも、そんなわたしの心配は考え済みで、コケッコウのお世話は商業ギルドの人に頼むそうです。いつも、卵を受け取りに来ている人だそうです。何度かお会いしたことがありますが、いい人たちでした。

それから、お店はお休みにして、モリンさんやアンズさんたちも一緒に行くと聞かされました。そんな大人数で。どれだけの費用がかかるか分かりません。

でも、そんな心配は不要だといいます。全て、ユナさんが費用を持つそうです。しかも、海に行っている間、仕事をしていなくても、その間のお給金はちゃんと支払うとのことです。

ユナさんの考えていることが分からない。そんなことをしてもユナさんにはなんの得にもならないはずです。

そんなことを考えている間に、シェリーがユナさんに頼まれた、海で泳ぐための服を作り始めました。

子供たち全員分を作るそうです。いろいろな種類があるそうですが、それではシェリーの負担が大きくなってしまいます。それに、子供たちが自分勝手にいろいろと言い出しました。わたしはシェリーの負担を軽くさせるため、一つの服を選び、全員同じようにするように言いました。

同じ服なら、シェリーの負担も減るはずです。

それから、子供たちは嬉しそうに仕事をし、海に行くことを楽しみにします。

海はどんなところなのか聞かれたりしますが、行ったことがないので、答えることができなくて困っていると、ニーフさんが助けてくれました。

「海のことなら、わたしに聞いてね」

ニーフさんは海がある町ミリーラから来た女性です。ミリーラで悲しいことがあり、ユナさんを頼ってクリモニアに来たそうです。それで、孤児院のお手伝いをしてくれるようになりました。

初めのころは子供たちもニーフさんもお互いに気を使って、距離がありましたが、最近ではニーフさんにすっかり懐き、ニーフさんも楽しそうにしています。

でも、ミリーラの町で悲しいことがあったのに、戻っても大丈夫なのか不安になります。

その辺りを聞いてみるようにティルミナさんから頼まれていましたが、なかなかよいタイミングがありません。

「院長先生、子供たちを寝かせてきました」

「ありがとうございます。ニーフさんに来ていただいて、本当に助かっています」

「ご迷惑になっていないならよかったです。わたしも、楽しいですから」

「ありがとう」

「院長先生、ニーフさん、お茶を入れました」

リズさんがお茶を持ってきてくれます。

「リズさん、ありがとうございます」

「ふふ、最近、楽しいですね」

「これもユナさんのおかげですね」

「ユナさんが来る前のことを考えると、今の暮らしが信じられないです」

「あのころは、リズさんには苦労をかけましたね」

「今があるのは、全てユナさんのおかげですね」

ここにいる全員が楽しくしていられるのも可愛らしいクマの格好をしたユナさんのおかげです。

「ニーフさんにお尋ねしたいことがあるのですが」

わたしはお茶を飲みながら、尋ねることにする。

「なんでしょうか？」

「ミリーラの町に戻ることに関して、問題はありませんか？　もし、行きたくないのでしたら、わたしからユナさんにお伝えしておきますが」

わたしの言葉にニーフさんは首を横に振る。

「大丈夫です。一緒に行きます。子供たちと一緒なら大丈夫です。それに、子供たちとも一緒に行くって約束しましたから」

ニーフさんは微笑む。

「リズさんの言葉ではありませんが、凄く楽しいです。なかにはわがままな子もいますが、みんな一生懸命に仕事をして、助け合って生きている。幼い子も自分ができることを一生懸命にしている。そんな子たちと一緒にいて楽しいです。もし、わたし一人でミリーラに戻ることになったら、不安だったかもしれません。でも、院長先生やリズさん、子供たちがいれば大丈夫です。それに、セーノさんたちも行くそうですから、わたし一人じゃありません」

「それなら、いいのですが、なにかあったら言ってくださいね」

「お心遣い、ありがとうございます」

ニーフさんは微笑む。その笑顔で、わたしの心配ごとが一つなくなりました。

そして、あっという間に、出発当日になります。

朝早くに出発するため、子供たちは眠そうにしています。

ふらふらしながら歩く子、ニーフさんやリズさんに抱かれている子。

「だから、早く寝なさいと言ったでしょう」

全ての子を抱きかかえることはできません。

子供たちは海に行くのが楽しみで仕方なかったようで、夜遅くまで、話し声が聞こえていました。

「寝るなら馬車の中で寝なさい」

ティルミナさんの話ではユナさんが街の入り口に馬車を用意しているとのことです。

みんな集まって、出発することになっていますので、そこまで歩いていかないといけません。

本当にニーフさんがいてくれてよかったです。

どうにか街の入り口までやってくると、そこに大きいクマと小さいクマが2つありました。

「院長先生、あれに乗って行くんでしょうか？」

リズさんがクマの形をしたものを見ながら尋ねてきますが、わたしには分かりません。

わたしたちが困っていると、ユナさんがやってきて、大きなクマのほうに乗ってほしいと言われます。

どうやら乗り物みたいです。馬車なんでしょうか？

眠そうにしていた子供たちは、クマの馬車を見ると、目を覚まし、元気に走りだします。

「騒ぐと、置いていきますよ」

わたしは静かにクマの馬車に乗るように言います。

子供たちは素直にクマの中に入っていき、仲良しの友達と一緒に座ったりします。

「確か、わたしたちは一番後ろと言ってましたね」

ユナさんは一番後ろがわたしたちの席だと言っていました。

ユナさんに言われたとおりに一番後ろに座ります。

ここからだと子供たちの様子がよく分かります。だから、わたしたちをこの席にしてくれたのですね。

「でも、これ、どうやって動かすんでしょうね。馬がいませんよ」

隣に座るリズさんが疑問を口にします。

確かに、馬が一頭もいませんでした。

「もしかして、くまゆるちゃんとくまきゅうちゃんが引っ張るのかな？」

くまゆるちゃんとくまきゅうちゃんは、ユナさんの可愛らしいクマさんです。

「でも、小さいクマの馬車も2つあるから、無理じゃないかしら？」

ニーフさんが窓から外にある小さいクマの馬車を見ています。

わたしたちが疑問に思っていると、この馬車はユナさんの魔力で動かすことを聞かされます。

わたしは魔法についてはよく知りませんが、魔法に詳しい人たちは、呆《あき》れていました。どうやら、かなり非常識なことらしいです。

そして、クマの馬車はミリーラの町に向かって動きだします。

長い道を走り、トンネルを進み、トンネルを通り抜けると、そこには眩《まぶ》しく輝く海がありました。

この年になって、海を見ることができるとは思いもしませんでした。

本当に、ユナさんには感謝の言葉もありません。

WonderGOO購入者特典
29 海に行く　孤児院の子供編

僕たちはユナお姉ちゃんと一緒に海に行くことになった。

ユナお姉ちゃんは、いつも仕事を頑張っている僕たちへの感謝の気持ちと言っていたけど、感謝をしているのは僕たちのほうだ。ユナお姉ちゃんがいなかったら、毎日お腹を空かせたままだった。今では毎日、お腹一杯に食べることができる。

海に行くのは凄《すご》く楽しみだけど、コケッコウのお世話ができないのは不安だ。

僕たちがいない間、食事はどうするんだろう。僕たちがいなかったら、お腹を空かせて死んじゃうかもしれない。そんなことになったら可哀想だ。それなら、僕一人でも残ってお世話をする。

でも、そんな心配はいらなかった。ティルミナおばさんが言うには、僕たちが海に行っている間、商業ギルドのガッツさんとビリーさんがお世話をしてくれるそうだ。

ガッツさんとビリーさんは、いつも卵を孤児院まで取りに来てくれる商業ギルドの人だ。僕たちにも優しく、忙しいときは仕事を手伝ってくれることもある。

その2人が僕たちがいない間、コケッコウのお世話をしてくれるなら、安心だ。

そして、僕たちは海にやってきた。

初めて見る海だ。

みんな、大騒ぎをする。

誰もが笑顔になって遊んだ。

海で泳ぎ、ユナお姉ちゃんが作ってくれた、ウォータースライダー？　っていう、クマの形をしたすべり台で遊んだり、漁師さんが魚をご馳走してくれたり、船に乗せてくれたり、魚釣りもした。知らない町を歩くのも楽しかった。

本当に楽しい数日間だった。

ただ、夜になると、コケッコウがどうなっているか心配になってくる。毎日毎日お世話をしていたコケッコウが見られなくなると、気になってしまう。

「コケッコウ、大丈夫かな」

布団の中で誰かが呟《つぶや》く。

僕だけではなかった。みんなも気になっているみたいだ。

「ガッツさんとビリーさんがお世話してくれているから大丈夫だよ」

「うん、楽しいけど、コケッコウに会えないのは寂しい」

それは僕も同じ気持ちだ。

海で遊んでいるときは忘れているけど、こうやって夜になると思い出してしまう。

「明後日の朝に、ここを出るんだよな」

「うん、明日が遊ぶ最後の日だよ」

早ければ明後日にはコケッコウに会える。

「この数日間、楽しかったな」

「うん、楽しかった」

「どうしたら、ユナお姉ちゃんに感謝の気持ちを伝えられるかな」

僕はコケッコウのことばかり考えてて、ユナお姉ちゃんに感謝の気持ちを伝えていなかった。

「でも、僕たちがユナお姉ちゃんにしてあげられることなんて、なにもないよ」

「コケッコウのお世話と掃除ぐらいだもんな」

掃除？

「掃除なら、コケッコウのお世話のときや、お店や家でもしているから、この家の掃除ならできるんじゃない？」

誰かが提案する。

「ギルさんはどう思いますか？」

「いいと思う。ユナも喜ぶ」

黙って僕たちの話を聞いてくれていたギルさんが答えてくれる。

「俺も手伝う」

ギルさんも掃除を手伝ってくれることになった。

翌日、女子たちにも、そのことを話した。

「実はわたしたちも、同じことを考えていたの。わたしたちにはそれぐらいしか、できないし。自分たちが使った場所ぐらい綺麗に掃除をしようって」

どうやら、女子たちも同じことを考えていたらしい。

本当は朝から掃除をしてもよかったけど、この町に住む子と友達になって、今日も一緒に遊ぶ約束をしている。それに、別れの挨拶もしていない。

だから、午前中は思いっきり遊び、午後にクマの家を掃除することにした。

「明日には帰るんだから、別に掃除なんてしなくてもいいよ」

クマの家を掃除すると言い出した僕たちにユナお姉ちゃんは、喜ぶよりも、戸惑った表情をする。

どうしてだろう？

「それに、みんな、もう帰るってことでいいの？　もう少し遊びたいとか」

ユナお姉ちゃんが尋ねてくる。

「コケッコウが心配だから、早く帰りたい」

「うん、鳥さんに会いたい」

「お店で仕事がしたい」

わがままを言って、遊びたいと言う者は誰もいなかった。

わがままを言えば困らせることを知っているからだ。院長先生やリズお姉ちゃんを困らせることはしたくない。それはユナお姉ちゃんに対してもだ。海に来させてくれただけでも感謝の気持ちしかない。この数日間の思い出は一生の宝物になる。

それに働かないとお腹一杯に食べることができなくなる。

でも、僕たちの言葉に、ユナお姉ちゃんはまた困った表情をする。

だけど最後は「分かったよ」と言って、微笑んでくれた。

掃除は僕たちだけでなく、アンズお姉ちゃんやモリンおばさん、ギルさんにルリーナお姉ちゃん、それから、ノアール様も一緒だった。

部屋に廊下、キッチンにお風呂場、外の壁、みんなが手伝ってくれたので、掃除は早く終わり、綺麗になった。

ユナお姉ちゃんは、凄く嬉しそうにして、感謝の言葉をくれた。

それが凄く嬉しかった。


翌日、クマの家を出て、クマさんの馬車に乗り、クリモニアに向けて出発した。

寂しい気持ちもあるけど、早くコケッコウに会いたい。

クリモニアに着くと、ユナお姉ちゃんにお礼を言って、家に向かって駆けだす。

僕だけでなく、コケッコウが気になっている数人の子も一緒に走る。

後ろから院長先生の「走ると危ないですよ」という声が聞こえる。僕たちは「は〜い」と返事をするけど、走ることはやめない。

家が見えてくる。その隣にはコケッコウの小屋もある。

帰ってきた。

ここが家なんだと感じる。

僕はそのまま小屋に向かうが、小屋の中に入る鍵がないことに気づく。

どうしようかと思っていると、小屋の近くに腰かけている人がいた。

「帰ってきたか」

「ガッツさん？」

小屋の前にいたのはコケッコウのお世話をしてくれていた商業ギルドのガッツさんだった。

「どうしてここに？」

「一応、今日帰ってくると聞いていたからな。ほら、鍵だ」

ガッツさんが鍵を放り投げてくる。僕はそれを受け止める。

ガッツさんは鍵を渡すため、待っていてくれたらしい。

ユナお姉ちゃんに、もう少し遊びたいって言わなくてよかった。ガッツさんに迷惑をかけるところだった。

「コケッコウの面倒はしっかりみておいたぞ」

「ありがとうございます」

「ありがとう」

僕だけでなく、僕の後を走ってきた子たちもお礼を言う。

「それで、ミリーラは楽しかったか？」

「はい、海が広くて、驚きました」

あんなに広いとは思わなかった。そして、綺麗だった。

「そうか。いい経験をしたな。それじゃ、また明日から頼むぞ」

「はい、ありがとうございました」

僕たちはお礼を言うと、ガッツさんは歩きながら、後ろにいる僕たちに向かって、手を振りながら、帰っていく。

僕は小屋の鍵を開け、小屋の中に入る。

当たり前だけど、コケッコウが出迎えてくれる。

コケッコウを見ると嬉しくなる。

「ただいま」

周りを見回すと、みんなもコケッコウを見て、嬉しそうにしている。

また明日から、頑張ろう。

TSUTAYA購入者特典
30 海に行く　エル編

わたしたちはミリーラに行くミサーナ様の護衛としてクリモニアにやってきた。

そして、ユナちゃんの不思議なクマの形の馬車に乗って、ミリーラに向かうことになった。

初めはどうやってクマの馬車を動かすのかと思ったら、ユナちゃんの魔力で動かすことを知ったときは驚いた。

そういえば、初めて会ったときも似たようなことがあったのを思い出した。

わたしも魔力で動かすことはできても、ずっと動かし続けるのは難しい。

同じ魔法使いとして、ユナちゃんの魔力量は羨《うらや》ましいかぎりだ。

休憩を挟んだといえ、ユナちゃんは疲れた様子もなく、ミリーラの町までクマの馬車を動かし続けた。

目の前に海が広がる。実のところ海を見るのは初めてだった。海は広く、どこまでも青かった。

水着を作らされたときは、クリモニアに残りたいと思ったけど、この景色を見ると来てよかったと思えた。

到着したときは遅い時間でもあり、本格的に遊ぶのは明日からとなった。

ミサーナ様は残念そうにしていたけれど、ユナちゃんのクマの家が気になったのか、ノアール様と探検を始めた。

危険なことはないと思うけど、わたしとマリナは周囲を把握するため、家の周りを確認することにした。

「まさか、クマの家があるとは思わなかったわね」

「クリモニアにあるユナちゃんの家にも驚いたのに、さらに大きくて驚いたね」

「しかも、２つだし」

男の子と女の子を分けるためなのか、クマの家は2つあった。といっても、中で繋《つな》がっているので、行き来はできる。部屋とお風呂が分かれているみたいだ。

流石に、冒険者のギルさんやゲンツさんといった男性陣と同じお風呂に入るのは抵抗があるので、男女で分かれているのはありがたい。

一通り周辺を確認して食堂にやってくると、いい匂いが漂ってくる。

ユナちゃんのお店で働いているモリンさんとアンズちゃんが夕食を作っている。話を聞いたときは驚いたけど、ユナちゃんの本業は冒険者だよね？

本当に不思議な女の子だ。


翌日、ミサーナ様に泳ぎを教えてほしいと頼まれる。

一応、わたしは湖などで泳いだこともあるので、泳ぐことはできる。

ただ、それほど上手ではないことは伝えておく。

それでもいいというので泳ぎを教えることになった。

「ここでは、他の子供たちがいるので、恥ずかしいので、あちらで教えてください」

ミサーナ様の指さす先には浜辺に大きな岩がある。

どうやら、その先で隠れて練習をしたいみたいだ。

別にミサーナ様の年齢で泳げないことは恥ずかしいことではない。泳ぐ機会がなければ、一生泳げない人だっている。

だからといって、泳げないところを見られるのは恥ずかしい年頃なんだと思う。

ノアール様もシア様に泳ぎを教わることになり一緒に岩の反対側に移動すると、シア様がノアール様に水を引っかけて遊び始める。するとミサ様まで一緒になって遊び始める。

「冷たいです」

「口に水が入りました。うぅ、しょっぱいです」

「口に入ったんですか？　大丈夫ですか？」

「大丈夫です。少し水が入っただけです。でも、本当に海の水はしょっぱいのですね」

このことは本当にわたしも不思議だった。この見渡す限りの水が塩水だなんて信じられない。

塩の取り放題かと思ったりしたのは内緒だ。

「だけど、ミサーナ様、ノアール様。泳ぐ練習をするのではないのですか？」

「ごめんなさい」

わたしが尋ねると、思い出したかのように謝り、泳ぎの練習を始める。

わたしたちは腰ぐらいまである深さまで移動する。

冷たいけど、気持ちいい。

「それでは、わたしが手を握っていますので、足を使って泳いでみてください」

「足を使って？」

ミサーナ様は意味が分からないようで、可愛らしく首を傾げる。

「エル、お手本を見せないとダメよ」

マリナに言われて気づく。他の人が泳いでいるところを見たことがなければ、足の使い方を知らないのも仕方ないことだ。

「それじゃ、わたしがお手本を見せるよ」

シア様はそう言うと、わたしの手を取ってくれる。

そして、わたしの手を摑《つか》んで、足を動かしてくれる。

「なるほど、そうやるんですね」

シア様のおかげで、やり方がわかったミサーナ様はシア様の真似をして練習をし始める。


その横では同様にシア様の手を取って、ノアール様が練習を始める。

「お姉さま、絶対に手を離しちゃダメですからね」

「ふふ、分かっているよ」

「どうして、笑うんですか？」

「別に笑っていないわよ」

「いえ、笑っていました」

微笑ましい光景だ。姉妹の仲はいいみたいだ。

「エルも手を離しちゃダメですよ」

隣の声が聞こえていたのか、ミサーナ様もお願いしてくる。

「離しませんよ」

そんなことをして、ミサーナ様に何かあれば、別の意味でわたしたちの命が危険だ。

冗談でも、そんなことはできない。何があっても、この手は離さない。

ミサーナ様は顔を水につけながら、足をバタつかせる。

何度かその繰り返しをする。

「それにしても、エルの胸は大きいですね」

泳ぎの練習をしていると、ミサーナ様がわたしの胸を見ながら言う。

わたしは、自分の胸が嫌いだ。

大きいので、走るときは邪魔だし、男性冒険者によく見つめられる。剣を振れば胸が邪魔だし、着られる服だって、多くない。胸が小さいほうがいろいろと都合がいい。

わたしは魔力適性が高く、魔法が使えたからよかったけど、もし魔法が使えなかったら、冒険者にはなれなかった。

「大きくても、いいことはありませんよ」

それに、ユナちゃんには敵対心を燃やされている。

いつも、ユナちゃんはわたしの胸を親の敵《かたき》を見るように睨《にら》んでいる。

欲しいなら、あげたいくらいだ。

わたしはユナちゃんぐらいでいいと思う。

ユナちゃんは体が細くて、綺麗で、女の子らしくて、魔力もあり、魔法の才能もあり、わたしの理想とする女の子だ。

あのクマの格好だって、ユナちゃんだから似合う。もし、わたしが着たら、絶対に似合わない。

ミサーナ様はわたしの胸を見て、何かを考えだすが、何も言わずに練習を始める。

何を考えていたか気になるけど、怖いので聞くのはやめておこう。


しばらくするとノアール様は泳げるようになり、休憩するという。一方でミサーナ様の泳ぎは、まだぎこちなく、もう少し練習するという。

ノアール様とシア様は申し訳なさそうに休憩に向かった。

わたしとマリナは交代しながらミサーナ様に泳ぎ方を教え、無事に泳げるようになった。

「マリナ、エル、ありがとう」

嬉しそうに微笑む。

「いえ、泳げるようになってよかったです」

泳げない人はいくら練習しても泳げない。でも、ミサーナ様は泳ぎを覚えるのが早かった。

一番の要因は水を怖がらなかったことだと思う。水を怖がると、泳ぎを覚えるのに時間がかかる。

だから、ミサーナ様は十分に優秀だ。

「それじゃ、喉が渇いたので、わたしたちも休憩しに行きましょう」

ミサーナ様はノアール様とシア様を捜すため、戻ることにします。

岩陰から出ると、砂浜にクマの顔をした家が建っていた。

「クマさんです。あれはなんでしょう」

「ユナちゃんが作ったんでしょうね」

「それ以外考えられないよね」

マリナの言葉に同意だ。

「マリナ、エル、行きましょう」

ミサーナ様が走りだすので、追いかける。

そこには美少女がノアール様と一緒にいた。

一瞬誰かと思ったけど、ユナちゃんだ。

本当に可愛らしい女の子だ。そんなユナちゃんは、わたしの胸をジッと、睨んでいるように見える。

だから、そんな目で見ないで。

本当に、分けられるなら分けてあげたい。

協力書店購入者特典
31 海に行く　ギル編

俺は冒険者のギル。顔が怖いこともあって、人に避けられることが多い。

クマの格好をした冒険者、ユナの頼みもあって、ユナの店の護衛をしたことがあるが、子供たちには俺の顔を見ると、怖がられた。

まあ、いつものことだから気にしない。

ある日、仕事もないので、ユナの店で食事をしていると、店が少し騒がしくなる。声がするほうを見ると、子供に文句を言う客がいた。

話を聞くと、プリンが売り切れて、文句を言っているみたいだ。

プリンは甘く、美味しい食べ物で、この店の人気商品の一つだ。

俺の好物でもある。

子供は何度も謝っている。いつもなら年長者のカリンが対応しているのが、今はタイミングが悪く店内にはいないみたいだ。

このまま放っておくことはできない。

俺は立ち上がり、子供と客の間に入る。

「なんだ、貴様は」

「この子は悪くない。作れる数は決まっている。欲しければ開店と同時に来い」

「俺は仕事があって、貴様のような冒険者と違って、暇じゃないんだ」

その言葉に怒りを覚えたのは俺だけじゃなかった。

「それは、俺にも言っているのか？」

「わたしにも言ってるのかしら？」

この店の客には冒険者も多い。

店にいた冒険者たちが男を睨《にら》みつける。

「いや、それは……」

男はたじろぐ。

「あなたは商人のラッツさんですね。この店は商業ギルドのギルドマスターと領主であるクリフ・フォシュローゼ様が贔屓《ひいき》にしているお店ですよ。ここで騒ぎを起こせば、どうなるか分かりますか？」

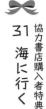

商業ギルドの職員かと思われる人物が、男に向かって笑みを浮かべる。

「いや、待て、ギルドマスターと領主様だと？」

「はい。なので、言葉と行動には気をつけてください。この店になにかをしたら、商業ギルド、冒険者ギルド、および、領主様が黙っていませんよ」

商業ギルドの職員はニコッと笑う。

その笑顔を見た男は逃げ出すように店から出ていった。

俺は必要なかったかもしれない。俺が席に戻ろうとしたとき、子供が俺の前に立ち、俺を見上げる。

「あ、ありがとうございました」

子供はニコッと笑いながら、お礼を言う。子供にこんな笑顔で話しかけられたのは久しぶりのことだ。

それから、時間ができるとお店や孤児院へ行くようになり、コケッコウの世話を手伝ったり、子供たちにナイフの扱いを教えたりしていると、俺の周りに子供たちが集まってくるようになった。


しばらく仕事でクリモニアを離れ、クリモニアに戻ってくるとルリーナからしばらく仕事は休みにして、ミリーラの町に行かないかと言われた。

なんでも、ユナが孤児院の子供たちをミリーラの町に連れていって、海で遊ばせるらしい。それで、子供たちの世話を頼まれたという。

一応、仕事となるらしいが、魔物が出るわけでもなく、危険なところに行くわけでもないので、護衛料は出ないとのことだ。その代わりに、宿代、交通費、食事代は全てユナ持ちになるという。

とくに危険な仕事でもないので、俺は引き受けた。

それに、子供たちにもしものことがあったら困る。

ルリーナの奴が意味深な表情をしていたが、なんでだろう？

あとで知ったが、俺は嬉しそうに笑っていたらしい。

そしてミリーラに行く当日。ルリーナと待ち合わせの場所に向かうと、クマの形をした馬車があった。

もしかして、あれに乗るのか？

ルリーナは笑っていたが、気にしないことにする。

子供たちが手を振って、俺たちを出迎えてくれる。

俺が来たことに喜んでくれる子がいると嬉しいものだ。

クマ馬車に乗り、ユナが魔力で動かす。

「ユナちゃん、相変わらず、想像の斜め上のことをするわね」

ルリーナが動くクマの馬車を見て呟く。

「長時間、魔力で動かすことが、どれだけ大変なことか、子供たちは分かっていないんだろうね」

ルリーナはクマの馬車の中で騒ぐ子供たちを見ながら言う。

俺も想像がつかないが、魔法を得意とするルリーナがそう言うなら、大変なことなんだろう。

ゴブリンキングやブラックバイパーを一人で倒せるユナなら、できそうな気はするが、魔法を使えない俺からしたら分からないことだ。

そして、俺たちを乗せたクマの馬車は、何事もなくミリーラの町に到着する。泊まる場所は想像していたとおり、クマの形をした家だ。ミリーラの町では有名だ。俺も何度かミリーラの町に来たときに見ている。そのたびにルリーナが笑っていたのを思い出す。

ユナの指示で、俺は男の子たちの世話を任され、同じ部屋に泊まることになった。

小さい女の子たちの相手をするよりはいい。女の子の中には、未だに俺の顔を見ると、逃げ出す子もいる。だが、男の子はナイフの扱いや剣の扱いなどを教えたりで、一緒にいる時間が長かったため、俺の顔を見ても、逃げ出さなくなっている。

翌日、俺は子供たちを連れて、海に行く。

子供たちはよほど楽しみにしていたのか、家を出ると走りだす。それを俺とルリーナが追いかける。

「ふふ、ギルが子供たちを追いかけると、犯罪者みたいね」

ルリーナが笑いながら、そんなことを言う。

そんなこと言われなくても分かっている。でも、ユナから子供たちのことを頼まれているからにはしっかりと世話をしないといけない。だから、走って子供たちを追いかける。

子供たちは海に到着すると遊び始める。

押し寄せる波で遊ぶ子、水のかけっこをする子、砂浜で遊ぶ子、みんな笑顔で遊んでいる。

「ギル。波は穏やかだけど、気をつけてあげてね」

「わかっている」

俺は遊んでいる子供たちのところに向かう。

「ギルさん！」

俺が行くと、子供たちが水をひっかけてくる。遊びなので、俺は思いっきり、水をすくいあげて、子供たちに水をかける。

水がかかった子供たちは水の勢いで倒れる。やりすぎたと思ったら、子供たちは大笑いし、俺を囲むとまた水をかけ始めた。

それなら。

俺は回転しながら、周りにいる子供たちに水をかける。

俺に水攻撃をさせないためか、一人の子供が腕にしがみついてくる。その程度で止められると思ったらしい。

俺は子供を軽々と持ち上げて、海の中に放り投げる。

子供は海に落ちる。

投げてから気づいた。

やりすぎたかも。

そう思ったら、子供は立ち上がり、俺のところにやってくる。

「もう一回投げて」

どうやら、面白かったみたいだ。

俺は持ち上げて、もう一度の海の中に放り投げる。

それを見た他の子も頼んでくる。俺は何度も子供たちを放り投げる。

流石に何度も投げていると腕が疲れてくるが、怖がられて近づかれないよりはいい。

なにより、子供たちが喜んでくれるのは嬉しい。

俺が子供たちと遊んでいると、まだ幼い顔をしているが、綺麗な女の子がルリーナと砂浜にやってくる。

誰だ？
見たことがない。孤児院の女の子にしては年齢が高いような気がする。
あんな女の子はいなかったと思うが。
俺が近づいて、怖がられでもしたら困るので、離れることにする。
あとで知ったが、ユナだったそうだ。
クマの中身があれだとは思いもしなかった。

電子版購入者特典

32　忙しいギルドマスター　ジェレーモ編

俺はミリーラの商業ギルドのギルドマスター、ジェレーモ。

最近、仕事が忙しくて、疲れ気味だ。

クリモニアから来たアナベルさんが俺のお目付け役になっているので、サボることもできない。

だが、俺は最近、アナベルさんの行動を把握することできるようになった。といっても、俺の部屋に確認に来る時間が正確なだけだ。

先ほど部屋に確認しにきた。これでしばらくは、来ないはずだ。

1階にあるギルドマスターの部屋の窓を開け、俺は静かに抜け出す。そして、近くの公園のベンチに座って、のんびりとする。

周りを見ると、子供たちが遊んでいる。

平和だ。この平和もあのクマの格好をした嬢ちゃんがくれたものだ。

俺はなにもできなかった。

食材を少しばかり拝借して、食材が足りない人に渡しただけだ。

だから、俺は偉くもなんともない。そんな人間が商業ギルドのギルドマスターをやっているんだから、笑い話にもならない。

「はぁ、なんでこうなったかな」

俺はのんびりと暮らしていければ、それだけでよかったのに。

「ジェレーモさん、またサボりですか？」

俺を見かけた知り合いが声をかけてくる。

「休憩だ」

「そういうことにしておきますよ」

何か知ってるふうに言ってくる。

「本当に休憩だって」

「それじゃ、アナベルさんに言っても？」

「それはやめろ」

「冗談ですよ。ジェレーモさんが町のために頑張ってくれているのは知っていますから」

だから、俺はそんなに偉い人間じゃないって。

基本、俺は怠け者なんだ。

「そういえば、例のクマの女の子が町に来ているみたいですよ」

「そうみたいだな」

クマの嬢ちゃんがミリーラに来ている情報は入ってきている。といっても、浜辺で子供たちと遊んでいるとか、クマの形をした馬車で来たとか、その程度の情報だ。

「サボりもほどほどにしたほうがいいですよ」

「だから、休憩だよ」

知り合いは笑いながら去っていく。

俺はベンチから立ち上がる。そろそろアナベルさんが俺の部屋に様子を見に来る頃だ。サボり、ではなく休憩もほどほどにして、商業ギルドに戻る。窓から部屋の中に入ると、クマの嬢ちゃんが部屋にいて、抜け出したのがアナベルさんにバレることになった。後日、ギルドマスターの部屋が上の階に移されることになったのは別の話だ。

クマの嬢ちゃんがクリモニアに帰っていった。

数日間だったが、クリモニアの領主に、商業ギルドのギルドマスターに、シーリンの街の元の領主までやってきていろいろと慌ただしかった。

そして、クマの嬢ちゃんが作ったクマのウォータースライダーは商業ギルドで管理することとなり、ウォータースライダーの入り口にはドアが付けられ、管理者がいるときだけ、遊べるようにする。それがクマの嬢ちゃんとの約束だった。

管理者はギルド職員から2人ほど派遣することになっているが、クリモニアの領主様とシーリンの元領主様が来て、仕事も増え、この状況でギルド職員を2人も派遣するのは辛いところだ。

でも、俺たちのほうから嬢ちゃんに頼んだからには文句は言えない。

「冒険者ギルドに依頼をしますか？」

「頼めるなら頼みたいが、あっちも人が足りないって言っていただろう」

冒険者ギルドも、クリモニアの領主様からの仕事やクリモニアとトンネルが繋《つな》がったことで忙しい。

クラーケンがいなくなったことが知られ、ミリーラに戻ってきた冒険者もいるが、それでも足りていないのが現状だ。でも、こちらも人が足りないのは事実だ。

「そうだな、相談だけしてみてくれ」

アナベルさんに頼み、俺は他の仕事をする。


冒険者ギルドと話し合った結果、手を貸してくれることになった。

しかも、依頼料は格安だ。

なんでも新人冒険者用の依頼とするらしい。

まあ、それほど金を出せるわけではなかったので、助かるところだ。

アトラさんには感謝をしないといけない。

ただ、報告によるとクマのウォータースライダーで遊ぶ人が日々増えているらしい。

ミリーラの住民もそうだが、クリモニアからも遊びに来ているらしい。

「ミレーヌさんが、クリモニアで広めているみたいです」

そう言えば、クリモニアからもお客を呼び込むようなことを言っていた。

「クリモニアから来る人が増え、乗り合い馬車も満席だそうです」

ミリーラはクリフ様が言ったとおりに、活気が溢《あふ》れる町となった。

魚介類は売れ、クリモニアから買い付けに来る商人が増えていく。これは、ミリーラ出身者がクリモニアで頑張っているおかげでもある。

特にデーガさんの娘さんがクリモニアで開いているお店の評判はよく聞こえてくる。

「馬車の便数を増やすか？」

「それはクリモニアに任せればいいと思います。はっきり言って、そこまで手が回りません」

アナベルさんの言う通りだ。現状では、どこも人手が足りない状態だ。

「治安の強化、町の掃除、食材の確保、宿屋との情報交換。海での監視員、細かいところを挙げれば、やることはいくらでもあります」

治安維持は冒険者ギルドに任せてある。クリモニアから来る人全てが悪いとは言わないが、騒ぐ者、食べた物を道ばたに捨てる者、マナーを守らない者は必ず出てくる。

何度注意しても言うことを聞かない人に対して、二度とトンネルを使わせないようにすることはクリフ様より許可を得ている。その辺りの判断は冒険者ギルドと商業ギルドに任せられている。

それから、食材の流通量も小まめに確認しないといけない。魚介類がクリモニアに多く流れれば、地元の住民に行き渡らなくなる可能性も出てくる。魚介類についてはクロの爺さんに任せてあるから大丈夫だと思うが、その辺りの管理も必要になる。

宿屋については、空いている部屋を常に把握する必要がある。クリモニアから来たが泊まる宿屋がなくて、困るケースが度々ある。

それを斡旋するのも商業ギルドの仕事になりつつある。

一番の問題は海での監視員だろう。冒険者ギルドに任せてあるが、監視員は泳げるだけでなく、溺《おぼ》れている者を助けられなくてはいけない。それが一番難しい。泳げもしないのに、深いところまで行かないでほしい。そんなことは、ミリーラの町の子供でも知っていることだ。でも、クリモニアから来る者は、大人も子供も知らない。

そんなところから、教えないといけない。

そう考えると、このようなことを見越してか、クマの嬢ちゃんが海に作った柵は安全策が施され、子供たちが安全に遊べるように考慮されていた。

まるで、こうなることが分かっていたかのようだ。

今は柵を増やすかどうか、思案中だ。

ともかく、人が足りないのだ。

「ミレーヌさんとクリフ様、それからわたしの見解では、この忙しさは暖かい季節だけと見込んでいます。寒くなれば訪れる人は減るでしょう。それまで、忙しいですが、頑張るしかないでしょう。冬はのんびりできるはずです」

アナベルさんが、そう予測する。

それには俺も同意だ。

冬になれば海で遊ぶことはできない。そうなれば人も来なくなるはずだ。

ただ、落とし穴がありそうで怖い。

アナベルさんはクリモニアの出身者だ。

俺たちがなんとも思っていない冬の過ごし方が、クリモニアの住民にとって娯楽になれば、人がまた集まることになる。そうなれば、現状の慌ただしさが冬になっても続くことになる。

アナベルさんのことだから、冬になっても「こんなに人が来るとは想像がつきませんでした」とか言って、俺に仕事をさせそうだ。

「なんですか、その疑いの目は」

「いや、だから、本当に冬になれば仕事が減るのかと」

「あくまで見解です。こんな状況はクリモニアでもミリーラでも初めてのことでしょう。確約はできません」

ため息しか出ない。

俺の自由はどこにいった。

善行はするものじゃないな。

VOL.
20.5

Kuma Kuma Kuma Bear

Kuma Kuma Kuma Bear

VOL. 14

▶ILLUSTRATION GALLARY_

Kuma Kuma Kuma Bear
VOL.15

STORY

くまクマ熊ベアー16

ドワーフの街へ!

ミリーラの街から帰ってきたユナは、タールグイから持ち帰った花で押し花を作ったりしながら、のんびり過ごしていた。ナイフのメンテナンスのためにガザルさんのところに行くと、クマモナイトという謎の鉱石を手に入れていたことを思い出すユナ。ガザルさんとゴルドさんの師匠にクマモナイトについて聞いてみるため、ドワーフの街へ向かうことに!

ルイミンの道案内…って大丈夫?

ティルミナさんの許可を得て、フィナとドワーフの街ルドニークに行ってみることにしたユナ。エルフの村の転移門からくまゆるくまきゅうに乗って向かうことにしたついでに、ルイミンと再会する。そしたら村中からお使いを頼まれたルイミンもついてくることに!?

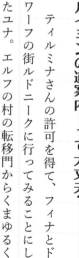

二人と一緒に楽しく鍛冶の街を見学だ！

鍛冶の街を散策

ルドニークに入る目前、偶然にもまたまたジェイド達と再会。トウヤのミスリルの武器を作るために、ジェイド御用達の鍛冶屋へ向かうらしい。それに付き合ってミスリルの武器を持つのにふさわしいかを見極めるテスト華麗に合格したユナ。その後、ゴルドさんとガザルさんの師匠、ロージナさんの工房で娘のリリカさんと出会った3人は、一緒に街でお買い物をすることに。

試しの門って一体…

仲良くお買い物をしていた4人。ルドニークに冒険者がたくさん訪れている理由、試しの門が気になっていたユナの希望で山の高いところまで階段を登って見学に行くことに！　魔力が満ちると勝手に開き、中には職人と武器を扱う者だけが入れて、試練は人によって変わるらしい…その話を聞いてユナは早く開かないかなとワクワク！　ルドニークでの冒険も楽しくなりそう!?

TSUTAYA購入者特典
33 シアのお土産話を聞く　カトレア編

シアから連絡があり、いつもの喫茶店で待ち合わせをして会うことになった。

先に喫茶店に来たわたしがお茶を飲んでいると、涼しそうな格好をしたシアがやってくる。

「カトレア、お待たせ」

シアはわたしの前の椅子に座ると、飲み物を注文する。

「クリモニアから、帰ってきていたのね」

「数日前にね」

シアは学園の長期休暇を利用して、クリモニアに帰っていた。

「それで、久しぶりの故郷はどうだった？」

「楽しかったよ。妹のノアにも、お父様にも会えたし」

シアは嬉しそうにする。

「ふふ、ノアちゃんには、学園祭のときに会ったでしょう」

「そうだけど」

学園祭ではシアの妹のノアちゃんや、その友人たちに会った。そして、久しぶりにユナさんとも会った。

「そういえば、いきなり行って、ユナさんを驚かすとか言っていたけど、どうだった？」

シアは、いつもユナさんに驚かされてばかりだから、今度は自分が驚かせる番と言っていた。

「会ったときは、驚かれたけど。そのあとは、逆にわたしが驚かされることばかりだったよ」

「そうなの？」

「まずは、ユナさんのお店だね。話はお母様やノアから聞いていたけど、本当にクマだらけの店だったよ」

「あの王都にあるような？」

王都にもクマのお店がある。でも、わたしの質問にシアは首を横に振る。

「入り口にクマの置物はもちろんあるけど、看板もクマだし、店の中の壁や柱にもクマがいるし、テーブルの上にも小さなクマまで置いてあったし、クマの顔をしたパンも売っていて、お店で働く子供たちはクマの格好をしていて可愛かったよ」

話を聞くだけでも、クマだらけだ。

「本当にお店の名前通りのクマさんのお店って感じだったよ」

「お店の名前？」

「『くまさんの憩いの店』っていうんだよ」

ふふ、笑みがこぼれてしまった。

可愛らしい名前だ。

お店に行ってみたくなる。

それからもシアは楽しそうにクリモニアでの出来事を話してくれる。

「少し離れた場所にある海に行くことになったんだけど、そのときの乗り物がクマ馬車で、驚かされたし」

「クマ馬車？　クマ馬車って、馬の代わりにくまゆるちゃんとくまきゅうちゃんが荷車をひくってこと？」

わたしは喫茶店の窓から馬車を見る。

馬が荷車をひいている。つまり、クマ馬車とは、くまゆるちゃんとくまきゅうちゃんが、荷車をひいているってこと？　語呂が悪いので、でもそういう場合はクマ車っていうのかしら？　シアが使っている言葉通りにクマ馬車にする。

でも、シアから否定の言葉が出てくる。

「違うよ。クマの形をした馬車だよ。馬車をユナさんの魔力で動かすんだよ」

クマの形をした馬車？

わたしは首を傾げる。

くまゆるちゃんとくまきゅうちゃんが荷車をひかずに、クマの形の馬車をユナさんの魔力で動かす。

想像するけど、イメージが湧かない。

「うぅ、説明が難しい」

シアは何かを思いついたように、紙とペンを取り出すと、紙に絵を描いていく。

シアは貴族としての嗜《たしな》みとして、絵も上手だ。剣も魔法も使えて、さらに可愛い女の子で羨《うらや》ましい。

わたしはその絵を見て、笑ってしまった。

紙には簡単だけど、分かりやすい絵が描かれた。

「なにこれ、可愛い。クマさんになっているわ」

人が乗る荷台のところがクマの形をしていた。

「でも、かなり大きいんじゃない？」

「うん、大きいよ。子供なら30人は乗れるんじゃないかな？」

大人数だ。

「それをユナさんの魔力で動かすの？」

「うん、ゴーレムを動かす要領だって言っていたよ。それを何時間も動かすんだから、ユナさんの魔力は凄《すご》いよ」

物を魔力で動かすことはできる。

でも、長時間となれば、話は別だ。普通は簡単にできることではない。

「しかも、動かすのは、この1台だけじゃないし」

シアはそう言うと、また絵を描き始める。

「なに、この可愛い小さい乗り物は」

大きいクマ馬車の隣に、小さいクマ馬車の絵が2つ描かれる。そのクマの形が、黒と白に塗られている。

「くまゆるちゃん馬車と、くまきゅうちゃん馬車らしいよ」

そして、シアはそのくまゆるちゃんの形をした馬車に乗って、海に行ったという。

「シアが羨ましいわ。わたしもそのクマ馬車に乗ってみたかったわ」

「それじゃ、今度、ユナさんに頼んでみる？」

お願いしたら、乗せてくれるかしら？

その後も、シアからユナさんに驚かされた話は続く。なんでも、町に着いて泊まる宿は、大きなクマの家だという。

「それって、王都にあるユナさんのお家より大きいってこと？」

王都に住んでいないのに、ユナさんは王都に土地を購入し、クマの形をした家を建てた。シアから話を聞いたとき、見学に行ったことがある。

「クマだけど、形が違うよ」

そう言うと、シアはまた絵を描き始める。

「クマが2つ立っている」

そして、可愛い。

「4階建てになっていて、それぞれの部屋に泊まって、最上階にお風呂があって、そこから海を見ながら入るお風呂は最高だったよ」

シアはその風景を思い出しているのか、うっとりしている。

羨ましい。一緒に行きたかった。

それから、シアは妹さんたちと海で遊んだことを話してくれる。

「そして、また驚いたんだけど。ユナさん、浜辺に、こんなを作ったんだよ」

またクマの絵を描くが、今度は少し変だ。クマの口とお腹から変なものが出ている。

「シア、クマの口とお腹から出ているのはなに？」

「すべり台だよ」

「すべり台？」

「そう、このお腹のところと口のところから滑って、海に飛び込むの。凄く面白かったよ」

よくわからないけど、シアの表情を見れば、楽しかったことが分かる。

「それから、誰もいない島も探検したんだよ」

楽しそうに話しているけど、表情が少し変だ。

「なにかあったの？」

「え、どうして？」

シアが目を逸らす。

「表情が、困ったような、言ってから、失敗したような、表情かしら」

「別に困ったってわけではないよ。島で大変なことがあったなと思って。でも、内容は話せないから、どうしようかなと思っただけ」

「そんなことを言われたら、余計に聞きたくなるでしょう」

「ごめん、これはユナさんとの約束だから、話せないんだよ」

「わたしでも？」

「カトレアだけじゃなくて、お母様にもお父様にも話せないことだから」

「あら、そんな大切な秘密があることを、わたしに教えてもいいのかしら？」

「うぅ、カトレアの意地悪」

こんなに自慢話を聞かされているんだから、少しぐらいからかってもいいわよね。

「それで、その島で咲いていた花で押し花を作ったの」

シアは話を逸らすように、アイテム袋から額に入った押し花を取り出した。

嫌われても困るので、わたしもこれ以上は追及はしないで、押し花を見る。

「綺麗」

色とりどりの花で作られている。

「あまり、上手じゃないかもしれないけど、もらってくれる?」

シアが恥ずかしそうな表情をする。

シアからのプレゼントを断る理由はない。

「ありがとう。大切にさせてもらうわ」

友人からの手作りプレゼントは嬉しいものだ。

部屋のどこに飾ろうかしら。

「でも、見たことがない花ばかりね」

「まあ、地域が違うと、咲いている花も違うからね」


それから、地元に帰ったシアの話を聞き終えたわたしは、今度はわたしの休日の間の話をしてあげることにした。

WonderGOO購入者特典
34 アイスクリームを食べる　ゼレフ編

　夕食の仕込みを始めようと思っていると、フローラ姫のお世話をしているアンジュ殿がわたしの調理場にやってきた。

「ゼレフ料理長。申し訳ありませんが、こちらを冷凍庫にしまっておいていただけないでしょうか」

　アンジュ殿がテーブルの上にカップを5つ置く。カップの中に何かが入っている。

「こちらは？」

「ユナさんが持ってきてくださった食べ物で、アイスクリームというそうです。外に出しておくと溶けてしまうので、食べるときまで冷凍庫にしまっておくように言われました」

「ユナ殿が来ているのですか？」

「はい。今、フローラ様と楽しそうに遊んでいますよ」

「ちなみに、この5つの中に自分のものは……」

　ユナ殿が、自分の分も用意してくれているのか、確認する。

「ふふ、ありますよ。ゼレフ料理長、国王陛下、王妃様、それからわたしの分と娘の分も用意してくださいました」

　アンジュ殿は嬉しそうにする。

　ユナ殿が持ってくる食べ物は、どれも珍しく、美味しく、興味をそそられるものばかりで、わたしも嬉しい。

「それで、他の方に食べられでもしたら大変ですので、ゼレフ料理長の冷凍庫にしまっていただこうと思いまして」

　確かに、他の者に食べられでもしたら大問題だ。

　ユナ殿の食べ物は代用が利かない。他の食べ物なら、レシピを聞いているので作れるが、新しいものとなれば、作ることはできない。

　自分の冷凍庫なら、他の者が勝手に取ることはしない。

「大切に保管させていただきますので、お任せください」

「よろしくお願いします」

アンジュ殿は頭を下げると、調理場から出ていく。

テーブルの上にユナ殿が持ってきてくれた食べ物がある。すぐにでも食べたい衝動に駆られるが我慢をする。今は陛下の夕食の仕込みをしないといけない。

とりあえず、カップは冷凍庫にしまっておく。


しばらくすると、またアンジュ殿がやってくる。

「たびたび、申し訳ありません。ティリア様やエレローラ様が次回に食べる分をユナさんに催促したみたいで。こちらも冷凍庫にしまっていただけるでしょうか？

そう言ってアンジュ殿は先ほどのよりの多くのカップをテーブルの上に置いていった。

わたしの追加の分もあるのだろうか。


「叔父様」

下ごしらえも終わり、ユナ殿が持ってきてくれた、あいすくりーむというものを試食しようと思っていた矢先に、姪のシャイラがやってきた。

「仕事はどうした？」

姪のシャイラはわたしのもとで料理修業をしていたが、今は城が経営する城下町にあるレストランで仕事をしている。

「今日は休みだから、叔父様のところに来たの」

タイミングが悪い。

「それで今日、ユナさんが来たって本当？」

ユナ殿が来ていたことを知っていたらしい。

まあ、ユナ殿の格好は目立つし、仕方ない。

「ああ、わたしは会えなかったが、フローラ様のところに来ていたらしい」

「そうなんだ。久しぶりにユナさんに会いたかったな」

わたしも会いたかったが、王宮料理長という立場上、仕事を放り出すことはできない。

「それで、ユナさん、今回も、珍しい食べ物を持ってきた？」

シャイラはキョロキョロと調理場を見回す。

わたしはチラッと冷凍庫を見る。

冷凍庫の中にあるが、シャイラに教えれば、絶対に食べたいと言いだすと分かっている。だから、教えるわけにはいかない。

「もしかして、冷凍庫に入っているの？」

気づかれた。

シャイラは冷凍庫に向かって歩きだし、わたしの許可もなく、冷凍庫を開けようとする。

「待て、なにも入っていないから開けるんじゃない」

「それじゃ、なんでさっきから冷凍庫を見ているの？」

どうやら、わたしは1回だけでなく、何度も冷凍庫を見ていたらしい。

「それに、なにも入っていないなら開けてもいいよね？」

中になにか入っているのを確信している顔だ。

わたしは諦めることにする。

「冷凍庫の中には陛下や姫様たちの分もある。シャイラも王宮で働いていたんだから、食べたら、どうなるか分かっているな」

ちょっと強めに脅かす。

「うぅ、それは」

冷凍庫の取っ手に手をかけていたシャイラは、ゆっくりと手を離す。

わたしはシャイラと代わり、冷凍庫から、アンジュ殿が持ってきてくれたカップの一つを取り出す。たくさんあるのを見られたら、一つぐらいと言い出すかもしれない。

それはあくまで、フローラ様やティリア様の分だ。

「それが、ユナさんが持ってきた食べ物？」

「あいすくりーむというらしい。シャイラはスプーンを2つ用意してくれ」

「うん」

シャイラはすぐにスプーンを2つ持ってくる。その一つを受け取る。

「叔父様、早く」

「そんなにせっつくな」

硬いかと思ったがスプーンを押し込むと、簡単に中に入っていく。そして、スプーンですくい上げ、食べる前にじっくりと観察して匂いを嗅《か》いでから、スプーンを口の中に入れる。

冷たい。

硬いと思っていたものが口に入った瞬間、溶けていく。

舌の上で転がしていくと、あっという間に全てが溶けてしまった。

「冷凍庫に入っていたってことは凍っているの？」

「いや、硬いが凍っていなかった。口に中に入った瞬間、簡単に溶けた」

「味のほうは」

「旨かった」

濃厚な味でなんとも言えない美味しさだった。

「叔父様、わたしも」

仕方ないので、カップをシャイラの前に差し出す。シャイラはわたしと同じようにスプーンですくい上げる。

そして、一丁前にわたしと同じように観察をしてから、口の中に入れる。

その表情はいろいろと変わっていく。

「冷たくて、美味しい。かき氷とは違う。材料はなに？　どうやって作るの？」

「牛乳、卵、砂糖、それから、なんだろう。でも、材料が分かったとしても、作り方が分からないのでは、同じものは作れない」

調理方法はいろいろなものがある。

煮る、焼く、溶かす、蒸かす、温める、冷やす。どの食材を、どのように調理するかが分からなければ、同じ食材を使ったとしても、同じものを作るのは不可能だ。

美味しい料理を作るには最適な食材と分量を知る必要がある。それが料理人にとって、命と同じように大切なレシピだ。

「叔父様、レシピは？」

「今回は教わっていない」

俺の言葉にシャイラは残念そうにする。

仕事を中断してでも、ユナ殿に会いに行けばよかったと後悔する。

こんな食べ物が作れるのに冒険者だというんだから、本当に不思議な嬢ちゃんだ。

もし、ユナ殿が冒険者でなく料理人だったら、弟子入りしていたかもしれない。

2口目を食べようとすると、カップの中が減っている。

犯人はすぐに分かった。

「シャイラ！　わたしがまだひと口しか食べていないのに」

「だって、美味しいんだもん。それに早く食べないと溶けちゃうよ」

確かに、カップの中を見ると、溶け始めている。

「とりあえず、残りはわたしが食べる」

もう、半分も残っていない。

「そんな～」

「ダメなものはダメだ」

「まだ、冷凍庫にあるんだよね」

「死にたいなら、俺は止めない」

「別に食べたぐらいで」

「そうだな。死にはしないが、料理人を辞めさせられて、王都から永久追放ぐらいだな」

「うぅ、それは十分にありえそう」

「とりあえず、我慢しろ。今度、ユナ殿に……」

聞いておくと言いかけて、やめる。

先ほど、レシピは料理人にとって、命と同じぐらいと思い至ったばかりなのに、ユナ殿の優しさに甘えている。

わたしがユナ殿にしたことといえば、ユナ殿に頼まれてファーレングラムの領主だったグラン殿の誕生日パーティーの料理を作ったぐらいだ。

それだって、ユナ殿は自分のためでなく、ファーレングラム家のためにしたことだ。

そう考えると、ユナ殿個人に、なにかをしたことがない。

「叔父様？」

「今度、ユナ殿に最高の料理でも食べてもらおう」

それがユナ殿への恩返しになるかは分からないが、自分には料理を作ることしかできない。

そう決めて、残りのあいすくりーむを味わうように食べた。

シャイラが食べたそうにしていたが、これ以上譲るつもりはない。

電子版購入者特典
35 ユナのところに行きたい　国王編

執務室で俺の補佐をしている宰相のザングと息子のエルナートと仕事をしていると、ユナが来たという報告が来た。

ユナは娘のフローラを気に入っており、たまに会いに来ることがあり、毎回、美味しい食べ物を持ってくる。

今日は、なにを持ってきたか楽しみだ。

俺が椅子から立ち上がろうとすると、ザングとエルナートが口を開く。

「陛下、仕事が残っています」

「父上、急ぎの仕事があります」

「だが……」

あのクマが持ってくる食べ物は、王族の食事には出てこないものばかりで、そしてどれも美味しい。王宮料理長であるゼレフも認めるほどの味だ。

そのユナがやってきたという。

フローラのところに行かねば、食べることはできない。

「だが、ではありません。彼女が来るたびに仕事を抜けられては困ります」

「クマより、仕事をしてください。目の前にある書類の山が見えないのですか」

2人が睨《にら》みを利かせてくる。

「エルナート。お前も、やがて国王になる身。俺の仕事を奪い取るぐらいのことをしてもいいのだぞ」

「遠慮します。すでに、引き継いでいる仕事があります。今はそれで十分です。ご自分の仕事はご自分でやってください」

初めの頃は押し付けることができたが、最近は断ってくる。

「可愛くない。誰に似たんだか」

「お母様はのんびりとした性格ですから。間違いなく、国王陛下であり、父親であるあなただと思います」

「俺の若いときは、自ら仕事を引き受けたものだぞ」

「それはいつ頃の話ですか？　わたしは、何度も無理難題を押し付けられた記憶がありますが」

ザングが昔のことを思い出しながら、答える。

幼い頃から一緒にいると、全て知られているから、嘘も吐《つ》けない。

俺が諦めて仕事をしていると、エレローラが部屋に入ってくる。

「エレローラか」

「資料の確認をお願いします」

エレローラが俺の机の上に資料を置く。

仕事が増えた。

「それでは、失礼します」

エレローラが俺を見てから、なにもなかったように部屋から出ていこうとする。

「待て。これから、どこへ行く」

「もちろん、ユナちゃんのところです」

エレローラはニコッと微笑みながら言う。

俺が仕事で抜け出せないことを理解しているみたいだ。

「仕事はどうした？」

俺はしているというのに。

「終えて、その机の上に置きましたけど」

エレローラは、先ほど俺の机の上に置いた資料に目を向ける。

「他は」

「終わっています」

エレローラは要領がよく、優秀だ。だが、それと同時に憎たらしい人物でもある。

だが、ユナのところに行けないなら、エレローラに頼むしかない。

「エレローラ、もし珍しい食べ物があったら、俺の分を取っておくようにユナに伝えておいてくれ」

俺の言葉にエレローラは子供のような笑顔を見せる。

嫌な予感がする。

エレローラは人差し指を立てる。

「ふふ、いいですよ。ただし、貸し、一つ」

「おまえ、国王に」

「これとそれは別です。それなら、別にわたしは、ユナちゃんに伝えなくても構いませんが」

エレローラはニッコリと微笑む。悪い笑顔がここまで似合う人物も他にはいないだろう。

文句の一つも言いたいが、エレローラの機嫌を悪くすれば、ユナが持ってきた食べ物を食べることができなくなる。

「……分かった。借り一つだ。だが、無理難題は却下だからな」

断れる逃げ道だけは作っておく。

「残念。仕事を辞めさせてもらって、クリモニアに帰ろうと思ったのに」

「……」

「エレローラ様、冗談でもそんなことは言わないようにしてください。もし、他の者が聞いて、噂が広がったら、大変なことになります」

俺が口を開く前に、話を聞いていたザングが口を開く。

「それに、あなたがいなくなったら、誰が陛下の暴走を止めるのですか？」

「それは、宰相であるあなたと、息子のエルナート様の役目でしょう」

「「無理です」」

2人の声が揃った。

「お前たち……」

エレローラは俺たちを呆《あき》れるように見る。

「とりあえず、ユナちゃんにはお願いしてくるけど、陛下の分がなくても、わたしの責任じゃないですからね」

エレローラは部屋から出ていく。

「父上はいつまで、あのクマの出入りを許すつもりなのですか？」

エレローラが出ていくとエルナートが話しかけてくる。

「いつまでと言われても、出入りを禁止するつもりはない」

「平民の、しかもクマの格好をしたふざけた者を城に自由に出入りをさせているとなると、国王としての威厳にも関わってきます」

「威厳より大切なものがある」

「国王の威厳より大切なものが、あのクマにあるというのですか？」

面倒臭い。

「すでにザングは知っているから、おまえにも伝えておく。クラーケンの素材のことは知っているな」

「はい、出所不明の」

「あれは、あのクマが討伐したもので、俺が買い取ったものだ」

正確にはユナがクラーケンに襲われていた町に譲って、それをエレローラの夫であるクリフが、町の復興資金にするため、俺に売った。

「ご冗談を」

まあ、普通はそう思うよな。

「嘘ではない。それから、学園祭のときにルトゥムが学生に負けたことは知っているな」

「ええ、しかも女が剣を握ることを嫌うルトゥム卿が学生の女子に負けたとか。信じられませんでしたが、手加減なんてしないと思いますので」

「ルトゥムは手加減はしていない。いや、あの場のルールの中だから、全力ではなかったが、負けたのは確かだ。そのルトゥムに勝った女子学生というのが、そのクマだ」

「冗談を」

エルナートは鼻で笑う。

「あとデゼルトの街の件の報告書は目を通したか？」

「ええ、見ました。冒険者に頼むなんて、信じられないことを。中立地域として重要な街です。もし、相手国に先を越されていたら、どうするつもりだったのですか」

「その冒険者も、そのクマだ。クラーケンの魔石を持っていたから、頼んだ」

エルナートがとても信じられないという表情をする。

面白い。

「父上、いくらなんでも、冗談では」

「冗談でない」

俺はザングに目を向ける。

「殿下、信じられないことですが、全て事実です」

流石に宰相のザングが嘘を吐くとは思えなかったのか、黙り込む。

「あと、グルザムの件は覚えているか？」

「はい、一時、城の中が騒ぎになりましたから。Aランクの冒険者が討伐したとか」

「それもクマがしたことだ」

「…………」

「これほどの実力を持った者を、切り捨てろとお前は言うのか」

「それが事実だとしたら、余計に危険ではないのですか？　もし、その者が城の中で暴れでもしたら」

「あの娘に悪意はない。善意の塊だ。だが、嫌った相手には容赦はしない。それなら、仲良くしたほうが得だろう」

「そうですが……」

「それに、あのクマが持ってくる食べ物は、どれも美味しい。俺の楽しみを奪うことは、息子でも許さないぞ。あのクマに手出しは無用だ」

あの娘は城の中に新しい風を吹き込んでくれている。

それもいい風だ。

それを止めるつもりはない。

「……分かりました」

エルナートも納得したのか、頷く。

その日、仕事が終わったあと、ユナが持ってきたアイスクリームという冷たい食べ物を食べた。

とても、冷たく、そして美味しかった。

絶対に、あのクマ娘を守らないといけない。

協力書店特典購入者特典

36 王都を探索する　ティルミナ編

「この扉を開けば王都ですよ」

そのユナちゃんの言葉通りに、クマの扉の先は王都だった。

若い頃に見たお城が、当時の記憶のまま、わたしの目に映っていた。

ただ、後ろを振り向けば、王都にあったユナちゃんの家もクマだった。

ユナちゃんは信じられないことをする子だと思っていたけど、今回のことも、驚かされた。

ミリーラの町や王都に一瞬で移動できる魔道具。

こんなもの、一個人で所有できるものではない。

前に、フィナがユナちゃんのことを、どこかのお姫様かもと言っていたことを思い出す。

当時は笑って「そんなことないよ」と答えたが、こんな凄《すご》い魔道具を見せられると、フィナの言葉が間違いではないのかもと思ってしまう。

もし、そうだとしても、クリモニアに一人でいる理由や、どうしてこんな魔道具を持っているかを、尋ねるつもりはない。

ユナちゃんは、わたしの命の恩人であり、フィナの大切なお姉ちゃんであり、友達であり、わたしたち家族にとっても大切な女の子であることには変わりない。

「ティルミナさんは、王都には来たことがあるんだよね」

「ええ、ゲンツやロイと昔にね」

冒険者をしていたときに、来たことがある。

「それじゃ、少し王都見物でもしていく？」

王都は簡単に来られるものではない。

馬車に乗って、数日かけて行くものだ。

王都を見物したいかと問われれば、したいのが本音だ。

「いいの？　フィナと、どこかに出かけるんじゃなかったの？」

「別に急ぎじゃないし。明日、フィナを貸してくれれば問題はないよ」

ユナちゃんは冗談っぽく言いながら、娘の貸し出し許可を求めてくる。

ユナちゃんは毎回、フィナとお出かけするときは、わたしの許可をとる。

どんなことがあっても、ユナちゃんは娘たちを守ってくれる。

だから、わたしは安心して娘たちをユナちゃんに預けることができる。

「それじゃ、今日は、お言葉に甘えちゃおうかしら」

わたしはユナちゃん、フィナ、シュリの4人で王都見物をすることになった。

王都の中を歩くと、すれ違う人たちが、なぜかジロジロとわたしたちを見ていく。

わたしの服装のせい？　髪が変？

王都を歩くと知っていたら、もっと綺麗な格好をしてくればよかった。

「今日も、ユナお姉ちゃん、見られているね」

わたしが自分の身だしなみを確認していると、フィナがニコッと微笑みながら、そんなことを言いだす。

どうやら、わたしではなく、ユナちゃんが見られていたらしい。

確かに周りから「クマ」って単語が聞こえてくる。

ユナちゃんのクマの格好を見慣れていたから、すっかり忘れていた。

原因が自分でないことにホッとしていると、ユナちゃんが「わたし、家で待っていようか？」と少し遠慮がちに言い出す。

わたしが「気にしないで一緒に……」と口に出そうとするよりも娘たちが口を開く。

「ううん、ユナお姉ちゃんと一緒がいい」

「うん、ユナ姉ちゃんと一緒」

フィナとシュリがユナちゃんの手を摑《つか》む。

わたしが言おうとしたセリフと行動を、娘2人に取られてしまった。

ふふ、でも2人とも優しい子に育ってよかった。

もし、娘たちが、ユナちゃんと一緒にいると恥ずかしいからと、「うん」とか頷いていたら叱《しか》っていた。

「ティルミナさんもいいの？」

「いいに決まっているでしょう」

わたしも娘と一緒にユナちゃんに抱きつく。

ユナちゃんは嬉しそうに照れていた。


わたしたちは、周りの視線や声は気にせずに王都見物を続ける。

「懐かしいわね」

変わったところもあるけど、変わっていないところもある。

「あの小物屋さん、まだあるのね。フィナが生まれる前だから、10年以上もあるのね」

「そんな昔からあるの？」

フィナは驚いたように店を見る。

「ふふ、フィナとシュリからしたら昔になるのかしら？　それにしても懐かしいね。あの店に売っている小物をロイからプレゼントされたっけ」

懐かしい思い出だ。


「そうなの？」

「このことはゲンツには内緒よ」

わたしは唇に指を当てる。

「それ以前に、王都に来たことは話しちゃダメだからね」

ユナちゃんが、娘たちに注意する。

確かに、今日のことは話せることではない。だから、ゲンツにお土産を買っていくこともできない。

ゲンツには悪いけど、ユナちゃんとの約束だ。

「しないよ」

「うん。しゃべらないよ」

2人とも頷くけど、少し不安もある。

フィナとシュリは約束を守る子だけど、シュリはポロッと、何気なく話してしまうかもしれない。その辺りは気をつけないといけない。

それから、ロイやゲンツと一緒に行ったことがあるお店で、食事をした。

「美味しかった」

「お腹いっぱい」

娘たちは満足している。

「味が変わっていなくてよかったわ」

昔に食べたのと同じ味だったので、たびたび、ロイとの思い出が蘇ってきて、涙を堪《こら》えるのが大変だった。

「でも、わたしのことを覚えていてくれるとは思わなかったわ」

わたしが料理を注文したとき、女将さんが、わたしの顔を見て驚いていた。

わたしが冒険者だったことは知っていたので、お店に来なくなったときは、死んだのかもと思っていたらしい。

再会が嬉しいからと、料理を1品おまけしてくれた。

料理のことより、わたしのことを覚えていてくれたことが、とっても嬉しかった。

王都に連れてきてくれたユナちゃんには感謝の言葉もない。

ユナちゃんに命を救われ、娘たちと楽しく過ごせて、ゲンツと結婚し、こんな幸せな人生が待っているとは、病気で苦しんでいたときには想像もできなかった。

そして、最後に城を見てから帰ることにする。

「フィナはお城に入ったことがあるのよね？」

普通は、わたしたちのような一般人はお城の中に入ることはできない。

でも、領主様の奥様であるエレローラ様の計らいによって、お城の中を見学したと聞いた。

「うん、お姫様とか、国王様、王妃様と一緒に食事をしたよ」

フィナの口からお城の中の様子を話してくれるかと思ったら、予想を超えた言葉が出てきた。

青ざめるとはこういうときになるものだろう。

王都に行き、お城の中に入ったことは知っていたけど、まさか娘が王家の人たちと一緒に食事をしているとは思いもしなかった。

「大丈夫だったの？」

「初めてお姫様に会ったとき、緊張で、何も覚えていなかったけど」

フィナが笑いながら答える。

「初めてって、何度もあるの？」

「……うん」

わたしたちのような平民が王族に会えることさえ、人生で1回でもありえないことだ。

それが、我が娘は何度もあるという。

「おひめさま、かわいかったよ」

「シュリも？」

「うん、おひめさまと、そのお母さんにも会ったよ」

お姫様のお母さんって、王妃様ってこと？

「ユナちゃん！」

「城を見学していたら、偶然に出会っただけだよ。2人とも怒らせることはしてないから大丈夫だよ」

ユナちゃんが言い訳をするように言う。

フィナは同年代の子供と比べてしっかりしているほうだ。でも、シュリは年相応の子供だ。シュリが王族に不敬なことをしていないか不安になってくる。

「ユナちゃん、本当に娘たちは大丈夫なのよね。王族に不敬を働いたとかで、わたしたちの家に兵士や騎士がやってきたりはしないわよね」

わたしはユナちゃんの肩を、がっしり摑んで尋ねる。

「大丈夫だよ。2人とも、仲良くしていたから」

王族と仲良しってなに？

「ユナちゃん、わたしの娘をどうするつもりなの⁉」

「どうするって、どうもしないよ。お城見物をしていたら、勝手に来たんだから、わたしのせいじゃないよ。それに、もしものときは、フィナのことは、わたしがしっかり守るから大丈夫だよ」

もしものときってなに？　守るってどうやって？

ユナちゃんが国王様を殴るシーンが容易に想像できてしまった。

守ってほしいけど、それはそれで怖い。

アニメイト購入者特典
37 武器と防具を作る　ジェイド編

「いいものができ上がったな」

俺たちはユナから譲ってもらった巨大なスコルピオンの甲殻を使って、それぞれの防具を作った。

「ユナちゃんには感謝しないといけないわね」

メルが手首に着けた銀色の籠手《こて》を見る。

それぞれに色を塗り、自分の好みに合わせている。

「軽いから、わたしが着けても、邪魔にならないわ。もっとも、後方で支援するわたしには不要だけど」

「そんなことはないだろう。後方でも危険なときはある。その籠手が守ってくれるときがあるかもしれない」

「そう、これは一種のお守り」

俺の言葉にセニアが同意する。

セニアはメルと同じように腕に着けるのに加え、足首にも着けている。

「軽いから、走っても足の負担にならない。それに、トウヤを蹴っても痛くない」

「俺を蹴るな！」

着替えていたトウヤが声をあげる。

トウヤは俺と同じように、腕、足、胸回りに部分的に着けている。

「それで、ジェイド。余ったものは、本当に俺が引き取っていいのか？　とっておけば、壊れたときに新しいのが作れるぞ？」

防具を作ってくれた職人のモントさんが声をかけてくる。

「ええ、いいですよ。それにトウヤのミスリルの剣を買う予定なので、少しでもお金が欲しいんですよ」

「それなら、ありがたく買い取らせてもらう」

モントさんからお金を受け取る。

「こんなに？」

「おまえさんたちが大きなスコルピオンの甲殻を持ってきたことで騒ぎになったからな、多少高くても作ってほしいと思う冒険者はいるから大丈夫だ」

「それなら、ありがたくもらいます。ありがとうございます」

「いいさ。もし、他の甲殻が手に入ったら、ぜひ俺のところに持ってきてくれ」

モントさんはニカッと笑う。

もしかすると、それが目的で、高く買い取ってくれたのかもしれない。

「何度も言いますが、出所は秘密ですよ」

「ウラガンの奴も口が堅いし、そんなに出所が言えないのか？」

「譲ってくれた人との約束なんですよ」

「そうよ。わたしたちは、その人に借りがあるし、お世話にもなっているから、裏切ることはできないわ」

「それに、あのウラガンですら黙っているのに、言えるわけがない」

俺の言葉にメルとセニアも擁護してくれる。

あのウラガンもユナのことは黙っているらしい。他の冒険者から尋ねられても、口を割らないし、仲間たちも話していないらしい。

横柄だけど、約束は守る男みたいだ。

それに、なんだかんだ仕事はやるし、仲間思いの奴だ。

「本当に、全部、俺のミスリルの剣の代金にしていいのか？」

トウヤが遠慮がちに尋ねてくる。

「パーティーの戦力の底上げにもなるし、問題ない」

「ええ、前衛が強くなることは後衛にとってもメリットがあるしね」

前衛が強くなれば、後方も安心できる。

「わたしの前に立つ壁は強いほうがいい」

「おい、壁って」

「言い間違えた。肉壁は強いほうがいい」

「さらに酷くなっているぞ。ジェイド〜」

トウヤが助けを求めるような目で俺を見てくる。

「まあ、トウヤが強くなるなら、俺たちは問題はないってことだ」

トウヤを慰める。

「それで、どこで作る？」

ミスリルの剣となると、作れる鍛冶《かじ》職人は限られてくる。ミスリルは扱うのが難しいので、それなりの職人でないと、作ることはできない。

「せっかくだし、クマの嬢ちゃんと同じガザルさんのところで作ってもらおうぜ」

俺のミスリルの剣とセニアのナイフを作ってくれた職人は別の街にいる。だから、俺とセニアの武器を作ってくれた職人に頼むことはできない。

「それじゃ、ガザルさんに作ってもらうか」

「おう」

「いいわよ」

「ええ」

それぞれが頷《うなず》く。

俺たちはガザルさんの鍛冶工房までやってくる。

「ここか」

「聞いた話じゃ、そうね」

「でも、すぐに作ってくれるかしら？　優秀な鍛冶職人なんでしょう？」

「多少は待つさ」

いい武器を作るには時間がかかるものだ。作ってもらえるなら、それに特に急いでるわけでもない。問題はない。

「それじゃ、入ろうぜ」

トウヤはミスリルの剣を作ってもらえるのが嬉しいのか、店の中に入っていく。

その瞬間、店の中からトウヤの叫び声が上がる。

「なんだ？　……アイアンゴーレム⁉」

それと同時にいろいろな崩れる音がする。

「トウヤ！」

俺たちが店の中に入ると、トウヤが剣を抜いて、壁際まで下がっていた。

トウヤの足元には剣などが散乱している。

どうやらトウヤがぶつかって、落としたらしい。

「ジェイド、アイアンゴーレムだ。気をつけろ！」

確かにトウヤの言う通りに、アイアンゴーレムがいた。でも、すぐにそれは動かないと分かった。

「トウヤ、大丈夫だ。動かないし、襲ってこない」

トウヤを落ち着かせる。

「本当だ。驚かせるなよ」

トウヤは剣を鞘《さや》にしまう。

「何事だ」

店の奥から、ドワーフが現れる。この人がガザルさんだろう。

「騒いで申し訳ありません。冒険者のジェイドといいます」

ガザルさんは俺を見たあと、床に散らばっている剣に視線を向ける。

「なんだこれは？」

「すみません。彼が、そこにあるアイアンゴーレムを見て、驚いて」

トウヤに目を向けて謝罪しながら、剣を拾う。

ガザルさんはトウヤに目を向ける。

「冒険者がアイアンゴーレムを見たぐらいで驚いてどうする」

「だってよう、いきなり店の中にいれば、驚くだろう」

「お前さんは、魔物がいきなり現れたときにも、同じように動揺してしまうのか」

「それは……」

「冒険者は、いかなるときも冷静でいろ。貴様のような慌てる冒険者が命を落とす」

ガザルさんの言葉にトウヤも俺も反論できない。

パニックになれば、それだけ状況判断ができなくなり、命を危険に晒《さら》すことになる。

「それで、なんの用だ」

「俺にミスリルの剣を作ってほしい」

「貴様のか？　そっちの男でなく？」

ガザルさんがトウヤを見てから俺のほうを見る。

「俺は持っていますので、彼の、トウヤのミスリルの剣を作ってほしいんです」

ガザルさんはトウヤを見てから、部屋の周囲を見る。

「無駄だ。お前さんにミスリルの剣は扱えん。宝の持ち腐れだ。そこらにある剣で十分だ」

「お金ならありますので」

「金の問題じゃない。扱えもしない武器を作るつもりはない。ほれ出て行け、店の片付けをするから邪魔だ」

「俺たちも手伝います」

片付けを手伝おうとしたが、邪魔だと言われて、店を追い出された。

「二度と行けないわね」

悪い評判が立ったら大変だから、今度、ちゃんと謝罪しに行ったほうがいいかもしれないな。

「なんだよう。作ってくれてもいいのに」

「ガザルさんの言い分もわかる。トウヤは落ち着きがない」

「そうね。もう少し、落ち着いたほうがいいかもね」

セニアとメルがガザルさんの言葉に同意する。

「ジェイド〜」

「お前は実力はあるんだから、少しは落ち着けるようになれば、ミスリルの剣を持つ資格はあるさ」

「甘やかすのはよくない」

「そうね。ジェイドはトウヤに甘い」

メルとセニアから抗議される。

まあ、実際に集中しているときのトウヤは強い。その集中力が続かないのが欠点だが。

「それじゃ、どうする？　他の鍛冶屋を当たるか？」

他にもミスリルの剣を作れる鍛冶職人はいる。

どうしようかと悩んでいると、メルが口を開く。

「そうだ。昨日、知り合いの商人に、ルドニークの街に行って商品を仕入れてきてくれないかって、相談を受けたんだけど。クセロさんのところで作ってもらうのもいいんじゃない？　ジェイドとセニアのミスリルの剣とナイフを作ってもらったんだし」

俺とセニアのミスリルの武器はルドニークの街にいるクセロという職人に作ってもらった。

「そこだ！　きっと、クセロのおっさんなら、俺の実力を分かって、作ってくれるぜ」

まあ、実力は関係なく、頼めば作ってくれるはずだ。トウヤも、もう少し落ち着けば、いい冒険者になるはずだ。それまでは、面倒を見るしかないだろう。

俺たちはメルが相談を受けた商人の依頼を受け、ルドニークの街に行くことになった。

▶ILLUSTRATION GALLARY_

くまクマ熊ベアー20.5

書き下ろし

38 クマとの遭遇　フィーゴ編

隊長は女性が騎士になることに否定的だった。女性は弱く、名ばかりの騎士の地位を与えたくないといつも口にしていた。

俺もどちらかというと女性騎士には否定的だ。

騎士は楽な仕事ではない。剣の腕を磨き、危険が迫ったときは命をかけて戦わないといけない。危険と隣り合わせの仕事だ。

魔法使いとして後方で戦うなら分かる。

優秀な女性魔法使いは何人もいる。

でも、騎士は別だ。

女性は男性に比べると力は弱い。

怪我をすることもあるだろうし、死ぬかもしれない。

それに女性はいつか結婚をして、仕事を辞めることも多い。

そんな女性が剣を握ることはない。

それに、俺が女性騎士に否定的な理由は、女性は守られるべき者だと思っている。

女性は弱い者だと考えていた。

……だが、俺の考えを打ち砕く相手が現れた。

それは、学園祭で戦った女の子だった。

身長は俺の胸ぐらいまでしかなく、顔は幼く、まだ子供だった。

そんな女の子が俺の前に剣を持って立つ。

学園祭で女性騎士の地位を落とすため、隊長の指示で騎士を目指す女生徒を叩《たた》きのめしていた。

そこまでする必要はあるのかと思ったが、早めに諦めさせて、別の人生を進ませるためにもいいと思った。

だが、それに異を唱える者が現れる。

エレローラ様だ。

エレローラ様は女性でも強いことを示すため、一人の女性徒と騎士に試合をさせる旨を国王に進言する。

隊長は、その申し出を受け、その女生徒と戦うように俺に命令する。

俺はグラウンドに立つ、目の前には幼い顔をした女の子が立つ。

隊長の命令とはいえ、幼い女の子と試合をしないといけないと思うと、気が重い。

こんな細い腕では剣を振るうことさえ大変なはずだ。細い足、剣を受け止めて踏ん張ることもできそうもない。

そんな女の子と試合をしないといけない。

だが、隊長の命令には逆らえない。

怪我をさせないように戦えばいい。少し、怖い目にあわせれば、すぐ負けを認めるだろう。

でも、それは間違いだったことにすぐに気づく。

俺は女の子との試合が始まって、すぐに理解した。強い。

俺の剣を簡単に受け止める。

あの細腕のどこにそんな力が？

もしかして、あのクマの顔をした手袋は魔道具か？

だからと言って俺の剣筋を見切って、防ぎ、躱《かわ》す。

たとえクマの顔の手袋が魔道具だとしても、ありえない。

俺はあらゆる角度から斬りかかる。だが、剣は受け止められ、躱される。

当たらない。

女の子と目が合う。

女の子は恐れていない。

騎士の目だ。

まっすぐに俺を見て、全てを見透かすような目。俺みたいな大男に剣を向けられても恐れない。

笑みさえ浮かべている。

なんなんだ、この女の子は。

俺の仲間だって、剣を打ち込めば、怖がる者も多い。

俺が学生だったときだって剣を打ち込まれたときは怖かった。練習用の剣だって、当たれば痛い。怪我だってする。

剣を向けられるというのは、怖いことだ。

その恐怖を乗り越えるには訓練を積むしかなかった。

相手の剣を防げるようになって、恐怖は薄れていく。

だが、目の前の女の子は真っ直ぐに俺を見て、俺の剣を防いでいく。

目の前で剣を振られて怖くないのか。

剣が当たるとは微塵《みじん》に思っていない目。
その幼い年齢で、どうやってここまでの技術を得たのか。
……面白い。
俺は体格の差を活用し、女の子を追い詰めていく。
……だが、当たらない。
手を抜いているわけではない。
力でも技術も、普通の騎士と比べても引けを取らない。
いや、それ以上だ。
今までに戦ってきたどの騎士よりも強い。
目の前にいる女の子が強いと認めるしかない。
笑みがこぼれる。
歴戦の相手と戦っている高揚感が出てくる。
だけど、負けるわけにはいかない。
結果を言おう。俺は負けた。
清々しいほどに負けた。
しかも、その負けは手加減されての負けだった。
俺との試合をした直後だというのに、女の子と隊長の試合が行われた。
そこで、女の子は魔法を使った。
つまり、俺は手加減をされていたってことだ。
騎士が魔法を使うのは卑怯でもなんでもない。それは個人の力の一つだ。
離れて見ることで女の子の強さがより分かる。
俺との試合で魔法を使わなかったのは、使ってはダメだと思っていたかららしい。
女の子は隊長が魔法を使ったことに対して、文句を言っていた。
その年齢で、これほどの剣技を身に付けているのに魔法まで使える。
笑いが出てくる。
俺は女の子が魔法を使えるとは微塵に考えていなかった。
もし、初めに使われていたら、防ぐこともできず、あっけなく負けていたはずだ。
隊長と女の子の試合は続く。

あのタイミングで躱すのか。

隊長の剣と魔法の合わせ攻撃は簡単に躱すことも防ぐことはできない。

俺の攻撃が躱されたことに納得する。

そして、試合は女の子が勝った。

隊長が負けた。

圧倒的と言ってもいい。

互角に見えたかもしれないが、俺の目から見れば、女の子の戦いには余裕が見えた。

隊長には負けられない焦りが見えた。

隊長は女の子との試合に負けたことにより、エレローラ様との約束で隊長の任を解かれることになった。

これは後日知ったことだが、騎士隊長の任を解かれた隊長は、学園で兵士や騎士希望の生徒に剣術を教えることになったそうだ。

そして、空いた騎士団の隊長に俺が推されたが断った。

俺にはその資格がないと思っている。

隊長の指示に従い、女性徒と戦った。

女性徒の未来を潰すことを知っていたのに。

そんな俺が騎士隊長になれるわけがない。

なって、いいわけがない。


俺は自分の心に決着をつけるため、もう一度、彼女に会おうと思い、伝手《つて》を使って、俺と試合をした女の子のことを捜したが、見つけることはできなかった。

誰一人、俺や隊長と戦った女の子のことを知る者はいなかったからだ。

エレローラ様が知っていると思われたが、確認することはできなかった。

彼女の強さを知りたかった。

どんな気持ちで戦ったのか。

どうやって、その強さを手に入れたのか。

彼女に尋ねたいことはたくさんあった。

ただ、願うなら、今度は正々堂々とルールをちゃんと決めて、もう一度彼女と戦ってみたい。

39 海に行きたい　シア編

ユナさんがわたしの家に寄った翌日、すれ違うようにノアから手紙が届いた。

手紙にはユナさんとミリーラの海へ行くという話が書かれていた。

ミリーラの町はクリモニアから大きな山を越えた先にある町。山は高く、町に行くための山越えは困難で、クリモニアとの繋《つな》がりはほとんどない。

でも、お母様が、ユナさんが山に穴を開けてトンネルを掘ったことで、クリモニアとミリーラの行き来が簡単になったと教えてくれた。

初めは冗談かと思ったけど、どうやら、本当のことみたいだ。

それで今回、ユナさんが自分のお店で働く子供たちをミリーラの町へ旅行に連れていくことになり、ノアやフィナちゃん、ミサも一緒に行くことになったらしい。

手紙からはノアが楽しみにする気持ちが伝わってくる。

昨日、ユナさんに会ったときは、何も言っていなかったのに。

わたしはお母様にクリモニアに帰りたいことを伝える。

「お母様、わたしも海に行きたいです」

「ダメよ」

「どうして」

「学園があるでしょう」

「3日後から長期休校だから、大丈夫です」

急げば間に合う。

「そうだったわね。わたしには、そんな長期休暇がないから、忘れていたわ」

そんなことを言われても、お母様の学生時代だって長期休校があったと思う。

「学生なんだから、休みなく勉強はするべきだと思うのよね」

お母様はため息を吐《つ》くけれど、クリモニアに帰る許可をもらうことができた。

ただし、護衛をつけるという条件つきで。

「ギルドマスターに紹介状を書いてあげるから、それを持っていきなさい。ギルドマスターが紹介してくれる冒険者だったら、大丈夫でしょう」

「お母様、ありがとう」

「わたしも、一緒にクリモニアに行こうかしら」

翌日、お母様は、本当に休みを申請したらしいが、却下されたらしい。

食事中、国王陛下の文句を言っていた。

不敬罪にならないか心配になってくる。


翌日、学園が終わると、わたしは冒険者ギルドに向かう。

お母様が書いてくれた紹介状を受付で見せると、ギルドマスターの部屋に通してくれる。

「手紙は読ませていただきました」

王都のギルドマスターはエルフの綺麗な女性だ。名前はサーニャさん。

こんな綺麗で仕事ができる女性になりたい。

サーニャさんは読んだ手紙をテーブルの前に置く。

「信用がおける冒険者で、最低限パーティー内に女性がいること」

サーニャさんは少し考えて。

「とりあえず、受付に行きましょう」

と言い、席を立つ。

「はい」

わたしとサーニャさんは受付に向かうと女性に話しかける。

「女性冒険者がいるパーティーで、信用がおける冒険者っている？　あと、クリモニアのことを知っていると助かるんだけど」

「えっと、ちょっと待ってください、ジェイドさんのパーティーは最近、見ていないし。ああ、あの2人が最近、クリモニアから来て、クリモニアに戻る仕事を探していました」

受付嬢が奥の席に座っている、体の大きい男性と優しそうな女性を見る。

「話を聞いてみましょう」

わたしとサーニャさんは、受付嬢が教えてくれた2人のところへ向かう。

「ちょっといいかしら」

「えっと、はい。なんでしょうか？」

女性が不審そうにわたしたちを見る。

「わたしは、ギルドマスターのサーニャ」

「ギルドマスター⁉」

女性は驚く。

「王都のギルドマスターが、わたしにどのようなことで？」

「大したことではないわ。クリモニアに帰るなら、この子の護衛をお願いできるかしら？」

女性冒険者がわたしを見る。

「シア・フォシュローゼと申します」

「フォシュローゼ？　ってクリモニアの領主様」

家名を言っただけで、すぐに領主と出てきた。

基本、家名を言ったとしても、自分と関わりがない領主の名前は知らないものだ。


「娘のシアです。クリモニアに帰りたいのですが、護衛をお願いできないでしょうか？」

「わたしたちみたいな冒険者でなく、お抱えの兵士とかいるんじゃ」

「急いで帰らないといけないので」

「でも」

嫌なのかな。

貴族の令嬢になにかあれば、重罰にかけられる場合もある。

ようは、一般人を見捨てて逃げるのと、貴族の令嬢を見捨てて逃げるのは重さが違う。

その分、依頼料も高く支払うことになっている。

「クリモニアの冒険者っていえば、あなたたちクマの女の子のことは知っているかしら？」

サーニャさんはユナさんのことを冒険者に尋ねます。

「……クマの女の子って、ユナちゃんのこと？　知っているけど」

同じ冒険者で、クリモニアのことを知っていればユナさんのことを知っていてもおかしくはない。

「この子はユナちゃんと関わりがあるフォシュローゼ家の娘さんなの」

「あなたもユナちゃんを知っているの？」

女性冒険者がたずねてくる。

「はい。ユナさんには、色々と助けてもらっています」

「そうなのね」

「ユナの知り合いなら、俺たちが引き受けたほうがいい」

今まで、黙っていた男の人が口を開く。

「ギル？」

「どっちにしろクリモニアに戻るだろう」

「そうだけど」

「あとで、断ったことがユナに知られ、彼女になにかあれば……」

男性がそこまで言って、女性を見る。

「そうね。その依頼、受けさせていただきます」

2人の中で、なにかがあったのか、護衛を受けてくれた。

「ありがとう」

サーニャさんはお礼と「細かいことは本人たちで話し合って」と言うと、仕事に戻ってしまう。

女性冒険者の名前はルリーナさん、男性冒険者の名前はギルさんと教えてくれた。

「それで、いつ出発する？」

「学園が終わるのが、明日なので、それが終わったら」

なるべく早くに出発したい。

「了解、学園が終わったらすぐに出発しましょう。ギルもそれでいいでしょう？」

「ああ」

ギルと呼ばれた男性は反対意見も言わず、ひと言だけ言い、頷《うなず》く。

それから、簡単に打ち合わせ、護衛の依頼をお願いした。

翌日、学園が終わると、わたしたちはクリモニアに向けて出発する。

わたしたちは馬に乗り、移動している。

「まさか、シアちゃんがユナちゃんの知り合いだったとはね。そういえば、領主様の娘さんと一緒にいるところを見たことがあるわ。妹さんなのよね？」

学園でもそうだけど、堅苦しいのは苦手なので敬称呼びはやめてもらった。

「妹のノアールです」

手紙でユナさんやフィナちゃんと遊んでいることが書いてあった。そして、今回のミリーラの海に行くことが書かれていた。

「クリモニアにいるユナさんって、どんな感じですか？」

気になったので、尋ねてみる。

「どんな感じって言われても、不思議な女の子としか言いようがないわね」

不思議。確かに、ユナさんを表す言葉としては、それが一番しっくりくるかもしれない。

「あの強さも謎だけど。なにより、あのクマへのこだわりは凄《すご》いわね。家はクマの形をしているし、召喚獣2頭のクマだし、お店の名前も『クマさんの憩いの店』だし、魔法もクマなのよね。あそこまでクマ好きになれるなんて、尊敬に値するわね」

本当にユナさんはクマ好きだ。

学園祭で制服を着てもらおうとしたときも、クマの服を脱ぎたがらなかった。最後は渋々制服を着てくれたほどだ。

本当にクマが好きなんだと思う。

「他にユナさんのお話ってありますか？」

「……そうね」

ルリーナさんはユナさんとの出会いを話してくれる。

「初めてユナちゃんが冒険者ギルドにやってきたとき、わたしの元仲間がユナちゃんにちょっかいを出して、怒らせて、顔をボコボコにされたの。翌日にゴブリン討伐の仕事に行く予定だったのに、困ったわよ」

ミレーヌさんは懐かしそうに言うけど、ボコボコって。

「まあ、わたしたちの仲間が悪かったから、ユナちゃんのことは恨んでいないわよ。それに、その依頼はユナちゃんが代わりに引き受けてくれたから、依頼が失敗扱いにならなかったのよ」

前々から、その冒険者は素行が悪かったようで、それがきっかけでルリーナさんとギルさんは、その男の人ともう一人と別れ、2人だけでパーティーを組んで仕事をしていると教えてくれた。

それにしても、あのユナさんにちょっかいを出すなんて、怖いもの知らずだ。と言っても、あの可愛らしいクマの格好からは強いとは想像できない。

「でも、わたしも人のことは言えないですね」

わたしはルリーナさんに初めてユナさんに会ったときのことを話す。

「妹の護衛にふさわしいか試すために試合をするなんて、無茶をするわね」

当時のわたしの行動を思い出すと、頭を殴ってやりたい気分になる。

「本当にそう思います。でも、当時のわたしからは、ユナさんは変な格好をした女の子にしか見なかったから」

ユナさんが手加減してくれなかったら、わたしも動けないほどに怪我をしていたかもしれない。

でも、初見でユナさんが強いと思う人がどれだけいるか。たぶん、一人もいないと思う。

「あと、ユナちゃんのことで本当に驚いたのは、ブラックバイパーを一人で倒したことね。本当に信じられないわよ」

「それって、本当なんですか？」

お母様から話を聞いていたけど、あまりにも信じられないことだった。

ブラックバイパーは滅多に現れる魔物ではない。それにとても大きいとされる魔物で、一人で討伐できるとは思えない。

「ええ、本当よ。わたし、解体現場を見に行ったからね。本当に大きかったわ。目の前に倒されたブラックバイパーを見たら、信じるしかなかったわ。それから、ユナちゃんをからかう冒険者はクリモニアには一人もいなくなったわ」

それはそうだ。ユナさんのことを知って、喧嘩《けんか》を売るバカはいない。

それから、ユナさんと親しくなって、ユナさんのお店が開店するときは、護衛として雇われた話もしてくれた。

「ふふ、今ね。クマのパンが大人気なのよ」

「クマのパンですか？」

「クマの顔の形をしたパンよ。とっても可愛らしくて、食べるのがもったいないけど、とても美味しいのよ」

それは、クリモニアに行ったら、食べてみないといけない。

「それじゃ、休憩はここまでにして、出発しましょう」

わたしたちはクリモニアに向けて出発する。

40 騎士を目指す　リーネア編

これはわたしが学園に入学する前のお話です。

兄が騎士をしており、兄が忘れた荷物を届けるため、わたしはお城に行くことがありました。

お城では多くの騎士が訓練をしていました。その中には兄の姿もありました。

でも、兄は他の騎士と一緒に訓練をしているため、忘れ物を渡すことができませんでした。

兄もわたしのことに気づいていましたが、訓練を抜け出すわけにもいかず、忘れ物を受け取ることはできませんでした。

わたしは兄の訓練が終わるまで、訓練風景を見ることにしました。剣と剣がぶつかり合う。普通は怖がるようですが、幼いときから兄の姿を見ていたので、あまり怖いとは感じませんでした。

兄に憧れたまに剣を持つこともあります。

両親は初めは危ないから止めようとしましたが、何度もお願いをすると諦めたように許してくれました。

わたしが騎士の皆さんと打ち合えば、すぐに剣を落としてしまうと思う。

「あなた、なにをしているの？」

兄の訓練風景を見ていると、後ろから声をかけられました。

後ろを振り向くと、綺麗な女の子が立っていました。わたしは知っていました。その綺麗な女の子は、この国のお姫様のティリア様でした。

「…………」

わたしはティリア様に声をかけられたことに驚いて、返答ができませんでした。

「なにをしているの？」

ティリア様がもう一度、尋ねてきます。

わたしは、その声に我に返って、答えます。

「兄の忘れ物を届けに来ました。今は訓練が終わるのを待っています」

「なら暇なのね。それじゃ、一緒に遊びましょう」

ティリア様が手を差し伸べてきます。

兄に荷物を渡さないといけないし、ティリア様のお誘いを断ることもできなかったわたしは困りました。

「でも」

わたしは手に持っている荷物に目を向ける。

「それなら、今、渡せば問題はないでしょう。あなた名前は？」

「リーネアです」

名前を言うと、ティリア様は騎士たちが訓練しているほうを見ます。

「リーネアのお兄さん！　いますか！」

いきなり、ティリア様に声をかけられて、兄は驚いています。兄は困った表情をすると、「自分です」と手を上げて返事をしました。

「リーネアが荷物を持って来ています。受け取ってもらえますか？」

兄は騎士の中で一番偉い人のほうを見ます。偉い人は頷《うなず》き、兄は剣を鞘《さや》に収めると、わたしのところにやってきます。

「リーネア、ありがとう」

兄は微妙な顔で荷物を受け取ってくれます。

「これで、リーネアの用事も終わりましたね。それでは、一緒に遊びましょう」

ティリア様は、そう言うとわたしの手を取って、走りだします。

「はい」

ティリア様はお城に詳しくないわたしのために、お城の中を案内してくれました。綺麗な花が咲く庭園で花を見たり、キッチンで、お菓子をもらったり、夢のような時間を過ごしました。

ティリア様は優しいお姫様でした。

そして、兄から、将来のティリア様に女性の護衛をつける話があることを聞きました。

ティリア様の護衛。わたしは考えました。ティリア様の側にいたい。わたしは騎士として、ティリア様の護衛を目指すことにしました。

それから時間が過ぎ、わたしは学園に入学し、貴族であるシアと知り会いました。

初めはシア様と呼んだら、シアでいいと言ってくれました。シアは貴族なのに、気さくに話してくれる。

シアは剣の扱いも魔法の扱いも上手な女の子です。何度か試合をしましたが勝てませんでした。

シアが騎士を目指せば、わたしよりも騎士になれる可能性は高いと思います。でも、シアは貴族の令嬢であり、自分の身を守るために学んでいるといいます。

わたしも、たまに兄に剣の扱いを教わっていますが、シアには敵わない。

「そんなに強いと、シアには護衛はいらないね」

「まあ、多少のトラブルなら、自分の身ぐらい守らないとね」

「わたしも、シアぐらい強ければ騎士になれるんだけどな」

わたしはティリア様の護衛騎士を目指しています。

家族にはよく考えるように言われましたが、学園を卒業するまで許してもらいました。

魔法の適正が高ければ、魔法使いとしても護衛になれるかもしれません。

でも、わたしは魔法使いとしては平均ぐらいでした。魔法を磨けば可能性はありましたが、わたしは騎士を選びました。

女性騎士を目指す者は少ないから。それに魔法を多少使えるとなれば騎士としても有利になると思ったからです。

本当にシアが騎士を目指すことがなくてよかった。シアが目指していたら、絶対に敵わなかった。

それからも、わたしは学園で先生から学び、家では兄から教わる日々を過ごしてきました。

そして、今日は国王陛下が騎士を目指す学生たちを見に来られる学園祭です。わたしたちは学園祭で騎士と試合をします。

そこで、少しでも国王陛下の目に留まれば、ティリア様の護衛騎士に近づけるかもしれない。

騎士がやってきて、それからまもなくし国王陛下がいらっしゃいました。

ティリア様の姿もあります。

わたしは国王陛下とティリア様にいいところを見せようと頑張りましたが、相手の男の子も国王陛下にいいところを見せようと頑張り、わたしは目立つこともなく、試合を終えてしまいました。

あとはお城の騎士との試合が残っています。

ここで挽回するしかありません。

ですが、わたしの前に立つ騎士様は、学生の男の子とは違い、体も大きく、わたしがどんなに打ち込んでも、防がれてしまいます。逆に騎士が打ち込んでくる一撃、一撃が重く、手が痺れます。

胸を借りる試合のはずだったのに、次第に一方的に攻撃をされる。手が痛い。でも、これぐらい防ぐことができなければ、ティリア様の騎士にはなれない。

もう、耐えきれないと思ったけど、騎士を止める声があがる。

騎士団長のルトゥム様だ。

そして、あれはシアの母親のエレローラ様だ。若く綺麗な人だ。ルトゥム様とエレローラ様、それから、国王陛下が話をしています。


なんでも、女性騎士を目指す学生代表と、騎士が試合をすることになりました。

なにが起きているか、状況が分からない。

そんなわたしのところに、シアがやってきて、剣を貸してほしいと言います。

「いいけど。シア、どうなっているの？」

「リーネア。参考になるか分からないけど、しっかり見ていて、勝つにしろ、負けるにしろ、リーネアのためになると思うから」

シアは意味不明の言葉をかけると、わたしから剣を受け取り、離れていきます。

そして、グラウンドにはわたしより小さい女の子が現れました。こんな小さな女の子が騎士様と試合？

相手はフィーゴ。強いことで有名な騎士様です。

勝てるわけがありません。

でも、わたしの予想外の戦いが始まります。

凄い。

女の子は受け流しと、避けるのが上手い。

受け止めるのは最小限に抑え、動きが速い。

女の子は恐れずに相手をしっかり見ている。剣が振り下ろされることが怖くないのだろうか。

わたしは剣を受け止めるとき、目を離してしまう。振り下ろされる瞬間が怖い。でも、それを克服しないと相手の剣を受け止めることはできない。女の子は騎士の剣を捌《さば》いています。

こんな女の子が学園にいたの？

予想外に女の子は騎士様に勝ってしまいました。お互いに魔法は使わなかったけど、凄《すご》い剣の剣技だった。見ていた人もそれが分かっているので、歓声があがりました。

シアが試合を見ているように言った意味が分かった。

女の子でも強くなれるんだ。

わたしはあの女の子から力をもらった気がしました。

ただ、その女の子が驚かせたのは、それだけではありませんでした。

女の子は魔法を使い、騎士団長であるルトゥム様とも試合をし、勝ってしまいました。

剣の才能もあり、魔法の才能もある女の子。わたしより、小さい女の子の才能に嫉妬《しっと》してしまう。

でも、一番大切なのは恐れずに戦うことだと教わりました。女の子は相手から目を逸らさずに戦っていました。心が強い。その一点はなによりティリア様の騎士を目指すのに必要だと思う。

ただ、制服の格好で激しく動き回るのはやめようと思いました。スカートの下から白いものがチラチラと見えていたから。

41　新人冒険者とユナ　ユナ編　その1

久しぶりに冒険者ギルドにやってきた。

最近は面倒ごとに巻き込まれることが多く、冒険者ギルドの仕事をしていなかった。

わたしが冒険者ギルドに入ると、少しざわめくが、絡んできたりする者はいない。

「ユナさん、いらっしゃい」

「ヘレンさん、こんにちは」

わたしは声をかけてきた受付のヘレンさんのところに向かう。

「今日はどうしたのですか？」

「久しぶりに仕事をしようと思って、冒険者ギルドのカードを剝奪《はくだつ》されても困るから」

まあ、カードを剝奪されても、商業ギルドに加入しているこ とになっているので、実際は困らない。

「久しぶりもなにも、ユナさんは大きな仕事をしてくださっていますから、カードの剝奪になることは有り得ませんよ」

どうやら、やめたくてもやめさせてくれないほうかもしれない。

「でも、ユナさんが仕事をしてくださるなら、冒険者ギルドとしては助かります」

「それで、面白そうな仕事ってある？」

「ブラックバイパーの討伐を面白がる人が面白がる仕事なんて、そうそうありませんよ」

「別にブラックバイパー討伐を面白がってはいなかったと思うけど」

「ユナさんが、ワクワクしながら、『わたしが行ってこようか』と言ったのを、わたしは忘れていません。あのとき、わたしがどれだけ心配したか」

「ごめん」

「でも、ユナさんのおかげで救われた人が多いのは本当です。だから、冒険者ギルドからは感謝の言葉もありません」

素直に褒められると、恥ずかしくなる。

わたしは逃げるように依頼ボードに移動する。

何気なく、依頼ボードを見ると一枚の依頼書が目に入る。

E、Dランク冒険者の指導

Dランク以上の冒険者（但し、Dランクは1年以上たっていること）

依頼者　冒険者ギルド

「ヘレンさん、これなに？」

「ああ、それは低ランク冒険者の指導の仕事ですね。定期的に、低ランク冒険者の指導を行っているんです。冒険者の仕事は危険と隣り合わせです。冒険者が亡くなることは冒険者ギルドにとっては損失です。なので、経験がある冒険者が低ランク冒険者を指導するんです」

「そんなことやっていたんだ」

「最近、ユナさんは冒険者ギルドにあまり来ませんからね」

「それを言われると」

「冗談です」

「でも、冒険者ギルドがお金を払うってことは、赤字になるのでは？」

「低ランク冒険者たちが成長してくれれば、将来的には冒険者ギルドに貢献してくれることになります。それに成長すれば、怪我をすることもなくなり、最悪な事態も回避することができますから……」

ヘレンさんは寂しそうな表情をする。

ヘレンさんが送り出した冒険者が帰ってこなくなったこともあると思う。

少し暗くなりそうだったので、わたしは話を変えることにする。

「どういうことを教えるの？」

「低ランク冒険者といっても幅がありますので、それぞれに合った指導ですね。剣の技術が未熟と判断したなら、剣の練習。基本ができていると思ったら、探索の仕方を学ぶために、森へ一緒に魔物討伐に行くなど」

「探索の仕方？」

「魔物が通った跡を見つけるとか、魔物を発見したときの行動の仕方とかですね」

「なるほどね。でも、そんなことをしていたんだね」

「本格的に取り入れたのは最近ですよ。これもユナさんが新人冒険者に教育をしてくださったことが大きいです」

「……？　わたし、新人教育なんてした記憶がないんだけど」

わたしの言葉にヘレンさんは「なにを言っているの？」って顔をする。

だって、そんな記憶はない。

「ホルンさんたちですよ」

「ホルン？」

ホルンは同じ村からやってきた男の子3人と女の子1人の新人冒険者パーティーの女の子だ。

「時間があったときにホルンに魔法を少し教えただけだよ」

だから、大した新人教育をしたつもりはない。

「ユナさんのおかげで、みんなの足を引っ張らずにすんでいると、ホルンさんが言っていましたよ」

「そんなこと言っていたんだ」

少し、恥ずかしい。

「シン君にも剣の扱いを教えたと聞いていますが」

シンは、ホルンと同じパーティーメンバーのリーダー的な男の子だ。

初めて会ったときに、クマの格好をバカにされたが、その後にいろいろとあって、謝罪されて、剣の扱い方を教えたことがあった。

「教えたといっても、ちょっとしたことだよ」

「彼曰く、ユナさんの言葉は理解するのは難しいが、理解できれば、一番大切なことを教わったと言っていましたよ」

そんな大層なことを言ったっけ？

思い出せない。

「そんな大したことは言っていないよ。彼の勘違いだよ」

「勘違いじゃないですよ。ユナさん」

誰かが話しかけてくる。

声がした後ろを振り返ると、４人の冒険者がいた。

ヘレンさんとの話に出ていた新人冒険者のホルンとシンたちだった。

「ユナさん、お久しぶりです」

ホルンが笑顔で挨拶をする。

「うん、久しぶりだね」

「ユナさんは戦いについて、大切なことを教えてくれました」

「そうだっけ？」

「そうですよ。相手の剣ばかりを見ていた俺を注意してくれたでしょう。全体を見ろって」

シンがホルンの代わりに答える。

「そんなことを言った記憶が」

「あれ、新人の俺にとって、よく分からなかったし、難しかった。でも、理解すると、視野が広がって、周りの動きが分かるようになったんです。それで、みんなに指示を出しやすくなったし、戦いにも余裕が出てきました。まだ、ベテランの冒険者たちには勝てないけど。初めの頃は、すぐに負けていたけど、少しだけど長引くようになった」

「そうなんだ」

わたしの教えたことで、ちゃんと成長しているみたいでよかった。

「俺の師匠はギルさんとユナさんです」

シンは目を輝かせている。

初めて会ったときと態度が変わりすぎでは？

「でも、そんなベテラン冒険者たちにユナさんは勝ったっていうから、凄《すご》いよな」

「知っているんだ」

「そのときのことを、みんなが面白おかしく話してくれました」

「っていうか、新人冒険者は、みんな絶対に聞かされる話ですよ」

「ユナさんをバカにした冒険者を全員倒して、冒険者ギルドカードを剝奪しようとしたんでしょう」

「もう少しで、シン君もその一人になるところだったんだよ」

「そうだな」

初めて会ったとき、頭をポンポンされて、キレかかったっけ。

ヘレンさんに止められなかったら、危なかった。

「あのときはすみませんでした」

「もう、何度も謝ってくれているから、いいよ」

本当に人は変われば変わるものだ。

「一応、このクリモニアで冒険者登録する者にはクマの格好をした女の子をバカにしないようにと伝えてから、登録させていますが、ほとんどの新人冒険者は、笑って聞き流すので困ります」

話を聞いて、ヘレンさんが冒険者登録するときの説明の規則に加えたという。

ヘレンさんはシンたちに目を向ける。

シンは笑って誤魔化そうとする。

「それで今日はどうしたの？」

「いや、これからブランダさんの村に行こうとしていたら、ユナさんを見かけたから、挨拶をしてから行こうと思って」

「ブランダさんの村？　また、魔物でも現れたの？」

初めてくまゆるに乗って森の中を移動していたときに出会った人だ。あのときは、村を襲う猪と間違えられて、くまゆるに矢を放たれた。

まあ、すぐに誤解が解けて、わたしとくまゆるで猪を討伐したのは懐かしい思い出だ。

「今、ブランダさんが街に来ていて村に帰るみたいなんだ」

「それで、村から離れた場所の調査依頼を冒険者ギルドから頼まれたから、馬車に乗せてもらえることになったんです」

シンの言葉にホルンが説明を付け足す。

「まだ、馬車や馬を借りると、金がかかるから、少しでも節約したくて」

「偉いと思うけど、節約は程々にね。近場なら、問題はないけど。離れた場所だと、移動に時間がかかれば報酬と見合わないときもあるよ。それと、移動で疲れたら、魔物と戦うこともできない。危険度も上がるからね」

移動で体力を消耗するってことは、ゲームでいえば

ＨＰが減っている状態ってことだ。そんな状態だと生存率は下がる。

「ヘレンさんにも言われました。だから、いつも話し合って、移動手段は決めています」

「でも、今回はブランダさんの好意で行きは馬車に乗せてもらえることになったので、乗せてもらうことにしたんです」

「それでじゃ、俺たちは行きますね」

「ユナさん、また練習を見てくださいね」

ホルンたちは手を振って、冒険者ギルドから出ていく。

わたしは面白い依頼がなかったので、そのまま帰るのだった。

42 新人冒険者とユナ　ユナ編　その2

その後、仕事から帰ってきたホルンたちが、ルリーナさんとギルと練習をすると聞いて、わたしが街はずれにやってくると、ギルとシンが打ち合いをしている。

打ち合いといっても、ほとんどがシンが攻撃を仕掛け、ギルが防いでいる感じだ。シンが疲れると、ホルンと同じパーティーの斧を使っている男の子と交代する。

そのギルたちが練習している場所から、少し離れた場所では、ルリーナさんがホルンの魔法を見ている。

弓を使う男の子は一人、的を置いて自主練をしている。

わたしはホルンとルリーナさんのところに近寄ると、ホルンが気づく。

「ユナさん！」

ホルンが練習の手を止めて嬉しそうに駆け寄ってくる。

そのホルンの声に気づき、ギルたちも練習の手を止める。

「みんな、頑張っているね」

「はい、みんなで強くなるって決めましたから」

「ルリーナさん、みんなの調子はどう？」

「ユナちゃんの教え方が上手だったから、問題はないわよ」

「別にわたしは大したことは教えていないよ」

「そんなことはないわよ。ホルンちゃんに練習の内容を聞いたけど、感心したもの」

「ルリーナの言う通りだ」

珍しくギルが話しかけてくる。

「シンの動きが良くなった」

「それはシンが努力しているからじゃない？」

「ユナさんが相手の武器だけでなく、全体を見ろって教えてくれただろう」

確かに、そんなことを言ったかもしれない。

「それで、相手の動きが少しだけ分かるようになったんだ。ギルさんがどこに攻撃を仕掛けようとしているとか、軽い攻撃と重い攻撃の違いとかも」

「おお、凄いじゃん」

冒険者というのは危険な仕事だ。もし、わたしが教えたことで、少しでも成長したと思うと嬉しいかぎりだ。

わたしが来たことで休憩をしていたが、シンとギルの練習が再開される。

練習内容はシンが攻撃をしてギルが受け止めるだけだ。

2人は体格の差があるため、ギルの戦い方はシンに合わない。なので、ギルをオークと想定して戦う練習らしい。

まあ、確かにギルは体が大きいのでオーク役には合っているかもしれない。

シンはいろいろと試しながら攻撃を仕掛けるが、ギルは楽々と弾く。

多少強くなったといっても、ギルとは経験値が違う。

「攻撃をする」

「はい！」

ギルの短い言葉だけで伝わったのか、シンは返事をする。

どうやら、シンのタイミングに合わせてギルが攻撃をするみたいだ。

シンが何度か打ち込むと、ギルが隙を狙って軽く攻撃を仕掛ける。その攻撃をシンは避ける。

ちゃんと、ギルが攻撃を仕掛けてくることが見えている。

でも、オークなみの攻撃は剣で受けるより、避けたほうがいい。

力勝負ではシンに勝ち目はない。

ギルの剣が少し下がる。そのタイミングに合わせて、シンが攻撃を仕掛ける。

それはダメだ。

ギルが隙を作って誘った。シンが騙される。

ギルはシンの攻撃を躱《かわ》し、剣を振り下ろし、シンの体に剣が当たる。

「いてっ」

シンが横っ腹を押さえながら倒れる。

「シン君！」

ホルンが心配そうに声をかける。

「大丈夫だ」

練習用の木剣を使っているので、大怪我にはなっていないようだ。

「すまない。止められなかった」

「いえ、俺が防げなかっただけです」

ギルは途中で剣を止めようとしていた。

でも、振りかざした剣は勢いが完全には止まらなかった。

「でも、ギルさんに当たると思ったのに」

シンは気づいていなかったみたいだ。

「ギルはわざと隙を作って、シンに攻撃を仕掛けさせたんだよ」

「隙を？」

「誘われたんだよ。攻撃がくると分かっていれば、あとは避けて、逆に攻撃をするだけだからね」

「ギルのことを卑怯《ひきょう》とは思わないでね。ギルはシン君が強くなったと思ったから、練習のレベルをワンランク上げただけだから」

ルリーナさんがギルの行動を説明してくれる。

「俺、嬉しいです。それって、俺が強くなったことを認めてくれたんですよね」

「ああ、もし盗賊などの人間と戦うことがあれば、駆け引きは必要だ」

ギルなりにちゃんと考えての行動だったらしい。

オーク対策の練習だったはずなのにと思ったが、口にはしない。

せっかく教えているんだから、水を差すようなことはしない。

わたしも空気が読める大人になったものだ。

「ギルさん、もう一度お願いします」

「シン君、大丈夫なの？」

シンは立ち上がってからも横っ腹に触れている。

練習用の木剣とはいえ、体に当たれば痛い。

「ギル。ちょっと、その剣を貸して」

ギルは何も言わずに木の剣を差し出しくれる。

わたしは木剣を受け取ると、クマボックスから布と綿を出す。

そして、綿で剣に挟むようにして布で包む。

「ユナちゃん、器用ね」

くまゆるとくまきゅうのぬいぐるみを作ったから、裁縫レベルも上がった。

少し時間がかかったけど、綿が包まった剣が完成した。

「確かにこれから、痛くないわね」

ルリーナさんが綿が包まった木剣に触る。

そして、ルリーナさんから木剣を受け取ったギルは何度か木剣を振る。

「大丈夫？」

「問題ない」

そして、シンも思ったよりは酷くなかったらしく、練習を再開した。

シンは何度もギルの隙に騙されて、そのたびに木剣が身体に当たる。でも、大怪我をすることはなかった。

もう一人の斧使いの少年も頑張ったが、２人ともギルに一撃も与えることはできなかった。


そして、シンと斧少年は地面に倒れている。

ホルンも魔法の練習で魔力を使い、休憩をしている。

「ユナさんとギルさんはどちらが強いんですか？　もちろん、魔法を使えば、ユナさんが勝つと思うのですが」

弓使いの男の子が、なにげなくそんなことを尋ねてくる。

「流石に、魔法が使えないならギルさんだろう」

倒れている斧少年が答える。

「でも、ギルさんとユナさんは戦い方が違うから」

シンはちゃんと考えて悩んでいる。

「ユナさんは素手で冒険者に勝ったって聞いたよ」

初めて、冒険者ギルドに来たときに絡んできた冒険者と戦ったときのことかな？

「でも、ギルさんの体を見ても、同じことを言えるか」

「それは……」

ギルの体は筋肉が凄い。わたしは自分のお腹を触る。

脂肪が凄い。

「ルリーナさん、どう思いますか？」

今まで黙って聞いていたルリーナさんは、わたしとギルを見る。

「そうね。魔法がありなら、間違いなくユナちゃんでしょうね。そもそも、普通に戦って、ユナちゃんに勝てる冒険者はクリモニアにいないわ」

「そんなに」

「それなら、魔法なしの戦いなら、ギルさんが勝ちますか？」

「ユナちゃんが魔法なしでも強いことは知っているけど。でも、それは話で聞いて知っているだけ。魔法を使わずに戦ったところを見たことがないから、どっちが強いかは答えられないわ」

確かに、ルリーナさんと行動したことはあっても、基本、魔法を使って魔物を倒している。わたしの剣の腕前は知らないと思う。

「ギルはどう思う」

ルリーナさんはギル本人に尋ねる。

「ユナのほうが強い」

ギルは迷うことなく答える。

「ハッキリ言うわね」

「デボラネが負けている」

デボラネ……どこかで聞いたことがある名前だ。

思い出せない。

「デボラネさんって、ギルさんとルリーナさんがパーティーを組んでいた人ですよね」

「口と性格が悪かったけど、強かったわよ。でも、そんな彼にユナちゃんは勝っちゃったのよね」

ポン。

思い出した。冒険者ギルドに登録しに行ったときに、絡んできたゴブリンみたいな冒険者だ。

「そうなんですね」

「でも、ギルもデボラネとユナちゃんの戦いは見ていないでしょう。なのに、言い切っちゃうの？」

「デボラネは強い。でも負けた」

「そうね」

「だが、確かめたい。ユナ、手合わせを頼む」

珍しいギルの頼みを断ることもできず、了承する。

わたしはシンから木剣を借りる。

「ユナさん、ギルさんに勝てるのか？」

「まあ、よく見ててね」

わたしは勝ち負けのことは言わず、それだけをシンに伝える。

わたしとギルが対峙《たいじ》する。

「シンに見せたいから、先手は譲るよ」

「分かった」

ギルはひと言、そう言うと攻撃を仕掛けてくる。大きなひと振り。

でも、踏み込みが弱い。全力ではない。でも、力強い。体に当たれば吹き飛ぶ。

わたしは体をずらして躱《かわ》す。ギルも躱されることを分かっていたのか、横に木剣を振る。わたしは後ろに一歩下がる。木剣がお腹のギリギリを通る。

だけど、ギルの攻撃は止まらない。次々と攻撃を仕掛けてくる。わたしは躱し、ときには受け流す。

ギルの攻撃が止まる。

「ふぅ」

ひと呼吸する。

「なんで、避けることができるんだ」

シンが驚いたように声を上げる。

「流石のわたしも驚いたわ。あんなギリギリで避けることなんてできるの？」

ゲームで得た技術だ。

できるまで、何十回、何百回と斬られて死んだことか。

ゲームだから、斬られ、殺されても、何度も挑戦できる。だからこそ、得られた技術だ。

ギリギリで避けないと、反撃ができない。だから、いかにギリギリで避け、反撃するのかが戦いのキモだった。

「別に、これを真似しろとは言っていないよ。経験を積み、相手の動きを見ていれば、できるって意味だから」

「いや、無理でしょう」

魔法使いのルリーナさんにとっては、異次元の動きに見えたかもしれない。

「ギルさんはできますか？」

「できない。俺ができるのは力押しで相手を倒すことだけだ」

それも、一つの武器だ。

強力な一撃を与えれば勝てる。

ゲームの世界でも相手の隙を狙い、一撃で勝つスタイルのプレイヤーがいた。

「どっちがいいんだ？」

「ちゃんと考えて、自分に合った戦い方を見つけることだね」

「自分に合った戦い方……」

「それと相手によって、戦い方を変えてもいいと思うよ。同じ土俵で勝てない場合もあると思う。それなら、相手と違う土俵で勝つしかない」

「相手と違う土俵？」

「自分よりも動きが速い相手に、動きで勝負しても勝てないでしょう」

「ああ」

「同様に、自分よりも力がある者と力で勝負しても勝てない」

「うん」

「ギルに勝つなら、速度。わたしに勝つならパワーって感じだね」

「パワーっていっても、ギルさんの攻撃がユナさんに当たらなかったら意味がないんじゃ」

「それは、経験と頭だよ。いくら、速く動けても避けられなくちゃ意味がない。避けるには、相手がどんな攻撃を仕掛けてくるか、ある程度先読みしないとダメ」

「それが頭」

「経験を積むには、何度もやられて、体に染み込ませることだね。いざってときは頭で考えるより、体が動くようになるよ」

「経験……」

「だから練習は必要ってことだよ」

「強くなるには、ただ剣を振っていればいいだけじゃないってことか」

「これは、魔法や弓でも同じことだからね」

わたしはホルンと弓使いの男の子を見る。

「はい」

それから、わたしとギルの試合を再開し、ギルを何度も木剣で斬った。

「ほら、ギル、落ち込まない」

「ああ」

ルリーナさんが一度も勝てなかったギルを慰めている。

ギルはわたしのところにやってくる。

「勉強になった。また、相手をしてくれ」

「うん、いいよ」

いつも魔法で戦うので、たまには剣の練習をしたい。

だから、ギルの申し出を了承した。

それから、みんなの練習が再開し、それぞれが成長したと思う。

冒険者は危険な仕事だ。怪我をしないことは難しい。

でもせめて、死なずに、帰ってこられる力は身につけてほしいと思う。

ホルンやルリーナさんが死んだなんて話は絶対聞きたくないから。

だから、たまにはこんな風に、練習につき合うのもいいかもしれない。

くまクマ熊ベアー20.5

TVアニメ番宣小説

43　TVアニメ番宣小説　その1

チローン。

うん？　メール音？

わたしはメール画面を出す。

差出人は予想通りに神様だった。

「えっと、なになに？」

『ユナちゃんへ、なんとこの世界で過ごしたユナちゃんの出来事がアニメになりました！』

いきなり、バカげたことが書かれていた。

「なにを言っているのかな？」

わたしが異世界で過ごした話がアニメ？

そんなことがあるわけないでしょう。

誰が、そんなアニメ見て楽しむのよ。

誰得よ。

『テレビも用意したから始まったら見てね』

アニメの話が本当か冗談か分からないが、クマボックスを確認すると、本当にテレビが入っていた。しかも大型テレビだ。

「そもそも、この異世界でアニメなんて見ることができるの？」

とりあえず、いろいろと確認するため、わたしは土魔法でテレビ台を作ると、その上にテレビを乗せる。

コンセントがない。そもそも、この家にコンセントを挿す場所はないし、電気はない。それに受信する方法は？　って疑問もある。

とりあえず、試しに電源ボタンを押すと、電源ランプが点灯する。

「もしかして、本当に映るの？」

画面に何かが映り始める。

『くまクマ熊ベアー放送開始まで、もうしばらくお待ちください』

と画面に映し出された。

「なに、このタイトル？　もしかして、これがわたしの異世界での話を元に作ったアニメのタイトル？　わたしの格好がクマだから、くまクマ熊ベアー？」

センスがないタイトルだ。ただクマを並べただけだ。

タイトルをつけるなら「異世界に行ったら、クマの着ぐるみで最強でした」とか「異世界で、クマの着ぐるみが最強だから、脱げませんでした」とか、「クマの着ぐるみで冒険者をしています」とか「神様にもらったクマ装備で異世界を満喫してます」とか、普通は内容が分かりやすいタイトルをつけると思うんだけど。

「くまクマ熊ベアー」ってタイトルだけを見ても、絶対に内容は想像つかないし、どんな話なのか分からない。

こんなタイトルじゃ、リアルなクマがたくさん出てくるアニメとでも思って、誰も見ないんじゃない？

このタイトルをつけた人に、どんな理由でつけたのか聞いてみたいものだ。

でも、画面に映るってことは、冗談でなく、本当にわたしのアニメをやるの？

今日はエイプリルフールじゃないよね？

画面をよく見ると、放送時間のことが書かれている。

放送局や放送時間などの詳しいことは、アニメ公式サイトから？

アニメ公式サイトって、そんなものまであるの？

付属していたリモコンを見ると、それぞれの放送局のボタンと、「アニメ公式サイト」と書かれたボタンがあった。

公式サイトのボタンを押すとテレビの画面が切り替わる。

「おお、わたしたちが映っている」

くまゆるとくまきゅうにわたしとフィナが乗っていたり、他にもノアやシア、ミサ、シュリもいる画像がある。

さらにわたしたちをアニメにした映像まである。

ＰＶってやつだ。

本当にアニメになって動いて、喋《しゃべ》っているよ。

今さらだけど、わたし、こんな恥ずかしい格好で、よく街中を歩けるね。

フィナ、可愛い。

ノアもミサもシアもシュリも可愛い。

くまゆるとくまきゅうも可愛い。

この画面を見ているだけでも、現実味が出てくる。

ね。

でも、わたし、アニメにする許可は出していないよ
肖像権は？

チローン。

メールが来た音がする。

『異世界なので、適用されません』

ちょ、酷い。

個人情報保護法もないし。

だけど、PVを見ると、どんな風にアニメになるかは楽しみでもある。

ここで文句を言っても、神様には通じないし、諦めることにする。

他に情報はないかな。

「あれ？」

第1話の告知を見ると、「ブラックバイパーとの戦い」となっている。神様によって異世界に飛ばされて、フィナと出会ったところからじゃないの？

よく調べると、第2話の告知もある。

「2話で、異世界に来たときのことや、フィナと出会ったときの話をやるみたいだ」

フィナと出会ったときは、まだ、ここがゲームの中で、異世界だとは思っていなかった。

本当に異世界だと知ったときは驚いた。

でも、この世界のお金とチート防具もあったから問題はなかった。

唯一、不満があるとすれば、どうして、チート能力がわたし自身でなく、クマ装備なのかだ。

この手の異世界の話は、本人にチート能力が与えられて、自由に異世界を過ごすのが定番だと思うんだけど。

そこだけは文句を言いたい。

わたしが、どれだけ、クマ装備で恥ずかしい思いをしたことやら。

まあ、今さら怒っても仕方ない。

このクマの格好にも若干慣れてしまった自分がいる。

慣れとは怖いものだ。

あと、なにかあるかな。

他に面白そうな情報がないか調べようとしたとき、

当初の目的を思い出す。

そうだ。放送時間を確認したかったんだ。

「えっと、どこかに……あったあった」

右上の黒いクマをクリックすると、放送&配信があったので、クリックする。

すると、いろいろな放送局や配信先の名前が出てくる。

テレビで放送されない地域もあるんだね。でも、見られない人はネット配信で見ることができるのか。

「って書かれても、こっちの日にちと時間で書いてくれないと分からないよ」

わたしがそう言うと、画面の文字が変化して、こちらの世界の日にちと時間で表示される。

「これって、早いところだと、今日の夜じゃん」

このテレビに録画機能は？

おお、ちゃんとある。これなら、後でフィナたちと一緒に見ることができそうだ。

でも、わたしのアニメが見られるってことは他のアニメや番組も見られるってこと？

もしかして、引きこもり生活ができるかも？

わたしは適当にリモコンボタンを押してみる。

すると、ＴＶ画面に「このテレビは『くまクマ熊ベアー』しか視聴することができません」と表示された。

リモコンをテレビに投げつけたくなる衝動を抑える。

見逃した再放送のアニメとか、いまどんなアニメをやっているか気になっていたのに。

使えないテレビだ。

せめて、ゲーム機があれば楽しめるのに。

「ゲーム機とゲームソフトを送ってよ」

神様に聞こえているか分からないけど、頼んでみる。

チローン。

返事が来た。

『くまクマ熊ベアーがゲームになったら、送ってあげます』

「いらないよ！」

誰が、自分が出てくるゲームをしたがるのよ。

バカなことをしている間に放送時間が迫ってくる。

夕食を食べて、お風呂に入って、あと録画をして。

あっ、テレビ鑑賞にはポテトチップスは必要だね。
わたしは放送開始までに急いで準備をすることにした。

44　TVアニメ番宣小説　その2

神様の冗談かと思ったら、本当にこっちの世界のわたしの出来事がアニメになっていた。

第1話を見た感想といえば、クマの格好でブラックバイパーと戦うわたしの姿がシュールだった。

戦っているときは自分の姿を見ることはできないから分からなかったけど。ここまで、緊張感がない戦闘シーンも珍しい。

それから、くまゆるとくまきゅうが可愛かった。現実でもアニメでも可愛いは正義だね。

あと、気になったのは、最後に現実世界の様子が映っていたことだ。

人の部屋と部屋着姿をアニメにするなんて、プライバシーもなにもあったものじゃない。

自室の姿を全国放送されたようなものだ。

神様に文句の一つも言いたいが「異世界にプライバシーなんてありません」と言うに決まっている。

いや、異世界だって、プライバシーは必要だからね。なんでもかんでもアニメにしていいわけじゃないからね。

せめてもの救いはわたしの着替えシーンやお風呂シーンがなかったことだ。流石に、そんなところはアニメにしないよね？

でも、わたしをいきなり異世界に連れてきたり、クマの格好をさせたり、クマさんパンツを穿《は》かせたり、性格が悪そうな神様だ。まだ油断はできない。

でも、異世界でのお金を用意してくれたり、チート装備を用意してくれたのは感謝してるけど。だけど、やっぱり元はわたしのお金だし、チート装備はクマの着ぐるみだから、心からの感謝はしにくい。

ただ、くまゆるとくまきゅうに関しては、最高の贈り物だ。これだけは感謝したい。

わたしは膝の上に乗っている子熊化したくまゆるとくまきゅうの頭を撫でる。くまゆるとくまきゅうは嬉しそうに「「くぅ～ん」」と鳴く。

最高の癒やしだ。

新しいアニメの情報がないかと公式サイトを確認すると、ミニアニメ「べあべあべあくまー！」なるものがあった。

べあべあべあくまー？

くまくまくまべあーじゃなくて？

調べてみると、テレビアニメとは違った、別のミニアニメがあるらしい。

とりあえず、再生ボタンを押してみる。

動画が始まる。

テレビにはミニキャラになったわたしとくまゆるとくまきゅうが映りだす。

「わたし、寝ているね」

わたしはくまゆるとくまきゅうと一緒に木の下で気持ちよさそうに寝ている。そこにノア、フィナ、シュリが現れて、一緒に寝るという内容だった。

ノアやフィナ、シュリはもちろんのことだけど、ミニキャラでデフォルメされると、凶暴なクマのわたしも可愛く見えるから不思議だ。


えっと、このミニアニメも毎週やるみたいだ。

ちょっと短いのは残念だけど、これはこれで可愛いので楽しみだ。

そして、今夜、アニメ第2話が放送されることになっている。

第1話はブラックバイパーの話だったけど、2話の告知を見ると、フィナとわたしの出会いの話になっている。それじゃ、2話で異世界に連れてこられた話やフィナと初めて会ったときの話をやるのかな？

初めてフィナに会ったとき、「わたしを食べますか？」って聞かれたことを思い出す。

いくらクマの格好をしているからって、食べないよ。

そんなに怖そうに見えたのかな？

でも、それも懐かしい思い出だ。

ということで、2話にはフィナが出るみたいなので、今日はフィナを家に呼んでみた。

「ユナお姉ちゃん、いきなり、お泊まりセット持って家に来てって、なにかあるの？」

説明が難しいし、フィナを驚かせたい気持ちもあるので、アニメのことは、まだ話していない。

「それはフィナと一緒にアニメを見るためだよ」

フィナはすでに、お風呂に入って、可愛い寝巻きを着ている。

準備は万全なので、アニメについて教えることにする。

「あにめ？」

フィナは可愛らしく首を小さく傾げる。

「説明が難しいから、見てもらったほうが早いかな」

テレビが置いてあるわたしの部屋に移動する。

「黒い板？」

フィナがテレビに気づく。

何度もわたしの部屋に入っているフィナだから、今まで置いていなかったテレビに気づいたみたいだ。

「フィナはそこに座って。この黒い画面……じゃなくて、板を見てて」

フィナにはテレビの前に座ってもらい。先週録画したアニメの1話を見てもらうことにする。

わたしはリモコンを手にすると再生ボタンをポチッと押す。

「黒い板が光りました」

そして、テレビは馬が走ってくるシーンから始まる。

「ユナお姉ちゃん、絵が動いてます！」

フィナはテレビに映っている映像を不思議そうに見ている。

ブラックバイパーを倒してほしいと少年が頼みに来るが、誰も引き受けてくれない。

そこに現れたのは。

「ユナお姉ちゃんです」

そして、わたしがブラックバイパーの討伐の依頼を受ける。

フィナは言葉を発することも忘れて、食い入るようにテレビを見ている。

「ブラックバイパーです」「あっ、ユナお姉ちゃんが」

「ユナお姉ちゃん、危ない！」

フィナはテレビに映るわたしがブラックバイパーと戦うシーンを見ながら叫んでいる。

を倒す。
そして、アニメのわたしは無事にブラックバイパー
「よかった。あのときブラックバイパーはこうやって
倒したんですね」
そして、クリモニアの冒険者ギルドに戻ってきたと
ころでリモコンの停止ボタンを押す。
このあとは元の世界の映像が流れるためだ。
「それで、これはなんですか？」
「これがアニメだよ」
「絵が動いて、凄《すご》かったです。でも、これ、どうやっ
て絵を動かしているんですか？」
フィナは目を輝かせながら尋ねてくる。
流石にアニメを作る工程を全て知っているわけじゃ
ない。
なので、
「神様が作ったんだよ」
「神様？」
秘技、説明が面倒くさいので、神様が作ったことに
する。

まあ、実際にそうだし、嘘《うそ》は言っていない。
「凄い。ユナお姉ちゃん、神様と知り合いなんですか
!?」
わたしの言葉を信じたのか、フィナは目を輝かせる。
「まあ、会ったことはないから、知り合いと言ってい
いか分からないけど」
メールが一方的に来るだけで、会ったことはない。
それを知り合いと言っていいのか。
なので、話を変えることにする。
「それで、このアニメのことなんだけど。今日の夜に
続きをやるみたいなんだ。そこにはフィナが登場する
みたいだから、一緒に見ようと思って、呼んだんだ
よ」
「わたしが、この絵になって、動くんですか？」
「うん、だから一緒に見ない？」
フィナは少し考える。
「恥ずかしいけど、見てみたいです」
わたしはアニメのお供に、ポテトチップスと飲み物
を用意して、テレビの前に座る。

そして、開始までもうすぐだ。
さて、どんな内容になるのかな。

45　TVアニメ番宣小説　その3

わたしとフィナは、テレビの前に座ってアニメが始まるのを待つ。

そして、「くまクマ熊ベアー」アニメ第2話が始まる。

第2話を見たフィナの一声が次の言葉だった。

「うわぁ、ユナお姉ちゃんが、クマさんじゃない服を着ています」

フィナは元の世界にいるわたしのシーンを見て、そんなことを言いだす。

いや、他にも気になるところがあるんじゃない？

部屋とか、いろいろと。

でも、フィナはわたしの格好がクマじゃないことに目がいき、周りには目が向いていないようだ。

そして、オープニングの曲が流れる。

フィナの体は歌に反応するかのように動いている。

「歌、上手です。わたしも、こんなに上手に歌えたらいいな」

えっと、確か、この歌を歌っている人って、フィナの声を当てている人だよね。

PVでフィナの声を聞いたけど、本物のフィナの声とそっくりだった。

神様、どうやって見つけてくるのかな。

「フィナも練習すれば上手になるよ」

「だったら嬉しいです」

でも、カラオケとかないし、音楽がないから難しい。テレビを送ってくれるぐらいだから、神様に頼めばCDと音楽プレイヤーぐらい送ってくれるかな？

わたしが考え事をしている間にオープニングは終わっており、クマ装備を身に着けたわたしが森の中に登場していた。

「ユナお姉ちゃん、いつものクマさんの格好をしてます」

わたしにクマの格好を見た、フィナが喜ぶ。

そして、神様とのメールを見て、「ユナお姉ちゃんは神様の使いです」とか言い始めた。

別に神様の使いじゃないんだよね。

特に連絡を取り合っているわけでもないし、この世界を救ってほしいと頼まれたわけでもない。そもそも魔物はいるけど、魔王はいないし。いないよね？

考え事をしている間もアニメは進んでいる。

「あっ、誰かが助けを求めています」

いや、それたぶん、フィナだからね。

わたしの予想通り、フィナがウルフに襲われていた。

「わたしです！　ウルフに襲われています」

フィナが声を上げる間に、アニメのわたしは颯爽《さっそう》とウルフに襲われているフィナを助ける。

『わたしを食べますか？』

アニメのフィナがわたしに尋ねる。

「どうして、あのとき、わたしに食べられると思ったの？」

クマの格好といっても、本物のクマではない。

自分で言うのもアレだけど、可愛いクマだ。普通は食べられると思わないはずだ。

「その、あのとき、ウルフに襲われて、食べられちゃうのかなと思っていたんです。そしたら、クマの格好をした女の人が現れて、ホッとして、なんとなく言葉が出ちゃったんだと思います」

アニメではわたしがクマさんフードを取る。

クマのフードの下から現れたのは、美少女。

「誰？　この美少女？」

「ユナお姉ちゃんですよ」

「いやいや、輝いてるよ」

いくらアニメでも誇張しすぎだ。

ほら、写真で見ると可愛いけど、実際に会ってみると可愛くないってあれだ。

どうやら、アニメには美少女補正が入っているみたいだ。

実際のわたしを見たら、落ち込むパターンだね。

もしくは、違いすぎて気づかれないとか？

アニメのフィナは、実際にあった通りにウルフを解体し、解体を終えたフィナとわたしは一緒にクリモニアに向かう。

どうにかクリモニアに到着したわたしとフィナは街の中を歩く。

やっぱり、この世界でもクマの着ぐるみの格好は目立つ。

すれ違う街の住民はみんな、わたしのことを見ている。

今はクリモニアでは落ち着いたけど、現実でも数か月前までは、こんな感じで見られていた。


アニメのわたしはフィナと一緒に冒険者ギルドにウルフを売りに行ったり、フィナに街の中を案内してもらったりして、宿屋にたどり着く。

現実通りだね。

「これが本当なら、ユナお姉ちゃんは、他の場所から神様に連れてこられたんですよね？」

フィナは言葉を選びながら、尋ねてくる。

これが今までで一番知りたかったことかもしれない。だから、わたしは嘘《うそ》を吐《つ》かずに答えることにする。

「うん、まあ」

「お母さんとお父さんに会えなくて、寂しくないんですか？」

「両親は、家にほとんどいなかったし、昔から一人でいたから、寂しくはないよ」

そんなこともあって、引きこもり生活になり、料理、洗濯も自分でするようになった。

初めは苦労したけど、懐かしい思い出だ。

わたしだって、なんでもかんでも初めからできたわけじゃない。その経験があったから、この世界でも一人で暮らしていける。

もっともクマ装備がなければ初めて会ったウルフに殺されていたと思うけど。そうなるとフィナもウルフに殺されて、ティルミナさんは亡くなって、シュリは孤児院に行くことになって、クリフのせいで、孤児院が大変なことになって、みんな不幸なことになってたかもしれない。

クマ装備に感謝はしにくいけど、なかったら不幸になっていた人がいたことも事実だ。

なんとも言えない気持ちになる。

「そうなんですね。わたしだったら、お母さんに会えなかったら寂しいです」

もっとも、フィナと出会わなかったら、この世界を楽しめていなかったかもしれない。

そもそも、クリモニアから離れて、ティルミナさんやシュリに会うこともなければ、ノアに会うこともなかったはずだ。

そうなれば、王都でエレローラさんやシアに会うこともなければ、城でフローラ様や国王陛下や王妃様にも会わない。シアと仲良くすることがなければ、学園祭を見学することもなかったかもしれない。

別の人生を歩んでいたかと思う。

そう考えると、わたしの人間関係は全てがフィナから始まっている気がする。

「フィナに会えてよかったよ」

わたしは隣にいるフィナの頭の上にクマさんパペットを置く。

フィナは恥ずかしそうに「うん、わたしもユナお姉ちゃんに会えてよかった」と満面の笑みで答えてくれた。

話している間もアニメは続き、クマ装備の確認をしたり、冒険者になったりした。

やっぱり、見た目さえ気にしなければ、神性能の装備だよね。

そして、最後にフィナとパートナーになって第2話が終わる。

このときにフィナに解体を頼むことになって、今もこうやって続いているから、本当に不思議だ。

この関係がいつまでのものか分からないけど、長く続いてほしいと思う。

フィナに彼氏ができたり、結婚したりしたら……。

「ユナお姉ちゃん、なんで泣いているんですか！」

「いや、フィナに彼氏ができたり、結婚したことを想像したら、寂しいと思って」

「ユナお姉ちゃん、お父さんと同じこと言ってます。お父さんも、『いつかは、フィナも嫁に行っちゃうんだよな』と言って、お酒を飲んでいます。わたし、まだ、子供なのに」

「人が成長するのは早いものだよ」

「それもお父さんがいつも言っています。それに、わたしより、ユナお姉ちゃんの結婚が先だと思います」

「ああ、それはないから安心して」

わたしは即答する。

わたしが誰かと結婚するなんて、想像もつかない。

一人で寂しく、年をとっていくのが容易に想像できてしまう。

それはそれは寂しいけど。

「それじゃ、わたしが一緒にいます」

「いや、それはダメでしょう」

「ダメなんですか？」

「嬉しいけど、フィナには幸せな家庭を持ってほしいし」

「わたし、ユナお姉ちゃんと一緒にいて、楽しいし、幸せだと思うよ」

「……フィナ。……それじゃ、わたしが結婚できなかったら、よろしくね」

「はい！」

そして、アニメはエンディングテーマが流れ、そのまま終わる。

フィナは自分の絵が動いていることに不思議に思ったようだけど、最終的には、楽しそうに見ていた。

第2話を見て数日後、3話の情報を確認しようとしてテレビをつけ、唯一繋《つな》がるアニメ公式サイトを確認しにいく。

そこには驚くことが書かれてあった。

「冗談でしょう!?」

わたしの目に入ってきたのは、わたしのデフォルメされたフィギュアだった。

ちょ、誰がわたしのフィギュアなんて欲しがるの!?

ここは作るなら、フィナでしょう。もしくはマスコット的にくまゆるとくまきゅうとか。

どうしてわたしなのよ。

それにフィギュアになれば、いろいろな人のところに売られていくってことだ。

「神様！　わたしの許可もなく、こんなの作って売らないでよ」

わたしが叫ぶとチローンと音が鳴り、メールが届く。

『みんな欲しがっています。これから、フィギュアだけでなく、ユナちゃんのグッズがたくさん増えていきます』

「そんなことして許されると思っているの」

『神が全て許します』

「ちょ」

『きっと、元の世界に戻れば、大人気ですよ』

また一つ、元の世界に戻りたくない理由が増えた。

「それじゃ、フィナやくまゆるとくまきゅうのフィギュアも作ってよ」

『それはメーカーに言ってください』

「いや、あなた神様でしょう」

『神でも、できないことはあります』

使えない神様だ。

『きっと、ユナちゃんのフィギュアがたくさん売れれば、作られますよ』

それはそうだ。人気になれば、他のキャラも作られる。人気が出なければ、作られない。

なんだろう。自分のフィギュアが売れてほしくない気持ちと、売れて、フィナたちのフィギュアが作られてほしいと思うジレンマだ。

そして、わたしはフィギュアのことは忘れることにして、第3話の情報を見ることにする。

ああ、ルリーナさんとゴブリン討伐に行ったら、ゴブリンキングに遭遇したときの話をやるのか。アニメ公式サイトの情報だと、くまゆるとくまきゅうの画像もある。くまゆるとくまきゅうも登場するのかな?

次回はくまゆるとくまきゅうと一緒に見ようかな。

46　TVアニメ番宣小説　その4

「ぎゃ～～～～～～～～～～～～」

今日のアニメ第3話にはくまゆるとくまきゅうも登場するらしいので、わたしとフィナは子熊化したくまゆるとくまきゅうを抱いて、アニメが始まるのをテレビの前で待っていた。

そして、アニメが始まった瞬間、わたしは大きな悲鳴をあげた。

その理由は、わたしの着替えシーンから始まったからだ。

テレビ画面には、わたしの下着姿が大画面に映し出されていた。しかも、クマさんパンツまでが……。

トップシークレットの映像が公開されてしまった。

いくらアニメでも、わたしの下着姿だ。

これ、本当にテレビ放送されているの？

されていないよね？

実はアニメ自体が神様の冗談で、テレビ放送はされていないとか？

神様がわたしをからかうために、作っただけだよね？

そう思いたい。

わたしが叫んでいる間に、着替えシーンは終わり、オープニングテーマが流れ出す。

「ユナお姉ちゃん、大丈夫？」

「「くぅ～ん」」

フィナとくまゆるとくまきゅうが心配そうに尋ねてくる。

「ダメかも」

わたしは抱いているくまきゅうの小さな背中に顔をうずめる。

全国に、わたしの下着姿が放送されたかと思うと恥ずかしい。

一生、外を出歩くことができない。一生引きこもりになる。

「だ、大丈夫だよ。ユナお姉ちゃんの体、綺麗だし」

自分の体が貧相なことぐらい分かっているよ。

それ以前に、綺麗、汚いの前に、下着姿を見られることが嫌なんだよ。

「それに、よく分からないけど、こっちではわたしたち以外誰も見ていないんでしょう」

「そうだけど」

「あと短かったし、みんな見ていないと思うよ」

いや、テレビには録画機能があり、停止ボタンもあるんだよ。つまり365日24時間、好きなときにわたしの下着姿を見ることができるってことだ。

考えただけでもおしまいだ。

「もう、お嫁に行けない」

行くつもりはないけど。

「そ、そのときは、わたしがずっと一緒にいます」

「「くぅ〜ん」」

フィナとくまゆるとくまきゅうが慰めてくれる。

「フィナ〜、くまゆる〜、くまきゅう〜」

わたしは3人を抱きしめ、下着の記憶のことは忘却の彼方へ消し去ることにした。

わたしが落ち込んでいる間もアニメは止まることもなく進んでいる。わたしが近くの森で魔物を乱獲してヘレンさんに叱られるところだった。

そういえばヘレンさんに、近くの森は新人冒険者用だから、討伐は控えるように言われたっけ。

でも、このときのわたしは数日前に冒険者になったばかりだから、新人冒険者だと思うんだよね。だけど、ヘレンさんにウルフの群れやタイガーウルフを倒す冒険者は新人冒険者ではないと一刀両断された。

「フィナ、わたし、新人冒険者だよね?」

納得がいかなかったのでフィナに尋ねる。

それに対して、フィナは少し困った表情をする。

「えっと、新人冒険者はブラックバイパーは倒せないと思います」

フィナもわたしのことを新人冒険者扱いはしてくれないみたいだ。

どうやら、新人の定義は冒険者になったばかりで、かつ弱い冒険者であるということらしい。

納得ができるようなできないような。

だって学校や会社だって優秀な生徒や社会人でも、

新入生や新人とか言われるよね？

そして、ヘレンさんに注意されたわたしが冒険者ギルドで何もせずにいると、可愛い女の人が登場する。

「あっ、ルリーナさんです」

フィナの言う通りに登場したのはルリーナさんだ。それとギルと、騒がしい男が一人。この騒がしい男の名前はなんだっけ？

わたしがルリーナさんのパーティーのゴブリン（デボなんとか）を倒してしまったので、前衛のゴブリン（デボなんとか）がいなくなり、依頼を受けていたゴブリン討伐ができなくなったそうだ。

ああ、そんなこともあったね。懐かしい思い出だ。

そんな感じでルリーナさんたちが困っていると、ヘレンさんがわたしにデボなんとかの代わりに臨時のパーティーメンバーになればいいと言いだす。

あれ？　こっちでは、それ言ったのはギルマスだった記憶が。

もしかして、ギルマスのセリフ、ヘレンさんに取られちゃったのかな。

ただでさえ少ない出番なのに、ギルマス可哀想。

「これって、ゴブリンキングを倒したときの話ですか？」

「そうだよ」

フィナはいなかったから、経緯は知らなかったみたいだ。

そして、わたしはルリーナさんと一緒にゴブリン討伐に行くことになった。しかも歩きで。

「くまゆるとくまきゅうは？」

フィナも歩いていく、わたしたちのことが気になったみたいだ。

「このときはまだ、くまゆるとくまきゅうはいなかったんだよ」

「そうなんですか？」

フィナはくまゆるとくまきゅうがわたしの召喚獣になった経緯を知らないんだよね。

「くまゆるとくまきゅうは神様からもらったんだけど、まだこのときはもらっていなかったんだよ」

「えっ、くまゆるとくまきゅうは神様からの贈り物だったんですか？　だから、こんなに可愛くて強いんですね」

フィナはくまゆるを抱きしめる。

でも、歩くのが面倒臭いと思ったわたしはルリーナさんをお姫様抱っこして駆けだす。

「ユナお姉ちゃん、速いです」

クマ靴のおかげで、わたしは速く走る。

そして、あっという間にゴブリンがいる森までやってくる。

到着すると、ルリーナさんは泣いていた。

どうやら、初めてのお姫様抱っこをわたしがしてしまったらしい。

「ルリーナさん、可哀想です」

フィナが同情した目でテレビに映っているルリーナさんを見る。

「フィナはお姫様抱っこは嫌い？」

「お姫様抱っこですか？　ルリーナさんのように抱っこされたまま走られるのは嫌です。ユナお姉ちゃん、わざと怖がらせていますよね？」

もしかして、ドワーフの街に行ったときのルイミンのことを言っているのかな。

それなら、フィナには怖くないお姫様抱っこをしてあげよう。

そして、現実通りにデボラネ（ゴブリン）とデボラネキング（ゴブリンキング）を討伐する。

あっ、アニメでルリーナさんがデボラネと何度も連呼するからデボラネの名前を覚えたけど、ゴブリンと間違えた。

まあ、どっちも同じだし、問題はないよね？

そして、帰りもルリーナさんをお姫様抱っこして、街に帰ってきた。

無事にゴブリン討伐を終えたことでルリーナさんのパーティーから感謝されていた。

そして、ゴブリンキングを討伐したことで、新しいスキル、クマの召喚を覚えた。

「もしかして、このときに神様からくまゆるとくまきゅうをもらったのですか？」

「そうだよ」

テレビにはくまゆるが召喚される瞬間が映っていた。

「くまゆる、可愛いです」

「くぅ〜ん」

フィナに抱かれているくまゆるが嬉しそうに鳴く。

アニメのわたしはくまゆるに乗って楽しんでいる。

それを見たくまきゅうが悲しそうに「くぅ〜ん」と鳴く。

「忘れていたんじゃないからね」

わたしはくまきゅうの頭を撫でながら言い訳をする。

現実でもそうだったけど、くまゆるを召喚して、そのまま乗って、しばらくの間、くまきゅうのことに気づかなかった。

でも、アニメのわたしは白クマパペットからもう一体のクマが出せることに気づく。

現実だと、巨大なイノシシに襲われている村を救ったりしたあとにくまきゅうのことを気づいたけど、アニメでは尺の都合なのか、カットされている。

白いクマさんパペットからくまきゅうが召喚される。

「くまきゅうです。でも、いじけています」

フィナの言う通りに、テレビに映っているくまきゅうはいじけていた。

あのときもいじけていたね。

くまきゅうには悪いけど、いじけ方が可愛かった。

フィナも小声で可愛いと言っていたのを、わたしは聞き逃さなかった。

その後のアニメはフィナとまったりした時間を過ごし、クマハウスを建てる。

現実のフィナも可愛かったけど、アニメのフィナも可愛い。

最後の笑顔は反則だ。フィナのためになにかしてあげたい気持ちになる。

そして、アニメは最後に顔が見えない金髪の不審者がクマハウスを見ているシーンで終わった。

「最後に家を見ていたのはノア様ですよね」

「だよね」

顔が見えなくても、ノアなのは一目瞭然だ。

「それじゃ、次はノア様が出るんですね」

「たぶんね」

そして、アニメはエンディングも終わる。

今回もフィナは楽しそうにアニメを見ていたがエンディングはわたしとフィナしか出ないので、恥ずかしそうだった。


数日後、アニメ公式サイトに次の話の第4話を確認しにいく。

4話の予告画面にはノアとクリフの画像があった。

やっぱり、3話の最後に登場した金髪の不審者はノアだったみたいだ。

どうやら4話はわたしが領主のクリフに呼び出される話になるみたいだ。

他に新しい情報がないか調べているとミニアニメも増えている。

2話は貯金箱の話で、3話はフィナがクマハウスを掃除している話だった。

相変わらず、デフォルメされたフィナには癒やされる。

さらに情報がないかなと思っていると、わたしとフィナを演じている人が、このアニメについて生配信をすると書かれていた。

もしかして、わたしとフィナの声をやっている人を見ることができるの？　と思ったが、ラジオみたいな感じで顔を見ることはできないようだ。

そもそも、こっちの世界で聞くことはできるのかな。

とりあえず配信日をチェックだ。

それから、このアニメ、Ｂｌｕ-ｒａｙやＤＶＤになって全国で発売されることが書かれていた。

忘れようとしていた嫌な記憶が蘇る。

つまり、わたしの下着姿の映像が売られるってことだ。

しかも、高画質で。

忘れよう、忘れよう。

わたしは忘却の彼方へ記憶を消し去る。

「えっと、1巻の限定版にはくまゆるとくまきゅうの表と裏のクッションカバーが付いてくるんだ」

これ、どっちが表か裏なんだろう。くまきゅうのいじける顔が頭に浮かぶ。
いや、決してくまきゅうを裏と思ったわけじゃないよ。
そもそも、表とか裏とか考えなければいいだけだ。
くまゆる側、くまきゅう側と言えばいいんだ。
それから、このクマの話を書いている作者の小説が付く？
つまり、神様ってこと？
さらにタイトルはクマ神様と書かれていて意味不明だ。
また、変なこと書いていないよね。
不安しかない。

47　TVアニメ番宣小説　その5

さて、今日はアニメ第4話の放送日だ。

というわけで、今日はフィナに続き、ノアを家に呼んでみた。

「今日は、ユナさんの家にお泊まりです」

ノアは嬉しそうにする。

夕食を終え、お風呂も終えたノアはクマの制服を着ている。どうやら、クマの服は寝間着の代わりになっているみたいだ。ちなみにフィナも一緒に着ている。

「それで、どうして、今日はお呼ばれしたんですか。もちろん、ユナさんからのお呼ばれでしたら、いつでも駆けつけますが」

子熊化したくまゆるを抱きながら尋ねてくる。

「今日は、ノアと一緒にアニメを見ようと思ってね」

「あにめですか？」

フィナと同じ反応をする。

あたりまえだけど、そこから説明をしないとダメだよね。

「動く絵本？　っていうのかな。わたしたちを題材にした物語が作られていて、今日はノアが登場するから呼んだんだよ」

「動く絵本ですか？　今日はってことは何回もあるんですか？」

「全部で12回あって、今日で4回目かな」

「4回目？　フィナは見たことがあるのですか？」

ノアは一緒にいるフィナに尋ねる。

「はい、わたしたちの絵が動くんですよ」

「そうなんですか！　ずるいです。どうしてわたしを呼んでくれなかったんですか！　1回目から見たかったです」

「ノアが出てこなかったから？」

それが一番の理由だ。

「それでは、フィナは最初から出ていたんですか？」

「わたしは2回目からです」

「だから、フィナも2回目から呼んだんだよ」

「フィナが2回目で、わたしが4回目。ユナさんと出会ったのはフィナが先ですから、仕方ないですが、フィナが羨《うらや》ましいです。でも、わたしも初めからお呼ばれしたかったです」

「それなら、第1話から見る？　一応、見ることはできるけど」

テレビには便利な録画機能がある。ちゃんと録画済みだ。つまり、わたしの下着シーンも永久保存されているってことだ。

そのことは忘れよう。

「見てみたいです」

4話の放送まで時間は十分あるので、1話から見ることにする。

そのほうが話の流れも分かるし、いきなり自分が登場するシーンから見てもつまらないかもしれない。

「それじゃ、ノアはフィナと先にわたしの部屋に行っていて」

「はい。それではフィナ、行きましょう」

「はい」

フィナとノアは子熊化したくまゆるとくまきゅうと一緒にわたしの部屋に向かう。

わたしはアニメ鑑賞用に作っておいたお菓子や飲み物を冷蔵庫から取り出してから部屋に向かう。

「このてれびというものに、動く絵本のようなものが映るんですね」

「はい。凄くわたしたちに似ているので驚きますよ」

フィナがノアにテレビの説明をしていた。

「2人とも座って」

「はい。くまゆるちゃん、一緒に見ましょう」

ノアはくまゆるを抱きながらテレビの前に座る。フィナもくまきゅうを抱いて、ノアの隣に座る。2人もクマの格好をしているから、クマ密度が高い。

わたしはテーブルの上に飲み物と食べ物を置いて、リモコンを持ち、アニメ「くまクマ熊ベアー」の1話から再生する。

ノアはテレビに映るアニメを見て、「凄いです」「絵が動いています」と何度も呟《つぶや》いていた。

「つまり、ユナさんは神様に連れてこられたんですね」

「まあ、そうなるかな」

「だから、ユナさんはとっても強くて、くまゆるちゃんとくまきゅうちゃんは、わたしたちの言葉が分かるんですね」

「「くぅ〜ん」」

ノアはわたしが神様によって連れてこられたことに納得する。

理解が早くて助かる。

「ふふ、ユナさんがブラックバイパーを倒したときのことが知れてよかったです。それから、2人の出会いも聞いていましたが、フィナ！」

「ひゃい！」

ノアは隣に座っているフィナの肩を摑《つか》む。

いきなり肩を摑まれたフィナは驚き、変な返事になってしまう。

「危険なことはしないでください」

「ノア様」

「知らなかったとはいえ、フィナは苦労していたのですね」

「別に苦労では」

「いえ、自分がどれだけ恵まれているか、頭で分かっていても、本当の意味で理解はしていませんでした。フィナは家族のためにお金を稼いでいました。なのにわたしは……」

「それは仕方ないよ。生まれが違うし、身分が違うんだから」

これぱかりは平等は無理だ。

お金持ちの家に生まれた子は、裕福な暮らしができる。

お金がない家に生まれた子は、裕福な暮らしはできない。

でも、裕福な家庭に生まれたからといって幸せとも限らない。親が子に暴力を振るうこともあれば、仕事ばかりして、子供の面倒を見ない親もいる。

反対に、裕福でなくても、親が子供に優しい幸せな家庭もある。

うちの親はどっちかといえばだらしない親で、子にお金をたかるろくでなしだった。

フィナの家族みたいに、愛されてはいなかった。

「そうですが。フィナにもっと早く出会っていれば」

「それも仕方ないよ。人と人の出会いは奇跡みたいなものだよ」

「出会いは、奇跡ですか？」

「わたしは、フィナに出会えたのは奇跡みたいなものだと思っているよ。だから、今がとても楽しいって思えるし」

「ユナお姉ちゃん……、わたしもです。ユナお姉ちゃんに出会えてよかったです」

「ユナさん。わ、わたしとは？」

「ノアとも、奇跡だと思っているよ」

わたしの言葉にノアもフィナも嬉しそうにする。

フィナに出会えなかったら、クリモニアに残ったかも分からない。もし、クリモニアにいなければ、ノアと会うこともなかった。

わたしをクリモニアに引き留めたのは間違いなく、フィナだ。

人との出会いで人生は変わる。

引きこもっていたわたしじゃ、知ることができなかったことだ。

異世界に来なければ、今も家に引きこもって、ゲームをして人との出会いはなかったかもしれない。

だから、フィナやノアとの出会いは奇跡だと思う。

「2人に出会えて、よかったよ」

「はい」

「わたしもです」

「「くぅ～ん」」

「もちろん、くまゆるとくまきゅうにも会えて、よかったよ」

全員が満面の笑みを浮かべる。

「それじゃ、もうすぐ、続きの4話をやるから準備をしようか」

「はい」

そして、4話が始まる。

フィナがゲンツさんにブラックバイパーの解体を教わっているシーンから始まる。

第1話の続きがここに繋《つな》がるみたいだ。

「フィナもブラックバイパーを解体したんですね」

「はい。大きくて大変でした」

それから、ブラックバイパーの解体を終えたフィナが家にやってくる。

解体で怪我をしたフィナの手を魔法で治し、ヘレンさんからの伝言を聞く。

「ああ、クリフからの呼び出しだね」

「お父様の？　それでは、ついにわたしが出てくるんですね」

ノアは楽しみにテレビを眺めるが、次の場面では逃げ出そうとするわたしをヘレンさんが引き止めている。

アニメのわたしは貴族からの呼び出しを嫌がっている。

思い出した。

貴族ってだけで、行くの嫌がったんだっけ。

わたしが貴族への悪口を並べる。

「うぅ、ユナさん、酷《ひど》いです。お父様、そんな酷い貴族じゃありません。それに横柄な子供ってわたしのことですか？」

ノアが小さい口を尖らせながら、文句を言う。

あのときのわたしは貴族に良いイメージはなかったからね。

「いや、悪い貴族の噂を聞いていたから」

ゲームや漫画や小説の中だと性格の悪い貴族が多い。

「ほら、ミサを虐《いじ》めていた貴族がいたでしょう。あんな感じだと思っていたんだよ」

ミサの街には領主が2人いて、片方の領主が親子ともども酷かった。

「あんな人たちと一緒にしないでください」

「ごめん」

わたしが言い訳をしている間もアニメは進み、ノアの家に行くことになる。

その間にフィナの母親のティルミナさんが苦しんでいる描写が入る。

フィナは悲しそうな顔をして、ノアはなんともいえない顔をする。

「わたし、フィナが大変なときに、くまゆるちゃんとくまきゅうちゃんと遊んでいたんですね」

それは仕方ない。

この世には自分たちが楽しんでいるとき、知らないところでは交通事故、殺人事件、病気、不幸な事件が多く起きている。このアニメを見て、楽しんでる瞬間もだ。

こればかりは、どうしようもないことだ。

近くにいる人が助けてあげていることを願うしかない。

「気にしないでください。今は幸せですから」

その間もノアはくまゆるとくまきゅうと遊び、わたしもまったりした時間をノアと過ごす。

ただ、クリフの扱いには笑った。

そして、ノアの家を後にしたわたしは、クマハウスの前で泣くフィナに会う。

ここで、フィナの母親のティルミナの状況を知ったわたしは、フィナの家に向かう。

「ティルミナおば様、苦しそうです」

ノアは、なんとも言えない表情をしている。

泣くシュリにわたしも心が痛くなる。

ここまで再現をしなくてもいいのに。

でも、現実と同じように、治療魔法をかけて、ティルミナさんの病気を治してあげる。

「ユナさん、凄いです」

治すことが本当にできてよかった。

もし、ティルミナさんが亡くなっていたら、今のフィナの笑顔はなかった。

わたしはフィナを見る。

本当に、この笑顔を守れてよかったと思う。

アニメは幸せな家族の映像が流れ、エンディングに入る。

「これで終わりだね」

「わたしの登場は初めだけでした」

「まあ、実際にノアとの出会いはこんな感じだったし、これから王都に一緒に行ったりするはずだから、これからだよ」

「ユナさんと一緒に王都に行ったときのお話も見ることができるんですか？」

「たぶんね」

そういえばどこまで放送するんだろう？

公式サイトにはミサとシアがいたから、間違いなく王都に行くところまではやると思う。

「それで、楽しかった？」

「はい、自分にそっくりの絵が動いているのは不思議でしたが、楽しかったです。最後はティルミナおば様もよくなってよかったです。次回も、ぜひ誘ってください」

その日の夜はくまゆるとくまきゅうを含めた5人で、アニメのことを楽しく話しながら眠りに就いた。


数日後、アニメ公式サイトに新しい情報がないか確認しにいく。

いつも通りにミニアニメの追加があった、内容はわたしが着ているクマの着ぐるみをノアに貸してあげる話だった。それ以上に気になったのは、またわたしの下着姿が映っていたことだ。

……消したい。

気を取り直して次回の話を確認する。

えっと、どうやら、次回は孤児院の話みたいだ。

これ、ノアに見せても大丈夫かな？

クリフが領主として失敗したところだけど。

親子の関係が壊れたりしないよね？

それから、他の情報がないかと調べていると。

「うん？　なに？　コラボカフェ？」

そんな文字が目に飛びこんできた。

冗談？　ギャグ？

いや、冗談じゃないみたいだ。

メニューもちゃんとある。

クマの顔をした、わたしの名前が付けられたハンバーグ。それからクマの形をしたプリン、くまクマ熊プリン。

クマづくしのメニューだ。

さらにはわたしやフィナ、ノアなどをイメージしたドリンクなどが販売されるみたいだ。

冗談とかでなく、本当に行われるみたいだ。

画像を見るとどれも美味しそうだ。

わたしも食べたい。

そして、グッズコーナーを見ると、本当に増えている。

缶バッジにキーホルダー、アクリルスタンド、わたしとフィナのタペストリー、手帳型スマートフォンケース、クリアファイルなどなど……。

本当にクマの格好をしたわたしのグッズが売れるの？　って疑問になる。

ここはヒロイン枠のフィナやノア、それからマスコットキャラ的に、くまゆるとくまきゅうを増やすべきでは？

そもそも、わたしの絵柄のTシャツもあるけど、誰が着るの？

着るのはフィナやノアみたいな可愛い女の子だよね？

きっとそうだ。

自分に言い聞かせる。

48　TVアニメ番宣小説　その6

前回に続き、今日もフィナとノアが家に来ている。

「ふふ、楽しみです」

「どんな話なのかな？」

「孤児院の話みたいだよ」

「それでは、わたしは出てきませんね」

ノアは残念そうにする。

孤児院の一件にノアは関わっていない。次にノアが登場するとしたら、王都に行くときだと思う。

わたしはお菓子と飲み物を用意して、アニメが始まるのを待つ。

「始まりました！」

ブラックバイパーを倒した村で、卵を手に入れる話から始まる。

そして、村の近くの洞窟に設置してあるクマの転移門で移動するわたしを見たノアが反応する。

「な、なんですか!?　この門は！」

「クマの転移門っていって、同じ門が設置されている場所を行き来できるんだよ」

ノアも神様のことを知っているので、クマの転移門のことも教えてあげる。

「フィナは知っていたのですか？」

ノアは確認するようにフィナを見る。

「えっと、はい」

フィナは困りながら答える。

「うぅ、ずるいです」

「ほら、クリフやエレローラさんに知られたら面倒くさいことになると思って」

「わたし、黙ってほしいと言われたら、誰にも言いません」

ノアは口を尖らせる。

ノアが文句を言っている間もアニメは進み、わたしが屋台で腹ごしらえをするシーンだ。

そして、孤児院の子供たちと出会う。

孤児院の子供たちは屋台のほうを見ている。

あのときも、こんな感じで屋台のほうを見ている子供たちがいた。

「あの子たちは？」

ノアがテレビ画面を見ながら尋ねてくる。

「人の食べかけが捨てられるのを待っているんだよ」

「そんな……」

テレビ画面でも屋台のおばさんが同じセリフを言う。

ノアは現実を知って、落胆の表情をする。

貴族の娘からしたら、人が捨てたものを拾って食べるなんて、信じられないことなんだろう。

でも、親がいない子供たちが食べ物を手に入れるのは難しい。

わたしだって、自分でお金を稼ぐことができなかったら、どうなっていたか分からない。

だから、あの子たちを見て、ほうっておくことはできなかった。

これもフィナに出会った影響かもしれない。

家族のために頑張っているフィナを見て、手を差し伸べたいと思った。

フィナと出会う前なら、可哀想だと思っても、見て見ぬふりをしていたと思う。

アニメのわたしは屋台で買った串焼きを子供たちにあげ、孤児院へ行く。

そこにはボロボロになった孤児院の建物があった。

「本当にこんなに酷《ひど》かったのですか？」

ノアはボロボロの孤児院を見ながら尋ねる。

「うん、酷かったよ」

今の孤児院はわたしが建て直したものだ。

わたしの言葉にノアは少しショックを受けた顔をする。

今回は呼ばないほうがよかったかもしれない。

映像では屋台で買った串焼きを子供たちは美味しそうに食べてくれている。

それから、寒そうな布団の代わりにわたしはウルフの毛皮を出していく。

そして、孤児院のお金が領主の指示で止められたことが院長先生の口から出る。

「お父様が……」

ノアが信じられなそうな顔をする。

これは、早めに誤解を解かないと、領主として、人として、なによりクリフの親としての立場がなくなってしまう。

「ノア、初めに言っておくけど、クリフの指示じゃないからね」

「そうなんですか？」

「お父さんを信じてあげて。クリフは領民を思う立派な領主だよ」

ただ、全てに目が行き届いていなかった。

企業や学校でもそうだけど、人が集まり、大きくなればなるほど、全てに目が行き届かなくなる。

その全てに目を届かせるのが部下や先生の役目だが、その人物が悪さをすれば、トップの人間に報告は上がってこない。

今回それと同じことが起きた。

人が集まり、それをまとめるのは難しいものだ。

「このときに、すぐにクリフに話していればよかったんだけどね」

でも院長先生に止められた。


わたしも領主であるクリフとは出会ったばかりだった。娘のノアの前だから優しくしてくれたのかもしれない。本当に院長先生の言う通りにとんでもない領主だった可能性もあった。もし、悪徳領主だったら、院長先生たちがここから追い出されてしまうかもしれない。

それだと、逆に院長先生や子供たちに迷惑をかけることになると思ったから、クリフに言うことができなかった。

アニメのわたしは現実と同じように卵でお金を稼ぎ、孤児院を救うことを思いつく。

「それで、孤児院で鳥さんを飼うことになったんですね」

それは今も続き、孤児院では鳥を育て、卵を産ませている。

そして、卵の販売は順調に軌道に乗り、クリフの耳に届くこととなった。

同時にフォシュローゼ家では卵が手に入らないことも。

商業ギルドのミレーヌさんに頼んで、クリフに卵を販売しないように頼んだ。

「ユナさん、そんな嫌がらせをしていたんですね」

「まあ、このときはまだ、クリフが孤児院のお金を止めたと思っていたからね」

ちょっとした嫌がらせだ。

本来なら、そんな無理なお願いは引き受けてくれないはずなのに、ミレーヌさんはその願いを引き受けてくれた。

今思うと、商業ギルドのギルドマスターだったから、できたことだったんだよね。

ミリーラの町に一緒に行くまで、普通の職員だと思っていたよ。

当時は騙《だま》されたと思ったものだ。

ミレーヌさん曰く、話さなかっただけらしい。

そして、アニメではミレーヌさんから話を聞いたクリフがわたしのところにやってくる。

わたしから孤児院の話を聞いたクリフが怒る。

「お父様、怖いです」

クリフ、こんなに怒っていたんだね。

そして、クリフは孤児院のお金を横領していた人物を突き止める。孤児院の管理を任されていた男だった。

「エンズがお父様に濡れ衣を着せたんですね。どおりで、最近見なくなったわけですね」

その後、この男がどうなったかは知らないけど、街から消えてくれてよかったと思う。

今、思うと、わたしも一発ぐらい殴ってやりたかった。

顔もそうだけど、膨らんだお腹なんてサンドバッグにちょうどいい。

「でもお父様が、悪いことをしていなくてよかったです」

「でも、部下を管理できなかった責任はあると思うよ」

「そうですね。上に立つ者として、しっかりしないといけません。だから、最近、お父様は紙で見るだけでなく、いろいろな人の話を聞いたり、自分の目で確かめることが必要だ、って言うことが多くなりました」

自分のミスをした教訓をちゃんと娘に伝えているみたいだ。

「だから、王都やミリーラに行くときも、自分の目で見て、話を聞いて、勉強するように言っているんだと思います」

確かに、いつもそんなこと言われているっけ。

ノアは、そのクリフの言葉に従って、ちゃんと勉強している。

将来は立派な貴族令嬢になると思う。

アニメも終わりに近づき、最後はわたしがクリフを疑ったことで、恥ずかしそうにする。

あのときは確かに恥ずかしかった。

わたしは先走ってクリフを疑ってしまった。

クリフじゃないけど、人は失敗から学ぶものである。

そして、アニメはエンディングに入り、終わりを告げる。

「わたしは出てこなくて残念でしたが、孤児院のことやお父様の失敗を知ることができてよかったです」

「わたしもです。お母さんが今の仕事ができているのもユナお姉ちゃんのおかげです」

みんな幸せならいいことだ。

いくら神様からもらったチート装備があるからといって、全ての人を幸せにすることはできない。

でも、目に見えている人ぐらいは助けてあげたいと思う。

その日の夜は、3人で今日見たアニメの話をしながら眠りに就いた。

数日後、そろそろ第6話の情報が出るころだと思い、公式サイトに確認しにいく。

新しい情報が出ている。

「えっと……？」

次のお話はゲンツさんとティルミナさんの結婚の話で、フィナとシュリがメインのお話みたいだ。

そういえば、アニメでは2人はまだ結婚してなかったっけ。

フィナとシュリのために、2人には幸せになってほしいものだ。

それからミニアニメの新しい公開の情報と、グッズの情報が出ている。

キーホルダーにアクリルスタンド、マグカップ、パスケース、新しいわたしのTシャツ、トートバッグ、本当に増えている。

わたしとフィナのマグカップ。並べると同棲しているカップルが使っているように見える。これは少し恥ずかしいかも。

それからわたしの声をしている声優さんのネットサイン会があるらしい。

これって、サインしながら、自分の名前が呼ばれるってこと？　全員とは書いていないけど。

ペンネームでもいいらしいけど。フルネームでお願いして本名を呼ばれたら、恥ずかしいかも。

でも、わたしも好きな声優さんのサインだったら欲しいかも。

元引きこもりとしては、アニメもよく見ていたし。

なんだかんだで次回で半分だ。

早いものだ。

49 TVアニメ番宣小説　その7

今日はアニメ第6話が放送される日だ。

前回に同様、フィナとノアがクマハウスに来ている。

「今回も、ノアは出ないかもよ？」

「出なくても、見たいです。このアニメで、わたしが知らないことを知ることができます。前回はお父様のことを知ることができて、よかったです」

ノアがそれでいいなら、いいけど。

予告を見る限りだと、今回はフィナとシュリがメインのお話になる。

わたしは、いつも通りにお菓子と飲み物を用意して、アニメが始まるのを待つ。

「始まりました！」

ゲンツさんがティルミナさんにプロポーズするところから始まる。

うん、よかった。よかった。

2人には幸せになってほしいものだ。

アニメのわたしも優雅にお茶をしながら、同じことを思っているシーンが流れる。

さすが神様と言うべきか。わたしの心情が分かっている。

だが、そんな優雅なシーンも長続きはしない。フィナが登場して、ティルミナさんとゲンツさんが喧嘩《けんか》して別れるって言いだした。

わたしは飲んでいたお茶を吹き出す。

アニメのわたしも同時にお茶を吹き出していた。

現実のわたしとアニメのわたしがシンクロした瞬間だった。

「フィナ、こんなことあったの？」

こんな話は聞いたことがない。

「えっと、似たようなことなら、部屋が汚いとか、掃除をしないとか」

ああ、そういえば、引っ越すとき、ゲンツさんの家、汚かったことを思い出す。

「お父さん、だらしないから」

でも、アニメのゲンツさんは味つけのことで喧嘩になっていた。たまに味つけで喧嘩する夫婦の話は聞くけど、健康も大切だよね。お酒の飲みすぎやタバコの吸いすぎ。あと、わたしみたいに運動もせずに引きこもっているとか。

だから、ティルミナさんの言うことも分かる。

せっかく結婚したのはいいけど、体調を壊したら、元も子もない。

アニメのフィナは2人に仲良くしてほしくて、ティルミナさんたちの思い出の花を探すことを思いつく。

「そんな花があったんだ」

「うん、わたしも話を聞いたことはあったけど」

でも、実際に探しに行ったことはないらしい。

アニメ、オリジナルの話みたいだ。

そして、アニメのフィナとシュリはその花を探しに行くことになる。

護衛として、わたしとくまゆるとくまきゅうも一緒だ。

それを見て、ノアが羨《うらや》ましそうにする。

「くまゆるちゃん、くまきゅうちゃんとお出かけ、羨ましいです」

「あくまで、アニメのお話の中のことだからね」

実際には探しに行っていない。

まあ、現実はフィナとシュリと一緒にくまゆるとくまきゅうとピクニックに行ったりしたけど。

そのことを言うと、ノアが騒ぐと思うから黙っておく。

アニメは進み、シュリが自由気ままに動く。

「蛇です！」

「シュリ、あぶない！」

「今度は蜂です！」

「シュリ〜〜〜」

シュリが蛇と対峙《たいじ》したり、蜂の巣を突ついたりして、大騒ぎになったりする。

そんなシュリの行動にハラハラしながら、フィナとノアは見ている。

シュリは好奇心旺盛《おうせい》なのか、行動には驚かされることばかりだ。

元気で無邪気で、一番子供らしいかもしれない。

フィナは子供にしてはしっかりしすぎだし、ノアは貴族としての教育を受けているせいか、子供らしくない言動をすることが多い。

でも、そんな2人もくまゆるとくまきゅうと一緒にいるときは、子供らしい顔を見せてくれる。

わたしが子供のときはどうだったかな？

もっと、生意気で子供らしくなかったような。

そんな自分の子供時代のことを考えていると、ノアが叫ぶ。

「ああ、くまゆるちゃん！　あぶないです！」

「くぅ〜ん！」

アニメでは、ボロボロの橋を渡ろうとしたくまゆるが川に落ちていくシーンだった。

でも、すぐに復活するくまゆる。まあ、川に落ちたぐらいでは、くまゆるは怪我はしないと思う。

「くまゆるちゃん、ボロボロの橋は渡っちゃダメですよ」

ノアが抱いているくまゆるに注意をする。

だが、くまゆるは「くぅ〜ん」と鳴いて否定する。

まあ、本人とアニメのくまゆるは違うからね。

でも、実際にくまゆるはこんな感じかもしれない。

それを本人に言うと、いじけそうだから、言わないけど。

そして、アニメは進み、花を探しに来たフィナとシュリだったが、見つけることができない。

「季節が悪かったのでしょうか」

「そうかもしれません」

でも、シュリは諦めずに探そうとする。

そんな中、シュリがツタに絡まっている鳥を見つける。

シュリとフィナが鳥を助け、鳥は空に飛び立つとき、青い羽を落としていく。

ベタだ。

いい話だけど、ベタだ。

まあ、不幸の話より、幸せな話のほうがわたしは好きだからいいけど。

フィナとシュリはその青い羽を持って、家に帰ることにする。

そして、その青い羽をティルミナさんとゲンツさんに見せると、フィナの父親のお守りだった話になる。

「フィナ、そうなの？」

「お父さんの形見の中で見たことがあります」

そうなんだ。

流石、神様。

わたしが知らないことも、ちゃんと把握しているみたいだ。

そして、フィナとシュリのおかげでもあって、ティルミナさんとゲンツさんは仲直りし、無事に家族になることになった。

「よかったです」

ノアは自分の家族のように嬉しそうにする。

そして、フィナとシュリはわたしの家にいる。

クマハウスを探索するシュリの姿がある。

どうやら、くまゆるとくまきゅうを探していたみたいだ。

アニメのわたしはクマさんパペットの中でくまゆるとくまきゅうが寝ていると言ったけど、実際はどうなんだろう？

くまゆるとくまきゅうは喋《しゃべ》れないので、未だにそのあたりのことは謎だ。深夜に呼び出せば、寝ているくまゆるとくまきゅうを召喚することができるのかな？

そして、キッチンではプリンを作ったり、夕食を食べたりする。

「わたしも誘ってほしかったです。3人とも楽しそうです」

「まだ、このときは、フィナとノアは出会っていなかったから仕方ないよ」

「そうでした」

そして、食事を終えたあと、お風呂が映る。

「お風呂……？」

テレビには、わたしがお風呂に入っているシーンが流れる。

「ちょ、2人とも見ちゃダメ」

わたしは近くにいたノアの目を塞《ふさ》ぐ。

「どうして、わたしの目を塞ぐんですか！」

「なんとなく？」

「ユナさんの裸なら、何度も見ています」
「そうだけど」
なんとなく恥ずかしくて、目を塞いでしまった。
せめての救いは湯船に浸かっていたので、体が映っていなかったことだ。
わたしが犠牲になったことで、フィナとシュリの裸は守られてよかった。
最近のアニメは子供の裸には厳しいというから、神様も気を使ったのかな。
年齢がダメなのか、見た目がダメなのかは謎だ。
カガリさんの子供バージョンはどうなんだろう。見た目は子供、中身はお婆ちゃん。
どこかの有名なセリフみたいになってしまった。
この前の下着姿に続き、お風呂シーンまで見られたと思うと、もう日本には帰れない。
テレビ放送されていないことを祈るばかりだ。
そんなわたしの恥ずかしい思いをしてもアニメは進む。
フィナとシュリとお泊まり会だ。
2人は可愛い寝間着を着ている。
そんな2人にプリンを出してあげる。
「ああ、フィナとシュリだけ、ずるいです」
「プリンをあげるから、テレビに向かって文句は言わないの」
わたしは実際にプリンを出してあげる。
そして、フィナとシュリは仲良く寝てしまう。
今日もそうだけど、わたしが他人と一緒に寝るときがあるとは思わなかった。
この世界に来て、本当に変わったと思う。
そして、最後は作ったプリンをみんなに配り、ノアとクリフが登場する。
「やっと、わたしが出てきました」
ノアは嬉しそうにする。
そんなに自分が出てきて嬉しいものなのかな。
でも、自分が好きってことはいいことだと思う。自分に自信があるってことだ。
わたしは自分の性格が悪いと知っているので、あまり好きじゃない。

特にフィナを見ていると、なおさらそう思えてくる。

フィナを見習いたいものだ。

最後にクリフから、ノアを王都に連れていってほしいと頼まれる。

「次回は、ユナさんとフィナと一緒に王都に行くんですね」

「そうみたいだね」

「楽しみです」

「「くぅ〜ん」」

くまゆるとくまきゅうが自分の名前がないことに抗議をする。

「もちろん、くまゆるちゃんとくまきゅうちゃんと一緒に王都に行ったことも楽しかったですよ」

「「くぅ〜ん」」

今度は嬉しそうに鳴く。

「ミサやお姉様、お母様も出るんですよね」

「たぶんね」

「早く、次が見たいです」

そして、エンディングが流れ、アニメは終わる。

あっという間だった。

「ユナさん、フィナ。今日も一緒に寝ましょうね」

「えっと、はい」

「そうだね」

今日も、3人で一緒にお喋《しゃべ》りをしながら布団に入った。

そして、今日見たアニメの話をしたり、いろいろな話をしている間にノアは寝息を立てていた。

「ノア様、寝てしまいましたね」

可愛い寝顔だ。

「楽しかったみたいだね」

「わたしも楽しかったです。ユナお姉ちゃんやノア様に出会えてよかったです」

「そうだね。わたしもよかったよ」

「わたしもです。むにゃ、むにゃ」

ノアの寝言にわたしとフィナは微笑み、眠りに就く。

アニメも半分終わり次回から後半になる。

数日後、アニメ公式サイトに情報を確認しにいく。

シアやミサ、エレローラさんの画像がある。

「やっぱり、次回は王都に行くみたいだね」

シアやミサがアニメで見られるのは少し楽しみだ。

他に情報がないか調べると、いつも通りにミニアニメもある。

今回の話は、わたしとフィナ、シュリにノアの４人が一緒に寝て、クマを数えている。

可愛い寝顔だけど、普通は羊だと思うんだけど。

そして、最後はわたしが大量のクマに押し潰《つぶ》されて、終わる。

わたしをオチに使わないでほしいものだ。

そして、気になったのは「くまクマ熊ベアー展」開催決定の文字だ。

「本イベントの描き下ろしイラストを使用したグッズ販売のほか、作品世界を楽しめるアート展示企画等も予定しております」

と書かれている。

まだ、詳しい内容は書かれていないけど、何をするんだろう。

気になるところだ。

50　TVアニメ番宣小説　その8

　今日は、アニメ第7話が放送される日だ。

「ついに、わたしたちが王都に行くお話ですね。フィナ、楽しみですね」

「はい」

　フィナとノアは慣れたもので、いつもの席に子熊化したくまゆるとくまきゅうを抱いて座って、アニメを見る準備は万全だ。

　わたしもお菓子と飲み物を用意してベッドを椅子代わりにして座る。

「始まりました！」

　真っ黒だったテレビに映像が映る。

　わたしとフィナがノアの家にやってくるシーンから始まる。

「フィナとノアの出会いのシーンだね」

「懐かしいです。フィナとの出会いはわたしの家の前でしたね」

「はい。ノア様に会うと知って緊張してました」

「そうなんですか？」

「王都に一緒に行くのがノア様だと朝まで知らなかったです」

　少し抗議する口調で言う。

「そうだっけ？」

「ユナお姉ちゃんが、朝、教えてくれたんですよ」

　言われるとそうだった気もする。

「でも、貴族であるノアが一緒だと知っていたら、フィナは王都に行こうとは思わなかったでしょう？」

「……はい。たぶん、断ったと思います」

「そしたら、ノアとは友達になれなかったかもしれないよ」

「それはダメです！」

　ノアが叫ぶ。

「フィナと友達になれないなんて、考えられません」

「……ノア様」

　だから、あのタイミングで教えたのは正しかった。ノア
当時のフィナにとって貴族は遠い存在だった。ノア

と話すだけでも緊張してた。

「わたしはフィナと友達になれて嬉しいですよ」

「ノア様……わたしもです」

2人は顔を見合わすと微笑む。

今では仲良しの2人だが、初めて会ったときはアニメのような感じだった。

アニメのフィナはノアとクリフに自分の名前を名乗るが、

「噛んだ」

「噛みました」

「うぅ、恥ずかしいです」

こんな感じでフィナがノアに対して緊張していたのは懐かしい思い出だ。

今では、仲良く話したり、一緒にお出かけをしたり、ミサの誕生日パーティーに参加したり、良い友達になっている。

そして、フィナが同行する許可をノアとクリフにもらう。

すると、ノアが敵対するようにフィナに指をさして言う。

『クマさんは渡しませんよ！』

「わたし、こんなこと言いましたか？」

ノアは自分の発言に首を傾げる。

「言ったと思うよ」

「えっと、はい」

ニュアンスは多少違うとしても、同じようなことを言った記憶がある。

でも、フィナがクマの前側を譲る感じで、仲良くなった記憶がある。

アニメでも、ノアがくまゆるの前に乗って、フィナが後ろに乗って、仲良く話をしている。

そして、何事もなく日が暮れ、野宿という名のクマハウスを出して、泊まることになる。

「いきなり、くまさんのお家が出てきたときは驚きました」

野宿は危険だし、クマハウスなら安全で快適だ。

アニメの中のわたしたちは楽しく食事をしたりする。

「美味しい食事に、お風呂にベッド、こんな快適な野宿は初めてでした」

ノアの言う通りにお風呂に入ったりしたが、アニメでは放送されなかった。

うん、よかった。

2話連続でわたしの裸が全国に放送されるのは防げた。

そして、後半はオークを討伐したシーンから始まった。

オークを発見するくだりはカットされたみたいだ。

「ユナさんの活躍するシーンがありませんでした」

ノアが残念そうにする。

尺の問題でカットされるのはアニメのあるあるだ。

これが長編アニメだったら、ちゃんと討伐シーンもあったのかな。

神様もアニメにするなら、4クールぐらいの長編にすればいいのに。

ただし、わたしの裸や下着シーンはNGだ。それさえなければ、アニメになるのも悪くないかなと思い始めている。


そして、現実通りにオークに襲われていたミサとグランさんが登場する。

「ミサです。ミサもユナさんの家に呼んで一緒にアニメが見れたらよかったですね」

「でも、ミサはクリモニアにいないからね」

ミサは別の街にいるので、簡単に家に呼ぶことはできない。

「残念です」

アニメの中でわたしがグランさんから一緒に王都に行く提案をされている間、ミサはくまゆるとくまきゅうに抱きついたり、何か可愛い行動をしている。

ミサたちと一緒に行くかどうかの判断は、現実通りにノアに任せることになっている。

ノアはミサたちと一緒に行くか、クマハウスを使って快適に王都に行くか悩み始める。

当時、わたしがクマハウスのことを知られたくないから、ミサと行くならクマハウスは使えないと言ったからだ。

あのときは、まだ異世界について分かっていなかったから、何を話していいか、手探り状態だったから仕方ない。

それに、このときはミサとグランさんに初めて会ったばかりだ。

今だったら、隠すこともせずに、クマハウスを使っていると思う。

それだけ、ミサやグランさんとも親しくなったってことだ。

そして、クマハウスの布団とお風呂が名残惜しそうなノアだが、ミサを選んだ。

「ノア様は優しいです」

「ミサは妹のような存在で、友達ですから」

ノアは胸を張って言うが。

「そのわりには悩んでいたと思うけど」

「そ、そんなことはないです」

かなり悩んでいたと思うよ。

でも、ミサを選んだから優しいと思う。

そして、わたしたちは王都までやってくる。

こうやって全体を見ると王都って広いね。

でも、確か、王都に来るとき他にも事件があったような気がするけど。たぶん気のせいだ。

わたしたちは王都に入り、ミサとグランさんと別れ、ノアの母親であるエレローラさんの屋敷にやってくる。

わたしたちが屋敷の敷地の中に入ると、金髪の女性、エレローラさんが走ってくる。

そして、そのままノアに抱きつく。

「エレローラさん、若いよね」

「はい。お母様は、いつも綺麗です。わたしもお母様のようになりたいです」

「なれると思うよ」

まあ、ノアは美人というより、まだ可愛いけど、成長すれば、美人になると思う。

そして、エレローラさんに自己紹介したり、クリフの手紙やゴブリンキングの剣を渡したりする。

そんなことをしていると、ノアの姉であるシアが学園から帰ってくる。

シアは家に入るとくまゆるに乗るノアに驚き、くまきゅうに乗るエレローラさんに驚き、最後にわたしを見て驚く。見事な3段活用だ。

「ふふ、お姉様。驚きすぎです」

いや、普通、クマが家の中にいて、母親と妹がクマに乗っていれば驚くと思うよ。

シアと会うとクマの格好をした女の子が護衛とか信じられないと言われる。

そんなこともあったね。

そして、エレローラさんの一言でシアと試合することとなる。

これもエレローラさんの娘の教育だったみたいだけど。わたしをダシに使わないでほしいものだ。

わたしとシアがお互いに剣を構える。

「そういえば、ユナさん、剣も扱えたんですね」

「うん、前に使っていたことがあったけど、魔法のほうが便利だから、剣はあまり使わないね」

魔法は近づかないで済むし、神様からもらったクマ装備のおかげで威力もあるし、わざわざ近づいて剣で攻撃をする必要がない。

最近では、たまにナイフを使うようになったけど、やっぱり出番は少ない。

そして、アニメのシアはやられまくっている。

シアには悪いけど、ゲームの中で何千回と戦ってきた。その戦いの中では死にそうなギリギリの戦いを何度も経験してきた。

わたしとシアでは経験の数が違う。

なにより、死んだ数が違う。

ゲームの中でわたしは死から学ぶことができるが、現実では死んだらおしまいだ。

だから、経験に差が出る。

「ユナさん。今度、わたしに剣の扱いも教えてください」

「貴族の令嬢には必要ないと思うんだけど」

わたしが見た漫画や小説だと、貴族の令嬢は綺麗なドレスを着て、お茶会をしたり、ダンスの練習をしたり、刺繍《ししゅう》をしたり、イケメン王子や貴族の話をしたりしている。

剣を扱う令嬢はごく僅《わず》かだ。

「何を言っているんですか。自分の身を守る護身は必要です」

「でも、いつも剣を持ち歩いているわけじゃないでしょう？」

「お姉様はアイテム袋に入れて、持ち歩いていますよ」

ああ、そういえば初めてタールグイの探索をしたとき、シアは剣を持っていたっけ。

そんな話をしている間にシアとの試合も終わり、シアと仲良くなり、プリンを食べたりする。


シーンが変わって翌日、アニメのわたしとフィナは王都を2人で散歩する。

「ど、どうして、わたしがいないのですか！」

「説明があった通りに、貴族の挨拶回りでしょう」

「そうでした。王都にはあまり来ないので、お母様と一緒に挨拶に行ったんでした」

ノアは貴族の挨拶回りに行っているので、わたしとフィナは2人で買い食いをしたりして、王都を楽しむ。

「うぅ、フィナが羨ましいです」

「きっと、このあとに出てきますよ」

そんな言葉のあとに出てきたのは。

「あれはモリンさんとカリンさん!?」

「本当です」

パンを購入したときに、モリンさんとカリンさんがいた。

まだ、このときは店員とお客の関係だ。

その後の出来事を知っているので、なんとも言えない気持ちになる。

そんなことを知る由もないアニメのわたしとフィナは美味しそうにパンを食べている。

そして、わたしはジャガイモと、カビが生えて売れないチーズを手に入れて、ハンバーガーにして食べる。

「美味しそうです」

「夜に食べると太るからダメだよ」

「お菓子はいいのですか？」

ノアとフィナがテーブルの上にのっているポテトチップスを見る。

「す、少しならいいんだよ」

映画とかは、お菓子とジュースを飲みながら見るものだ。

毎回、アニメを見るたびに食べているけど、太っていないよね？

わたしはお腹を触る。

……きっと、大丈夫なはずだ。

そして、森深くに魔物らしき目が光り、薄汚い男が映って第7話が終わる。

「最後のはなんでしょうか？」

「魔物の目に見えました」

「男の人もいました」

あのときのことかな？

でも、男には見覚えがない。

「確認は、来週だね」

「楽しみです。あと、今回は出番が多くて、よかったです」

今回の話はノアは満足らしい。


数日後、いつも通りに公式サイトを見にいく。

第8話のあらすじが公開されている。

フローラ様や国王陛下の画像があるから、お城に行くみたいだ。

それから、見知らぬ汚いおじさんがいるけど、誰？

あらすじの内容からすると、グルザムって人っぽいけど。

そういえば、一万匹の魔物を集めた男の話を聞いたときの名前がグルザムだったような。

アニメでは、わたしが知らない裏話が見られそうだ。

それからミニアニメの公開もあり、どこかで見たことがある部屋で、ノアとミサがトークするお話みたいだ。

女性が有名人を呼んでトークする番組に似ているような。

きっと、気のせいだ。

それから新しいコラボカフェ決定の文字が目に入ってくる。

また、コラボカフェ？

詳しい内容はまだ分からないみたいだ。

店名からすると、もしかしてメイドさんが接客してくれるのかな？

この世界には本物のメイドさんがいる。

ノアの家に行けば、メイドさんのララさんが接客して、お茶を淹れてくれる。

元の世界じゃ、引きこもっていて、こういうお店には行ったことがないから、行ってみたいかも。

51 TVアニメ番宣小説　その9

「ふふ、今日はアニメの日です」

ノアの言う通り、今日はアニメ第8話の放送日だ。

「今日は、どんなお話なんでしょうね」

たぶん、魔物の大群が現れたときの話になるんだと思う。

わたしはいつも通りにお菓子と飲み物を用意する。

週1回のことだから、脂肪の神様も大目に見てくれるはずだ。

「フィナ、隣に座ってください」

「はい」

2人は仲良く、テレビの前に座る。

もちろん、腕の中には子熊化したくまゆるとくまきゅうが抱かれている。

「ユナさんも、早く座ってください」

「そんなに慌てなくても大丈夫だよ」

わたしはベッドの上に座り、始まるのを待つ。

そして、いつも通りにアニメが始まるとノアが声を上げる。

「始まりました」

だけど、わたしたちのアニメではなく、別のアニメのようだ。

薄暗い部屋で、男が叫んでいる。

違うアニメかと思ったら、国王陛下が出てきた。

そして、処刑っぽいシーンが流れたと思った瞬間、いつものオープニングが流れる。

わたしたちのアニメで間違いはなかったみたいだ。

「な、なんですか!?　今のは!?」

「少し、怖かったです」

ノアとフィナの言葉に同意だ。

今のシーンはなんだったんだろう?

わたしも知らない。

そして、オープニングが終わり、CM部分らしきところは黒い映像が流れ、アニメ本編が始まる。

「ピザです」

先ほどのシーンと違って、わたしたちが楽しそうにピザを食べるシーンから始まる。

わたしにフィナ、ノア、ミサ、シア、そこにエレローラさんもやってくる。見事に全員集合だ。

「ユナさん、ピザが食べたくなりました」

アニメでピザを食べるシーンを見たノアが、そんなことを言いだす。

まあ、その気持ちは分かるけど。

「寝る前にピザはダメだよ。ポテトチップスで我慢してね」

ポテトチップスもアウトのような気がするけど、週1回だけだ。

ノアはポテトチップスを手に取って、口に入れる。

「美味しいです」

フィナも一緒に美味しそうにポテトチップスを食べている。

アニメでは、ノアがフィナの貸し出し許可をわたしにもらう。

「そういえば、ノアとフィナ、ミサでお出かけしたことがあったね」

「もしかして、あのときのことですか！」

ノアはなにかを思い出したみたいだ。

「なんなの？」

「いえ、な、なんでもないです」

ノアは誤魔化そうとして、わたしから視線を逸らす。

「あのときのことだったら、ユナさんに知られてしまいます」

ノアは小声で言っているが、近くにいるわたしには丸聞こえだ。

「フィナは、なんのことか知っているんだよね？」

「えっと、その……」

フィナが言い淀《よど》んでいる横では、ノアがフィナに向けて唇に人差し指をつけている。

わたしがいる前でやっても意味がないと思うんだけど。

アニメを見れば、ノアとフィナが隠していることも分かるかもしれないので、2人を追及するのはやめておく。

翌日、ノア、フィナ、ミサの3人は一緒にお出かけして、シアは学園。一人になったわたしはエレローラさんとお城に行くことになる。

現実だと、フィナも一緒にお城に行っていたけど、アニメではわたしだけみたいだ。

そして、お城の見学をして、王女であるフローラ様に会う。

わたしがフローラ様に会っている頃、フィナ、ノア、ミサの3人が仲良く城下町を歩いている。

フィナがどこに行くかをノアに尋ねている。

「ああ、やっぱり、あのときのことです。ユナさん、これ以上先は見てはダメです」

ノアがわたしの目を塞《ふさ》ごうとするが、ノアの力ではわたしの目を塞ぐことはできない。

ノアたちはどこかの店にやってくる。何かを頼んでいたらしい。ノアはカードらしきものを手にすると満足気な表情をする。

どうやら、カードの印刷を頼んでいたらしい。

『くまさんファンクラブ？』

アニメのミサがカードを見ながら呟く。

「くまさんファンクラブ？」

同じ言葉をわたしも口にする。

「うぅ、ユナさんに知られてしまいました」

わたしが知らないところで、くまさんファンクラブの会員証を作っていたらしい。

どうして、そんなものを作ったか尋ねようとすると、アニメのノアが答えてくれる。

『はい！　私たちはクマ友同志！　ユナさんやくまゆるちゃん、くまきゅうちゃんについて見たり聞いたりしたことを教え合って、みんなでクマに詳しくなるのです！』

その言葉にミサも賛同している。

いや、いつのまにクマ友同志になったの？

クマに詳しくなるって、そんなにクマについて知ることなんてある？

くまゆるとくまきゅうも安全なところ以外、普通のクマと一緒だよ。たぶん。

そして、最後にアニメのノアが怖いことを言う。

『目指せ、会員1万人！』

「そんなに目指しているの⁉」

確かにノアが作ったファンクラブの会員証は箱にいっぱい入っていた。

まさか、1万枚もあるとは思わなかった。

「いえ、今は量より質だと思いますので、そんなに集める予定はありません」

「ちなみに、くまさんファンクラブには誰が加入しているの？」

「えっと、わたしにフィナにミサ、お姉様にシュリに、それからシェリーの6人です」

全員、わたしが知っている人物だ。というかノアの周りにいる人たちで構成されていた。

「それで、そのくまさんファンクラブは何をするの？わたしやくまゆる、くまきゅうのことを話すって言っていたけど」

「たまに、みんなでお茶会をして、ユナさんやくまゆるちゃん、くまきゅうちゃんのクマさん談義をするだけです」

アイドルのファン同士が集まって交流会を開くみたいなものかな。

「ちなみに会長のわたしは会員番号0001番で、副会長のフィナが会員番号0002番です」

会長に副会長までいるの？

かなり、本格的だ。

クマさん談義だけと言うので、やめさせることはしないけど、これ以上会員は増やさないでほしいものだ。

わたしとノアがファンクラブのことで話し合っている間もアニメは止まることもなく、放送は続く。

テレビには、くまさんファンクラブが作られたことも知らないわたしがノア、フィナと3人でお出かけをしている。

そんなとき、街道に魔物が出たという情報を知る。

その話を聞いたノアが、ちょうど王都に来ることになっていたクリフを心配する。

心配するノアのため、わたしがクリフを迎えに行くことになる。

そして、アニメはエレローラさんに切り替わり。

「お母様です」

「国王陛下もいます」

エレローラさんは国王陛下に街道に現れた魔物のことを報告する。

そんなとき、予告で見た薄汚い男が現れ、兵士を倒し、国王とエレローラさんの前にやってくる。

そして、その男はグルザムと名乗る。

「グルザム……」

聞いたことがある。

確か、一万匹の魔物を集めた男の名前だった。

こんな顔をしていたんだね。

名前は何度か聞いたけど、直接関わっていなかったので、実際に見るのは初めてだ。……アニメでだけど。

国王とエレローラさんはグルザムから、魔物に王都を襲わせるという話を聞かされると、シリアスな顔をする。

そして、場面が変わると、わたしが鼻歌を歌いながらくまゆるに乗っていた。

温度差が激しい。

「ユナお姉ちゃん……」

「ユナさん……」

2人が呆れた様子でわたしを見る。

「いや、お城でそんなことになっているなんて、知らなかったんだから、仕方ないよ」

そして、アニメのわたしは探知スキルで魔物がたくさんいることを知ると、護衛しながらクリフを王都に連れてくるのは面倒くさいと考え、魔物を討伐することにした。

「ユナさん、魔物を全部倒そうと考えるなんて、信じられないです」

「そのほうが楽だと思ったんだよ」

映像はお城に換わって、国王にエレローラさん、さらにはアニメ初登場のサーニャさんがいる。

そういえば、アニメだと冒険者ギルドに行っていないから、サーニャさんには会っていないのかな？

裏設定ではどうなっているかわからないけど。

そんな中、サーニャさんが召喚鳥を使って、魔物の情報を逐一国王に報告する。

つまり、見られていたってこと？

『クマに乗ったクマが』『クマが魔物を』

とサーニャさんは報告するが、国王は意味が分からない表情をする。

アニメを見ているわたしには、わたしとくまゆるとくまきゅうのことだと分かるが、この映像を見ていない国王には意味不明だと思う。

サーニャさん、報告はちゃんとしないとダメだよ。

そして、魔物を倒していくわたしは、現れたグルザムとワームを倒してしまう。

アニメだとグルザムと会うことになるんだね。

まあ、会うといっても、会話を少しして、殴って終わったけど。

これじゃ、次に会っても記憶に残っていないと思う。

「なんでしょうか。この男の人が悪いと分かるのですが、同時に可哀想と思ってしまいます」

「はい」

復讐《ふくしゅう》を防ぐことはできた。それは同時に、グルザムが長い年月をかけてしたことが無駄になったことでもある。

良いことなら可哀想だけど、悪いことだから未然に防ぐことができてよかったと思う。

人が亡くなってからでは遅い。

そして、わたしはクリフと無事に合流した今回のことをゴブリンキングの剣を譲って取り引きしようとしたが、王都に着いた途端、エレローラさんに引っ張られてお城に連れていかれる。

現実と多少違うが、お城に連れていかれることになるのは同じみたいだ。

まあ、アニメはサーニャさんが召喚鳥でわたしのことを見ていたシーンがあったから、こうなると分かっていたけど。

そして、アニメのわたしが国王に伝えた気持ちは、わたしの気持ちと同じだった。

お金や名誉のために魔物と戦ったのではない。

ノアの笑顔を守りたかっただけだ。

「ユナさん……」

わたしはノアの頭を撫でる。

もし、クリフが魔物に殺されていたら、今の笑顔はなかったと思う。

そして、エレローラさんのお屋敷に戻ってきたわたしたち。無事にノアとクリフは会うことができた。

アニメのわたしも心配するフィナの頭を撫で、アニメはエンディングに入る。


数日後、アニメの続きが気になったわたしはアニメ公式サイトに確認しにいく。

どうやら、第9話はモリンさんとカリンさんが登場して、お店を作るみたいだ。

まあ、タイトル「クマさん、お店を開く」からしてネタバレ感がある。

それから、新しいミニアニメもあり、フローラ様がわんこそばみたいにプリンを食べていた。

謎の胃袋だ。

あと「オープニングテーマとエンディングテーマがカラオケ配信が決定」などと、いろいろと書かれている。

52 TVアニメ番宣小説 その10

今日はアニメ第9話の放送日なので、もう当たり前のようにフィナとノアが家にやってきている。

夕食も食べ、お風呂にも入り、アニメを見る準備は万全だ。

「ユナさん、全部で12回やるんですよね？」

「そうだよ」

「それでは、今日を入れて、あと4回で終わりなんですね。少し残念です。フィナもそう思いますよね？」

「はい。初めは恥ずかしかったけど、見ていると楽しくなってきたので、残念です」

全12話と決まっているので、こればかりは仕方ない。いつかは終わりがくるものだ。

でも神様の力を使えば、国民的アニメのように毎週できるようになるかもしれない。

それはそれで、毎週わたしのことが放送されるのは、少し嫌かもしれない。

「ほら、そろそろ始まるよ」

週1回のお泊まり会なので、お菓子と飲み物を用意して、それぞれがテレビの前に座る。

まもなくしてアニメが始まる。

国王陛下の誕生日パーティーシーンから始まり、プリンを食べるシーンが流れ、ちょっとした盛り上がりを見せる。

今さらだけど、国王様、プリンに大げさにしすぎなんじゃない？　と言いたくなる。

そして、オープニングが流れ、CM部分と思われる時間は真っ黒い画面が流れる。

「いつも真っ黒ですが、CMってものが流れているんですよね？」

「そうだよ。たぶんだけど、他のアニメやオープニングやエンディングの宣伝だと思うよ」

「他のアニメ？」

「他の世界に行った人の話だったり、生まれ変わった人の話だったり、脅威に襲われている世界の話だったり、アイドル？　歌手の成長物語だったり、喫茶店の話だったり、たくさんあるよ」

「そんなにたくさん、アニメがあるんですか？」

「年間、１００本以上はあったはずだよ」

お気に入りのアニメしか見ていなかったから、詳しくはわからないけど、そのぐらいあったはずだ。

「ユナさん、他のアニメも見てみたいです。フィナも見たいですよね？」

「えっと、はい。見てみたいです」

「いや、無理みたい。このテレビ、わたしたちのアニメしか見ることができないから、他のアニメは見ることができないんだよ」

いろいろと確かめたが、「くまクマ熊ベアー」のアニメと公式サイトしか見ることができない、使えないテレビだった。

「そうなんですね。残念です」

もし、他のアニメも見ることができたら、異世界でも引きこもる自信がある。あと、できれば、ゲーム機とソフト、あるいはダウンロード機能があれば、最高の引きこもり生活ができる。

そんなことを考えていると、本編が始まる。

テレビ画面にはクマハウスにやってくる国王陛下やフローラ姫、シアとの剣術練習や王都での楽しい日常が流れる。

そして、クリモニアに帰る前に、しばらく一緒にいられなかったフィナと、王都を回るようだ。

「２人でお出かけ、羨《うらや》ましいです。このときのわたしはなにをしていたんですか⁉」

わたしとフィナが２人でお出かけをするのを見て、ノアが文句を言う。

そんなことはテレビの中にいるノアにしか分からないことだ。

「貴族としての挨拶じゃない？　クリフも来ているし」

「うぅ、そうかもしれません。それか、ミサの家に行っていたかもしれません」

貴族は挨拶とかで大変だ。

一般人でよかった。

アニメの中のわたしとフィナは王都を歩き、食べ物を食べさせっこしたり、仲良く寝そべったり、楽しそうにしている。

「ユナさんとフィナが仲良しです」

ノアが羨ましそうに言う。

確かに、見ているほうが恥ずかしいほど、仲がいい。

「まあ、仲は悪くないからね」

「はい」

そんなわたしとフィナは、前に食べたパンを食べるためモリンさんとカリンさんのお店に向かう。

でも、店は閉まっていた。

店の中ではモリンさんとカリンさんが店の片付けをしていた。

話を聞くと、悪徳商人に騙《だま》され、店を手放すことになったという。

一応、そこは現実と同じだけど、お店の中で男たちは暴れてはいなかった。

あのときのことを思い出すと、もう一度殴りたくなる。

このあたりは尺の都合かな。

悪徳商人が登場すれば、サーニャさんや国王陛下も出てくることになるし、アニメの中のサーニャさんとの関係もどうなっているか分からないし。

一つ尺の都合で修正すると、その後の展開も辻褄《つじつま》を合わせないといけないから、アニメ作りは大変そうだ。

あの話を入れれば、この話が入らない。

そう考えると、尺の都合をあまり考えないですむ小説は、その点は楽かもしれない。

アニメでは現実と同じように、わたしがモリンさんとカリンさんをヘッドハンティングする。

このヘッドハンティングがなかったら、今の「くまさんの憩いの店」はなかったんだよね。

グッジョブわたし。

このときの自分の行動を褒める。

前半が終わると黒いCMが流れ、後半に入る。

クリモニアに帰ってきたわたしは商業ギルドのミレーヌさんとお店の相談をしている。

そこにはティルミナさんの姿もある。

でも、ティルミナさんは呼ばれた理由を知らされていないみたいだ。

このときのわたしの気持ちが手に取るように分かる。管理が面倒くさいから、ティルミナさんに丸投げする気満々だ。

でも、ティルミナさんは文句は言いつつも、しっかりやってくれるから感謝だ。

「ティルミナさんには迷惑をかけるね」

「お母さん、いつもユナお姉ちゃんに振り回されるけど、毎日、働けるのが楽しいって言っているよ」

振り回すって、そんなに振り回していないよね？

でも、フィナの言っていることも分かる。人は働き、いろいろな人と関わることで、元気になることもある。

まあ、それも周りにいる人次第なんだと思うけど。

この世界に来て、わたしは周りの人に恵まれていると思う。元の世界じゃ、両親からしてダメだった。

「わたしも、ユナお姉ちゃんに会えてから、毎日が楽しいです」

「ありがとう」

わたしは嘘偽りのない笑顔で言うフィナの頭を撫でる。

「わ、わたしもです。ユナさんに会えて、楽しいです！」

フィナとわたしの間にノアが割り込んでくる。

「ノアも、ありがとう」

わたしと一緒にいて楽しくないと言われるよりは、嬉しいかぎりだ。

引きこもっていたら、一生言われることがなかった言葉だ。


そして、クリモニアにやってきたモリンさんとカリンさんを店に案内する。

「2人がお店を見て驚いています」

お店は貴族の小さい屋敷を利用する予定だ。

「普通、こんな大きな建物が店と言われたら、驚くと思います」

貴族の小さい屋敷といっても、店としたら十分に大きい。

それに孤児院の子供たちも希望者がいれば働いてもらう予定になっている。

子供たちは大人になれば、孤児院を出ていくかもしれない。そのときに、手に職があればと思った。

モリンさんからパン作りを教わって、パン職人の道に進むのもいいし、接客から学んで、人と関わる仕事に就いてもいい。

この店で働いた経験が将来の役に立てば嬉しい。


そして、アニメでは孤児院の子供たちも店の中を掃除したり、庭の草を刈ったりして、お店の開店に向けて準備の手伝いをしている。

実際の開店準備は大変だったけど、アニメでは1分ぐらいで店ができ上がっていく。

店の準備が順調に進んでいると、ミレーヌさんにお店の名前をどうするか尋ねられる。

でも、わたしにはネーミングセンスはない。

くまゆるとくまきゅうだし。

アニメのわたしも同じことを言っている。


「くまゆるちゃんとくまきゅうちゃん、とっても可愛い名前だと思いますけど」

「わたしも可愛いと思います」

「ありがとう」

そう言ってもらえると嬉しいものだ。

わたしもくまゆるとくまきゅうは可愛い名前だと思うけど、格好よくはないよね。

クマらしくない名前でもある。

アニメのわたしは孤児院のみんなにお店の名前を相談する。

でも、現実通りに、みんな「クマ」という単語ばかりをあげる。

「うぅ、わたしもお店の名前を考えるのに参加したかったです。どうして、わたしをのけ者にするんですか」

別にのけ者にしたわけじゃない。

現実だと、ノアはこのときはどこにいたんだろう？

「それじゃ、ノアなら、なんて名前をつけた？」

「そうですね。『クマさんを愛するお店』とか『くまクマ熊ベアーのお店』とか？」

異世界の翻訳がどうなっているか分からないけど、結局はクマが4つでしょう。

でも、結局のところノアのアイデアでもクマがつくんだね。

そんな子供たちの言葉にミレーヌさんがお店の制服を作ったと言いだす。

うん、知っていた。

そして、予想通りに、取り出したのはクマの服だ。

フィナのメイドさんとかも、可愛いと思うんだけど、少し残念だ。

今度、シェリーにフィナのメイドさんの服を作ってもらって、着てもらうのもいいかもしれない。

そして、わたしはみんなの憩いの場所になってほしくて、「くまさんの憩いの店」と名づけた。

……名づけたけど、誰かさんたちが余計な宣伝をしたおかげで、開店当日、お客さんがたくさん来てしまって、憩いの店にはならなかった。

でも、いろいろな人の手助けによって、無事に一日を終えることができた。そんなところに、クリフとノアが店にやってくる。

「やっと、わたしが出てきました」

久しぶりにノアの登場だ。

ノアはフィナたちが着ているクマさんの制服を見て、自分も着たがり、着ることになる。

「アニメのわたし、ずるいです！　わたし、クマさんの制服を着たのはミサの誕生日パーティーのときだったのに」

ノアはアニメの自分に向かって文句を言う。

遅くなるよりは、早くなったほうがいいでしょう。

それに残り3話で、ミサの誕生日パーティまで話は行われないんだから、着られただけ、よかったと思わないと。

アニメのノアがクマさんの制服を着て喜んでいるとき、わたしはクリフから、モリンさんのお店の報告を受ける。

現実だと、王都で報告を受けたけど、アニメだと、このタイミングなんだね。

そして、現実と同じように、モリンさんとカリンさんは、王都のお店に戻れるはずだったのに、クリモニアのお店に残ってくれることになる。

本当に2人には感謝の言葉もない。

そして、アニメは異世界に来た思い出を振り返り、良い感じで終わる。

「もう、終わっちゃいました。わたしの出番、少なかったです。もっと、たくさん、わたしを登場させてほしいです」

ノアは本当に自分が好きなんだね。

羨ましいかぎりだ。

「次回は、わたしの登場が多いといいいな」

わたしの記憶によると、次回は海に行くことになると思う。

必然的にノアの登場はない。

わたしに文句を言われても面倒くさいので、今は、そのことは口にしないでおく。

数日後、いつも通りにアニメ公式サイトに確認しにいく。

次回のタイトルは「くまさん、海に行く」と書かれていた。

雪山のシーンやアトラさんもいる。クラーケンの話になると思う。

予想通りノアの出番はない。言わなくてよかった。だけど、遅かれ早かれ、当日が来れば、文句を言われそうだけど。

他を確認するとミニアニメにノアとシュリがキャッチボールをしている話がある。これを見せれば、ノアも満足するかなと思ったけど、シュリのボールを受け止めたノアの表情と言葉は、本人に見せてはいけないような気がした。

53 TVアニメ番宣小説 その11

早いもので、本日で10回目のアニメ放送日。今日を入れて残り3話となった。

そんな残り僅《わず》かとなったけど、もちろん今日もフィナとノアが家にやってきている。

「わたしは登場するでしょうか。楽しみです」

「あまり、期待しないほうがいいと思うよ」

予告を見る限り、ミリーラの町へ行く話だったので、ノアは登場しないと思う。登場しても、ほんの少しぐらいだろう。

「どうしてですか？　ユナさん、知っているのですか？」

「たぶんだけどミリーラの町へ行くお話だと思うよ」

アニメはわたしの視点を中心に作られているので、記憶を辿ればそうなる。なにより予告を見てしまった。

「そういえば、国王陛下の誕生祭が終わったあと、ユナさんは海が見たくて、ミリーラの町へ行ったんですよね。それで、お父様が、忙しくなったと愚痴をこぼしていました」

あのときのクリフが疲れた表情をしていたことを思い出す。

わたしのせいじゃないよ。

「それでは、わたしの出番はないんですね」

ノアは、納得した感じだけど、少し落ち込む。

「それじゃ、わたしも登場しないのかな？」

フィナも最初はミリーラの町に関わっていない。クラーケン事件が終わった後に、ミリーラの町へ行ったから、出るとしても後半になると思う。

「フィナ、残念ですが、今日はユナさんの冒険を楽しみましょう」

「はい」

お互いに微笑み合い、2人の友情が深まる。

……だけど、それは、アニメが始まった瞬間、壊れることになる。

いきなりフィナの登場だ。

「フィナです」

フィナはクマフォンを見つめている。

そして、わたしが雪山からクマフォンを使って、フィナと話を始める。

「な、なんですか。このクマさんの形をしたものは⁉ しかも、別々の場所にいる2人が、お話をしています⁉」

「えっとクマフォンっていって、遠くの人と会話ができる魔道具だよ」

王都で多くの魔物を倒したことで、新しいスキルを覚えた。

それが、遠くの人と会話ができるクマフォンのスキルだった。

「それって、つまり、ユナさんといつでも会話ができるってことですか？」

「まあ、そうなるかな？」

「フィナ、ズルいです。自分だけ。それに、そんな大切なことを黙っているなんて、クマさんファンクラブ会員としては裏切り行為です」

ノアはビシッとフィナを指さす。

少し前まで、友情を確かめ合っていたのに、フィナとクマフォンの登場で壊れる。

「わたしがフィナに黙っておいてってお願いしたからだよ。だから、フィナを責めないであげて」

「うぅ、わかりました。でも、一人だけアニメに出てズルいです。せめて、わたしもクマフォンが欲しいです」

ここで断ると、面倒くさいことになりそうなので、ノアにクマフォンを渡してあげる。

「これで、いつでも、ユナさんとお話しができます」

「理由なしに使ったら、取り上げるからね」

注意だけはしておく。毎日使われでもしたら、面倒くさいを通り越して、うざったくなる。

そして、テレビには子熊化したくまゆるとくまきゅうと遊ぶフィナの姿が映る。

くまゆるとくまきゅうの子熊化も新しく覚えたスキルだ。

「いつも、フィナばかりでずるいです」

そして、映像は吹雪く雪山となり、クマフォンでフィナと会話をしているとくまゆるが何かに反応する。

ここで、現実通りにミリーラの町の漁師のダモンさんとユウラさんが雪の中で倒れているのを発見する。

わたしは、2人を救い出し、クマハウスの中で休ませる。

2人から話を聞くと、海にクラーケン、街道に盗賊が現れ、食料を得るのが困難になったという。

それで、食料を求めて雪山を越え、クリモニアに向かうところだったが、力尽きて倒れてしまったそうだ。

「お父様から話は聞いていましたが、クラーケン、それに盗賊。大変なことになっていたんですね」

話だけを聞くと、どうしても他人事になる。

海外の大変なニュースを聞いても、心の中で可哀想と思っても、それだけだ。

こういうことは、実際に自分の目で見て肌で感じないと、分からないのかもしれない。

そして、ミリーラに行くわたしに、ダモンさんとユウラさんは一緒に連れていってほしいと頼んでくる。

護衛料を出すと言われるが、こんな状況の2人から、お金は受け取れない。

「ユナさん、優しいです」

人に弱みにつけ込んで、お金を要求したりするほど鬼畜ではない。

そんなことを考えている間もアニメは進み、わたしはくまゆるに乗り、ダモンさんとユウラさんはくまきゅうに乗って、ミリーラの町に到着した。

「みなさん、表情が暗いです」

町に活気はなく、人々の表情は暗く、わたしのクマの格好にも反応がない。

でも、そんな中、食料を求める声が上がる。

そこには、暴利価格で食料を売る商業ギルドの人たちと抗議する住民たちがいた。

価格が高いことに怒る住民。そこに商業ギルドのギルドマスターが登場する。

うろ覚えだけど、こんな男がいたね。

なんでも、漁師や冒険者が命懸けで手に入れた食料だから、高いのは当たり前だと言う。

「この太った人、ムカつきます」

「そんな値段じゃ、買えないです」

ノアとフィナが商業ギルドマスターの言葉に怒る。

だが、砂漠にある水は、お金や宝石よりも価値がある。

この世にはお金では買えないものだってある。

食料が少なくなっている現状では、それに近い。

だから、男の言葉も理解できるが、足元を見すぎだ。

そんな様子を見ながら、わたしたちはダモンさんの家に向かう。

ダモンさんの家では、2人を心配する子供たちが待っていた。

子供たちは帰ってきてくれた両親に泣きながら抱きつく。

「ユナさんが、海に行こうと思わなかったら、お2人は死んでいたかもしれないんですよね」

「よかったです」

偶然でも、ダモンさんとユウラさんを救うことができてよかったと思う。

全ての命を助けることはできないけど、わたしの行動で救われた命があるのは嬉しいことだ。

ダモンさんとユウラさんの子供たちがお腹を空かしていたので、フィナが解体してくれたウルフの肉を提供する。

「フィナが解体しておいてくれて助かったよ」

わたしの言葉にフィナは嬉しそうにする。

そして、食糧難を少しでも解消できればと思い、わたしは王都で討伐したウルフを提供（在庫の処分）しに冒険者ギルドに向かう。

ギルドの中では肌を露出した色っぽい女性がお酒を飲んでいた。

「アトラさんです」

「あの格好は、恥ずかしくないのでしょうか？」

2人はアトラさんと面識があるので、すぐに色っぽい女性がアトラさんだと分かる。

わたしは初めて見たとき、大人の店だと思ったよ。

あの格好は、自分のプロポーションがいいと分かっているから、できるんだよね。

わたしの貧相な体では、できない格好だ。

クマの着ぐるみか水着のような服で、街中を歩けと言われたら、わたしはクマの着ぐるみを選ぶ。

もちろん、上から違う服を着るのはなしの場合だ。

ゲームだと、水着のような服でも装備をしたら、他の装備はできないからね。

アニメでは、わたしが冒険者で食料の提供（在庫処分）に来たと言っても、アトラさんは信じてくれない。

「ユナさんは、本当に冒険者なのに」

「ウルフもたくさん、持っているのに」

「まあ、こんなクマの格好をした女の子が冒険者だとは思わないから仕方ないよ」

でも、アトラさんは、わたしのギルドカードを確認すると態度を変え、無事にウルフを提供（在庫処分）することができた。


翌日、海でクラーケンを眺めるわたし。

クラーケンは優雅に泳いでいる。

あんなのが泳いでいたら、海に船を出すことはできない。


「大きいです」

「ユナお姉ちゃん、あの大きい魔物と戦ったの？」

「でもユナさん、倒す方法がなくて、困っています」

アニメのわたしも言っているが、海で戦う手段がない。

チート装備のクマでも、海の上を歩けないし、海の中を潜ることもできない。海中にいるクラーケンと戦う手段を持っていない。

「でも、倒したんですよね？」

「まあ、一応」

「どうやって倒したんですか？」

「それを先に話したら、アニメが楽しめなくなるよ」

まあ、巨大なワームを餌《えさ》にして、イカ釣りをしただけだけど。

「そうですが、でも気になります。ちなみにフィナは知っているんですか？」

「わたしも、知らないです」

フィナも知らないと知ると、ノアは安心した表情になり、クラーケンを倒した方法を尋ねてこなかった。

そして、わたしが海にいると、アトラさんがやってきて、本日分のウルフの提供を頼まれる。

そんなわたしたちを見る人影がテレビに映る。

「あっ、ユナお姉ちゃんの後ろ」

「何か、怪しい人がユナさんを見ていないです」

「でも、ユナお姉ちゃん、気づいていないです」

2人はテレビに向かって言うが、流石のわたしも後ろに目があるわけではないので、気づくことはできない。


そして、その日の夜。わたしが気持ちよく寝ていると、子熊化したくまゆるとくまきゅうに起こされる。

くまゆるとくまきゅうはドアを見つめる。

わたしが探知スキルを使うと、人の反応があり、反応はわたしの部屋の前で止まる。

「誰か、来たのでしょうか？」

そして、部屋の中にいるわたしの許可もなく、鍵が開けられ、ドアが開く。

「男の人です」

見知らぬ2人の男が部屋の中に入ってくるが、仁王立ちするわたしの姿がある。

睡眠の邪魔をされて怒るわたし。

今さらだけど、そこは乙女の部屋に無断で入ってきたことに怒ろうよ。

食事もゲームも睡眠も大切だけど。

侵入者の男性2人は、クマパンチによって倒される。

「どうして、ユナさんを襲ったんでしょう」

その理由をアニメのわたしが男に尋ねると、わたしのアイテム袋が目当てだったらしい。

誰かに命令されたらしいので、そのことを尋ねるが、答えようとはしない。

なので、現実のわたしが行った方法をアニメのわたしも行う。

くまゆるとくまきゅうが巨大化（通常サイズ）し、歯をむき出しにして男たちを脅かす。

「くまゆるちゃんと、くまきゅうちゃんが、可愛くないです」

それはわたしも同意だ。

「「くぅ～ん」」

フィナとノアの腕の中にいるくまゆるとくまきゅうが悲しそうに鳴く。

「まあ、わたしが、脅かしてくれるようにお願いしたからね」

その脅しが成功して、男たちは洗いざらい話す。わたしを襲ったのは街道にいる盗賊で、目当てはウルフなどが入ったアイテム袋だった。

クマさんパペットは盗むことなどできないのに。

睡眠の邪魔をされたわたしは、盗賊の隠れ家を聞き出すと、くまゆるとくまきゅうを連れて、盗賊討伐に向かう。

そして、酒盛りをする盗賊と戦うわたし。

そこで、アニメが終わってしまった。

「ああ、終わってしまいました。あの盗賊はどうなったんですか」

「わたしが、ここにいるってことは、分かると思うけど」

「そうですが。こんないいところで終わるなんて、酷《ひど》いです」

「続きは1週間後だね」

「長いです」

これればかりは仕方ない。

でも、ノアは登場しなかったけど、なんだかんだで楽しんだみたいだ。

数日後、いつも通りに、公式サイトを確認しにいく。この作業が日常化しつつある。でも、これもあと2週間で終わる。あっという間の3か月間だった。

公式サイトで次回の話を確認すると、クラーケン討伐をするみたいだ。

まあ、現実のわたしも、盗賊討伐をしたあとにクラーケン討伐をしている。話の流れは一緒だ。

アニメはクラーケンを討伐して終わりみたいだ。

寂しくはあるけど、いつかは終わりがくる。

でも、よくよく考えたら、ここでアニメが終わるってことは、従業員旅行の話がないってことだ。

夏になれば、ミリーラの町にみんなで遊びに来ることになっている。つまり、水着姿を見られることがないってことだ。

それはそれで、よかったかもしれない。

流石に水着姿を見られるのは恥ずかしい。

他に情報がないかと見ると、新しいミニアニメが公開されている。フィナがわたしの髪の毛で遊んでいる。

そんなフィナを見て、将来はヘアーメイクアーティストになれるかもしれないと思った。

他には、このアニメの各話の台本の抽選プレゼントキャンペーンなんてのもあるらしい。

どの話が人気があるのかな。

わたしは……かな。

54　TVアニメ番宣小説　その12

本日、アニメ第11話目の放送日だ。残り2話となった。

「前回の続きです。盗賊はどうなったんでしょうか。この1週間、気になって仕方ありませんでした」

「わたしもです」

ノアとフィナは子熊化したくまゆるとくまきゅうを抱きながら、テレビの前に座る。

わたしは、いつも通りにお茶とお菓子を用意して、ベッドの上に腰かける。

そして、時間通りにアニメが始まり、眠そうなアトラさんが登場し、地面には縛られた男が2人倒れている。わたしの安眠妨害をした罪人だ。

そんな罪人を追加するように、くまゆるとくまきゅうの背中に盗賊を乗せて、わたしが現れる。

「ユナさん、一人で盗賊を全員捕まえたんですね」

現実だと、わたしだけでなく、ハーレムパーティーのブリッツたちと一緒に戦って盗賊を捕まえた。

でも、そのあたりの話はカットされている。

ブリッツたちを登場させると、尺が足りなかったのかもしれない。残り2話だし。

他のアニメ作品を見ても、カットされたり、簡略化されているところをよく見かける。

尺の都合で仕方ないとはいえ、カットされたブリッツたちが可哀想だね。

アニメのわたしはアトラさんに盗賊を引き渡し、眠るために宿屋に帰ろうとするが引き止められる。

「アトラさん、危険です」

「ユナお姉ちゃんの睡眠の邪魔をしちゃダメです」

2人は先週のことを言っているのか、寝ようとするわたしを引き止めるアトラさんを心配する。

「いや、いくら眠くても、アトラさんを殴ったりはしないよ」

怒るのは理不尽に睡眠の邪魔をされるときだ。

結局、アニメのわたしはアトラさんに今回のことを説明することになり、寝ることができない。

そして、テレビには優雅にワインを飲む商業ギルドのギルマスが映る。

「この男の人、悪人顔をしています。絶対に悪い人です。フィナもそう思いますよね？」

「えっと、はい」

フィナは遠慮がちに頷く。

わたしも見た目で判断されて困ることがあるから、人を見た目で判断しちゃダメだよと注意したいところだけど、実際に悪徳商人で、悪いことをしていたことを知っているので、2人に注意することはしなかった。

それをすぐに証明するかのように、男は部下の職員から盗賊が捕まったことを聞かされると慌てだし、自宅の宝物部屋らしい場所に駆け込む。

「お金を持って、逃げるつもりです！」

ノアの言う通りに、男は金目のものを持って逃げ出そうとするが、すぐにアトラさんが登場する。

ここでアトラさんが登場するってことは、男を監視していたのかな？

そして、アトラさんは、探偵のようにギルマスと盗賊の繋《つな》がりを証明して、ギルマスを問い詰めていく。

といっても、わたしが捕まえた盗賊が全て吐いたんだけど。

そんなアトラさんとギルマスのやりとりの中、緊張感もなく、あくびをしているわたしがいる。

「ユナさん、眠そうです」

夜中に盗賊に起こされて、そのまま起きているみたいだ。

睡眠の大切さが分かるね。

でも、もっと目の前のことに興味を持て、アニメのわたし！

そして、男は逃げ出そうとするが、アトラさんに平手打ちされて捕まってしまう。

頬《ほお》が真っ赤で、痛そうだ。

でも、わたしが殴るよりマシかも。

わたしがクマパンチで殴れば、その程度では済まない（デボラネの顔を思い出す）。

「捕まってよかったです」

「はい、これで街道が通れるようになったんですよね」

盗賊の事件は解決し、街道を通れるようになった。これで他の街に行く手段を得ることができ、少しだけ食糧問題が解決した。

でも、海にクラーケンがいる限り根本的な解決にはなっていない。

そして、わたしは宿屋でデーガさんとアンズさんから、盗賊を捕まえたお礼として食事をいただく。

そこには魚と、夢に見たお米と味噌汁があった。

「ユナお姉ちゃん、泣いています」

「ユナさんの故郷の味だったんですね。でも、海の先には和の国があるんですね。いつかはわたしも行ってみたいです。フィナもそう思いますよね？」

「……えっと……その……はい」

フィナは、ノアの言葉に困ったような表情をして、わたしのほうを見たりして、最終的にうなずく。

「な、なんですか。その反応は。もしかして、和の国に行ったことがあるのですか？」

フィナの表情から、何かしら感じとったノアが、フィナを問い詰める。

「……その」

「ノア、アニメが終わっちゃうよ」

わたしはフィナを助けるため、話を逸らさせる。

「今は、それどころではありません！」

「本当にいいの？」

アニメは止まることもなく進み、わたしが海を眺め、クラーケンの討伐方法を考えている。

ノアはテレビとフィナを交互に見る。

「うぅ、フィナ。後でお話がありますからね」

ノアはそう言うと、テレビを見る。

フィナが困ったようにわたしを見る。これは黙っていることはできないよね。すでにクマの転移門も知られているし。わたしは諦めて、テレビに目を向ける。

テレビではデフォルメされたわたしが、くまゆるとくまきゅうの背中に乗って、クラーケンと戦うとか、くまきゅうに乗って空を飛ぶとか、空気の玉の中に入って戦う想像シーンが流れている。

「流石のユナさんでも、海では戦うことはできないんですね」

「でも、ユナお姉ちゃん。くまゆるとくまきゅうは海の上を走れますよね？」

フィナが、くまゆるとくまきゅうは海の上を走ることができると指摘する。

今はクマの水上歩行のスキルを覚えたので、わたしもくまゆるとくまきゅうも水の上を走ることができる。でも、当時のわたしたちは、まだクマの水上歩行のスキルを覚えていなかったので、水の上を走ることはできない。

「そうなんですか!?　くまゆるちゃんとくまきゅうちゃん、海の上を走ることができるんですか？」

フィナの言葉にノアが驚く。

そういえばノアは、そのことも知らなかったんだ。

アニメのせいで、いろいろとわたしの秘密がノアに知られていく。

でも、すでに神様のことを知られたのだから、今さらだ。

「このときはまだ、神様から教えてもらってなかったんだよ」

2人が神様のことを知っているので、そのように言う。

まあ、実際にスキルは神様から授かったものだから、嘘ではない。

でも、このときにクマの水上歩行を覚えていれば、クラーケンと戦いやすかったかもしれない。

神様も融通をきかせてくれればよかったのに。

アニメのわたしが、クラーケンを討伐する方法を思いつかないでいると、雪山で助けたユウラさんに会い、食事に誘われる。

商業ギルドのギルマスが捕まったことで、商業ギルドが独占していた魚もユウラさんたちに回ってきたみたいだ。

ユウラさんの厚意で、食事をいただくことになる。

テーブルの上には魚介類が入った鍋が置かれる。

「お鍋、美味しそうです。鍋が食べたくなってきました」

アニメのお鍋を見て、ノアがそんなことを言う。

テレビでグルメ番組を見て、食べたくなるのと一緒だね。

「それじゃ、来週はお鍋にしようか？」

「本当ですか？」

「来週でアニメは最後だからね」

最終回だし、そのぐらいしてもいいと思う。

「そうなんですね。次回で最後なんですよね。わたし、ほとんど登場しませんでした」

やっぱり、自分が登場しなかったのが残念みたいだ。

「ノア様、ユナお姉ちゃんがクラーケンを討伐する方法を思いついたみたいです」

わたしたちが話している間も話は進み、わたしが鍋を見て、クラーケンの討伐方法を思いつき、アトラさんに相談している。

「クラーケンを倒すんですね」

ノアが安心した表情になる。


そして、わたしとアトラさんは崖がある海岸にやってくる。

現実でした通りに、わたしはクマボックスからワームを取り出し、ロープで縛り、崖の上から吊るす。

「ワームでクラーケンを呼び寄せることができるんですか？」

魚の餌《えさ》にミミズを使うこともある。でも、今回はイカだけど。

「見ていれば分かるよ」

わたしがそう言った瞬間、アニメではクラーケンが動きだし、ワームを掴《つか》む。

アニメのわたしは、現実通りに、クマの土魔法を使って、クマの岩を作り出す。

「大きいクマさんです」

クマの岩がクラーケンの逃げ場を塞《ふさ》ぐ。

クラーケンの逃げ道を塞ぐほどの大きさのクマの岩を何体も作ったことで、魔力を消耗する。

あのとき、本当に白クマで戦えばよかったと思ったよ。

でも、現実通りに、黒クマの格好のまま、クラーケンの攻撃をかわしながら、海に岩も溶かすクマの炎魔法を何発も放り投げる。

「ユナさん、頑張ってください！」

「ユナお姉ちゃん、頑張って」

テレビに向かって叫ぶ2人。

頑張ってもなにも、もう終わっていることだから。

子供がヒーローショーを見て叫ぶのと一緒かな？

そして、わたしの魔力が尽きそうになる前にクラーケンが倒れる。

「倒しました！」

「よかったです」

アニメのわたしもフラフラだ。

そういえば、あのときも魔力の使いすぎで倒れたっけ。目が覚めたときは宿屋のベッドの上だった。

アニメのわたしはアトラさんの背中で眠っている。

そのまま宿屋に寝かされたみたいだ。

そして、アニメは終わり、エンディングが流れる。

これで、残り1話となった。


「それでは、フィナとユナさんには和の国のことを聞かせてもらいましょうか」

どうやら、覚えていたらしい。

わたしは、タールグイのことは省き、一人で和の国に行って、クマの転移門を設置して、フィナを連れていったことを話してあげる。

「酷いです。わたしだけ、のけ者なんて。わたしだって和の国に行きたいです」

「分かったよ。今度、連れていってあげるから」

「本当ですか？　約束ですよ」

その日の夜、3人で一緒に寝るとき、ノアに和の国のことをいろいろと聞かれることになったのは言うまでもない。


数日後、アニメ公式サイトに見に行く。

タイトルが「クマさんとフィナ」だった。

なにこれ？

でも、画像を見ると、クラーケンを討伐したあとの話みたいだ。

どうして、タイトルが「クマさんとフィナ」なんだろう？

少し、気になる。

あとの情報は、ミニアニメがあり、病気のわたしの看病をしたいから、病気になってほしいと無理を言うノア。

実際に言いそうだから怖い。

でも、本当にこれで最後なんだね。

恥ずかしいシーンを見られることがなくなるから、よかったとも感じるけど、寂しい気持ちもある。

まさか、気持ちがここまで変わるとは思わなかった。

でも、次回で最終回という事実は変わらない。

55 TVアニメ番宣小説 その13

今日でアニメが終わる。

初めは、わたしを題材にしたアニメを勝手に作るなって思ったけど、終わりを迎えると思うと少し寂しい気持ちになる。

一人で見ていたら、気持ちが暗くなったかもしれないが、今日もフィナとノアが来ている。

「お腹がいっぱいです。もう食べられません」

「たくさん、食べました」

ノアとフィナは満足げな表情をしている。

夕食は先週言った通りに海鮮鍋料理にした。

昆布だしに、魚の切り身に、貝、他に野菜なども入れた。

こうやって好きなときに魚介類が食べられるようになって、本当によかった。苦労して、クラーケンを倒し、クリモニアとミリーラの町を繋《つな》ぐトンネルを掘ったかいがあったというものだ。

洗い物をして、食後の休憩をしてから、３人でお風呂に入る。

「今日で、みんなでお風呂に入るのも最後なんですね」

「……はい」

ノアとフィナは少し寂しそうな表情をする。

「アニメはないけど。また、泊まりに来ればいいよ」

「いいんですか？」

「いいよ。でも、ちゃんとクリフから許可をもらったらね」

「それでは、フィナ、また一緒にお泊まり会をしましょうね」

「はい」

２人は嬉しそうに微笑む。

毎週泊まりに来た２人が来なくなるのは、わたしも寂しい気持ちがある。だから、これからも２人が泊まってくれると嬉しい。

体と髪を洗い。さっぱりしたわたしたちは、アニメの最終回を見るために、テレビがあるわたしの部屋に移動する。

いつも通りに、子熊化したくまゆるとくまきゅうを抱いたフィナとノアはテレビの前に座り、わたしはベッドに腰かける。

「始まりました」

テレビには、アンズが作ってくれた海鮮料理を食べるわたしが映る。そして、その料理の美味しさに感動して、アンズに「クリモニアに来てほしい」や「あなたがほしい」と言う。

「このセリフ、知っています。結婚するときに言う言葉です」

「そ、そうなんですか？」

ノアの言葉にフィナが驚く。

「自分のところに来てほしいときに言う、男性の告白だと聞いたことがあります」

「よく、知っているね」

「ララから聞きました」

ララさん。ノアに何を教えているの。

でも、これはクリモニアで店を出してほしいって意味だよ。

そして、アニメでは、アトラさんがやってきて、今後のミリーラについて相談され、クリモニアの領主に手紙を届けてほしいと頼まれる。

「お父様に手紙ですか？」

「うん、今後の町のことを考えて、クリモニア領主であるクリフに助けを求める手紙だね」

現実でも頼まれ、クリフとミレーヌさんをミリーラの町に連れていったのは懐かしい思い出だ。


そして、クリモニアに帰ってきたわたしを、フィナが出迎えてくれる。

久しぶりに会えたわたしに、フィナは嬉しそうにしていたが、仕事があるからと聞かされると、寂しそうな表情をする。

「ああ、フィナがふられてしまいました」

「人聞きが悪い」

「ユナお姉ちゃんには、大切な仕事があるから仕方ないです」

フィナと別れたわたしは、クリフに会いに領主の家にやってくる。そこで久しぶりにノアが登場する。

「わたしです」

でも、すぐにララさんに捕まり、連れていかれる。

現実でも、何度か見た光景だ。

「ああ、せっかく登場したのに、ララのバカ」

連れ去られるノアと別れ、わたしはクリフに会い、ミリーラの町の現状を報告する。

それを聞いたクリフだがエレゼント山脈があるため簡単に行くことができないから無理だと断る。

でも、ミリーラの町とクリモニアを繋ぐトンネルをわたしが掘ったことをクリフに伝える。

掘っては固め、掘っては固め、掘っては固め、掘っては固め、掘っては固めてトンネルを作った。

今、思い出しても、わたし、頑張ったと思うよ。

これも、ミリーラの町のため、なにより、アンズにクリモニアに来てもらうため。クリモニアで、いつでも魚介類が食べられるようにするために頑張った。


そして、トンネルのことを知ったクリフはミレーヌさんを連れてミリーラの町に行くことになる。

ここでミレーヌさんが商業ギルドのギルドマスターってことを知ったんだよね。

なんでも、受付に座って、現場の様子を見るのが趣味だと言っていた。だから、わたしがクマハウスを建てるときに土地代を安くしてくれたり、卵のことを領主のクリフに売らないでほしいという無茶ぶりを聞いてくれたり、お店のこともいろいろと優遇してくれることができたんだね。

今思うと、一般の受付嬢じゃ、そんな権限はないし、領主であるクリフに逆らうことなんてできないよね。


クリフとミレーヌさんを乗せたくまゆるとくまきゅうはミリーラの町に向けて出発する。

ちなみに、エンディングの声のキャスト一覧を見ると、ミレーヌさんとくまきゅうは同じ声優さんが演じているようだった。

つまり、自分に乗っていることになる。

そう考えると面白い組み合わせだ。

わたしたちを乗せたくまゆるとくまきゅうは、わたしが作ったトンネルを通り、ミリーラの町にやってくる。そして、2人はアトラさんと面会する。

これで、わたしの役目は終わったので、あとのことはアトラさんとクリフ、ミレーヌさんに押し付けようとして、この場を離れようとするが、3人に捕まり、さらに仕事を押し付けられる。

3人とも酷い。すでに盗賊やクラーケンを討伐し、トンネルまで掘って頑張ったのに、これ以上働かせるなんて。


そして、疲れ切ったわたしは、ようやくフィナに会いにやってくる。

きっと、映像には流れなかったけど、クリフとミレーヌさん、アトラさんの無茶ぶりに、わたしは頑張ってこたえたんだね。

アニメのわたしに「お疲れさま」って声をかけたい。

そんな疲れているわたしだけど、フィナとの約束を守るため、ミリーラの町に誘う。

「ど、どうして、このとき、わたしを誘ってくれなかったんです！」

ノアが怒りだす。

どうしてだろう？

「たぶん、普通に、ノアを連れていくことを考えていなかっただけ？」

「ユナさん、それはそれで酷《ひど》いです」

ノアが落ち込んだ表情をする。

初めから連れていく気がないほうが酷い気がするんだけど。

でも、アニメのフィナもシュリも一緒だと聞かされると、残念そうにする。

「フィナはユナさんと2人だけで、行きたかったんですね」

「そうなの？」

「うぅ、違います。そんなこと思っていません」

恥ずかしそうに言うが、アニメのわたしとフィナには距離感が見える。

アニメのフィナは寂しかったのかもしれない。

そして、フィナとシュリを連れて、ミリーラに向かう。

フィナとシュリはトンネルを見て驚き、海を見て驚き、ミリーラの町に建てた大きなクマハウスを見て驚く。

「うぅ、フィナとシュリが羨《うらや》ましいです」

そして、ミリーラの町を見学していると、わたしは町の人に囲まれてしまう。

そんなわたしを寂しそうに見るフィナ。

「フィナはユナさんを取られて寂しいんですね」

ノアがド直球で言う。

「わ、わたし、そんなこと思っていないです」

フィナは否定をしながらも頬を赤くする。

確かに、現実のフィナとシュリは楽しそうだった。

それは、アニメのわたし同様に気づかなかっただけで、フィナに寂しい思いをさせていたのかもしれない。

「フィナ、ごめんね」

「うぅ、謝らないでください。本当に違うんです」

そして、ミリーラの町の見学をしたわたしたちは、クリモニアに戻ってくる。

テレビにはクマハウスが映り、ノアがやってくる。

「本日、2回目の登場です」

ノアは本当に自分が登場すると嬉しそうにする。

ノアはクマハウスに向かってわたしの名前を呼ぶが、出てきたのは血みどろのフィナだった。

「フィナが大怪我をしています！」

「これは、解体作業をしていたからだと思います」

フィナの言う通りに手にはナイフがある。

だけど、お客様の応待をするときは、ナイフを持ち歩くのはやめようね。

ノアは勉強を終わらせ、わたしに会いに来てくれたけど、いなかったので残念そうにする。

そして、寂しそうにするフィナを気にかけるノア。

フィナはわたしとの関係をノアに話す。

「フィナは、こんなことを思っていたんだね」

わたしは後ろからフィナの頭を撫でる。

「うぅ、思っていません！」

「そんなに恥ずかしそうに言わなくても。神様もわたしたちを元にアニメを作っているって言っているし」

「……」

フィナは黙り込む。

そして、ゆっくりと口を開く。

「でも、ユナお姉ちゃんがいなくなったりしたら、寂しいと思います」

フィナが本音を話してくれる。

元の世界でも、こんなに思われたことがないので、嬉しいものだ。

「どこにも行かないよ」

「……ユナお姉ちゃん」

だって、元の世界に戻ったとしても、わたしのアニメが放送されていたんだよ。もし、知り合いに見られていたらと思うと、もう帰れない。

いくら引きこもりでも、これは無理だよ。

買い物だって行くし、気分転換に外に出ることだってある。

うん、無理。

「わたしも、ユナさんがいなくなったら、寂しいです。泣きます」

「ノアもありがとう」

わたしのことを気にかけてくれる人がいるってことは嬉しいかぎりだ。

フィナを心配するノアだが、わたし宛ての手紙を渡して、帰っていく。

手紙はエレローラさんからで、フローラ様が会いたがっているっていう内容だった。

わたしはフィナを誘うが、断られる。

「それにしても、このアニメのフィナは素直じゃありません。ユナさんにはっきりと、一緒にいたいと言えばいいのに」

「いや、現実のフィナも素直じゃないよ」

「うぅ、そんなことはありません」

フィナは否定するが、抱え込むことが多い。

母親が病気のときもゲンツさんに迷惑をかけないよ

うに黙って森に薬草を採りに行ったり、生活が苦しいこともあまり顔に出していなかった。

だから、アニメのフィナも自分の心の中に抱え込んでしまうところは同じかもしれない。


アニメでは、わたしとフィナはすれ違っていく。

フィナは、しばらく解体の仕事は休んで、ゲンツさんのところで勉強すると言いだす。

フィナはわたしの役に立ちたいから、解体の技術を学ぼうとしている。


アニメを見ていたら分かるが、アニメのわたしは、そんなフィナの気持ちを分かっていない。

すれ違う恋愛漫画や小説のようだ。

見ているほうが恥ずかしくなってくる。

フィナも耳を真っ赤にして、恥ずかしそうにアニメを見ている。


アニメのわたしは、自分の気持ちが分からず、商業ギルドでアンズの店の準備を頼んだり、フィナの様子を見に行ったりする。

「フィナもユナさんも、面倒くさいですね」

ノアが身も蓋もないことを言う。

でも、わたしは友達がいなかったから、アニメのわたしの気持ちも分かる。

友達がいなかったから、どう接したらいいか分からないんだと思う。

もし、フィナがわたしのもとから去ったら、引き留めるだろうか。上手に口にできるか、分からない。

だって、フィナはいつも、わたしの傍にいてくれたから。


そんなわたしのところにノアがやってくる。

そして、ノアは諭すように、わたしに説明をする。

まるで、長い人生を経験してきたように。

最後はわたしの背中を押してくれる。

「このアニメのノア、ノアっぽくないね」

「はい。ノア様らしくないです」

「2人とも酷いです。わたしは心が広いんです」

わたしがノアに諭されているとき、フィナもゲンツさんに諭されていた。

お父さんっぽい。

そして、わたしとフィナはお互いの気持ちを確かめるために話し合う。

まるで百合アニメのようだ。

わたしとフィナがお互いの気持ちを確かめ合い。お互いが大切だという気持ちを確認し合う。

恥ずかしい。

そして、エンディングに入っていく。

「な、なんですか！　これでは、まるで、ユナさんとフィナが恋人同士です」

ノアが叫ぶ。

「は、恥ずかしいです」

フィナじゃないけど、これは恥ずかしい。

「ユナさんは渡しませんよ」

いや、さっきは心が広いとか言っていたよね。

アニメのノアは大人っぽかったが、現実のノアは子供っぽく抱きついてくる。

いや、アニメのノアも負けませんと言っていたし、アニメのノアも現実のノアも一緒かもしれない。

この日の夜は、寝るまで、フィナは恥ずかしそうにし、ノアはわたしから離れようとはしなかった。


数日後、アニメ公式サイトを見に行く。

新しいアニメ情報が流れることもないから、これで最後になるだろう。

だが、アニメ公式サイトに繋げた瞬間、信じられないものが目に入ってきた。

『TVアニメ2期制作決定』の文字とイラストだった。

ちょ、2期？

本当に？　ドッキリ？　わたしを騙そうとしている？

さらにグッズもいろいろと増えている。

オフィシャルファンブック発売決定もしている。

どうやら、わたしのアニメはまだ続くらしい。

20.5
Anniv
くまなの先生
20.5巻発売
おめでとうございます。
読者の皆さんと一緒に
これからもユナさん達の冒険を
おいかけてゆきます
クマー！
滝沢リオン

祝！20.5巻発売

気が付けば0.5シリーズ(？)も2冊目へ…！
自分の絵の経過をまとめて確認する機会ってじつは
なかなか無いので、ちょっとこそばゆい気持ちになります。
キャラクターをもっと活き活き描けるようになるのが
自分の中で課題かもしれません。
少しでもキャラクターの魅力をお伝えしていきたいところ。
あ！くまクマアニメ3期待ってます！！！！！

コミック版作者
せるげい先生
描き下ろしマンガ

くまクマ熊ようちえん
ここは
どこかの世界
どこかの街ー
元気な園児と
クマの居る
幼稚園のお話
のあ

クマさん

もぐ
もぐ
あーー！
ずるーーい！
わたしもクマさんと
あそぶーー！
わー
も～
可哀想だから
取り合いっこ
しないの
本当にみんな
クマさんが
好きね…
わー
……
フィナは
ちゃっかりしてるね
ひとり
じめっ

ごっこ

おやつのグミわけてあげます！
きぞくとしてどーめー？を組まないといけませんので！
アニメの影響か最近の子は色んな事知ってるねー
くわしい意味はわかってないけど
ね
ごっこ遊びも本格的
フィナとシュリは何してるの
美容院ごっことか？
えっとね
解体ごっこ
それはちょっとやめておこうか

滑り台

おひるね

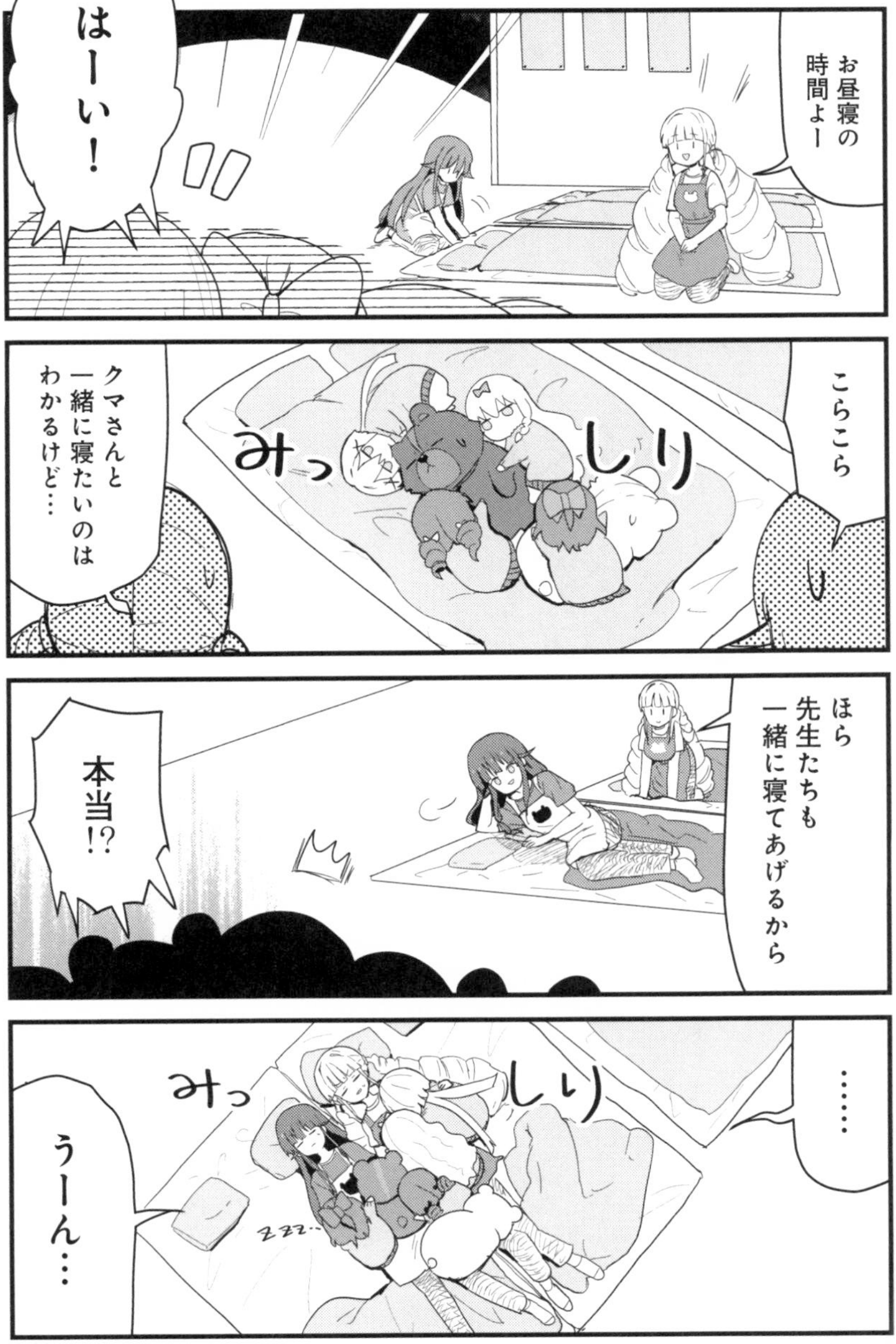
お昼寝の時間よー
はーい!
こらこら
みっしり
クマさんと一緒に寝たいのはわかるけど…
ほら先生たちも一緒に寝てあげるから
本当!?
……
みっしり
うーん…
おわり

あとがき

くまなのです。『くま　クマ　熊　ベアー』20．5巻を手に取っていただき、ありがとうございます。

今巻は10巻から16巻までの店舗購入特典の小説37本、書き下ろしを5本、ｗｅｂ版で公開したアニメ番宣を小説の13本を集めた55本となっています。

11．5巻のときより、5本増えていますね。

店舗購入特典は毎巻、5本ほど書かせていただいています。

1巻のときは3本、4巻で4本となり、10巻から5本になっているようです。

全ての店舗購入特典を入手することは難しいと思います。読みたいと思っていただける読者様もいたかと思います。それを届けることができて嬉しく思います。

このような機会となる本を作っていただき、出版社様には感謝の言葉もありません。

17巻以降の店舗購入特典が収録されたものも発売できるように頑張っていきたいと思います。

次は21巻が出る予定になっています。

ユナの新しい冒険となっていますので、お付き合いしていただければと思います。

これからもクマの作品をよろしくお願いします。

最後に本を出すことに尽力をいただいた皆様にお礼を。

029先生には、いつも素敵なイラストを描いていただき、ありがとうございます。編集様にはいつもご迷惑をおかけします。そして『くま　クマ　熊　ベアー』20．5巻を出版するのに携わった多くの皆様、ありがとうございます。

ここまで本を読んでいただいた読者様には感謝の気持ちを。

では、21巻でお会いできることを心待ちにしています。

二〇二四年　五月吉日　くまなの

新たな出会いの予感に心沸き立つ
王道冒険譚第2弾!!
私の心はおじさんである
[著] 嶋野夕陽
[イラスト] NAJI柳田
2
PB
PASH!ブックス

愚痴くらい聞いてやるから、
裏庭でこっそり落ち合おう。
ヒロインに転生
したとはしゃいでいたら、
実は
転生悪役令嬢が
主役の世界だった
フラグ皆無で投げ出される!?
不屈な転生ヒロイン×
クールなエリート医師見習いの
放っておけない♡学園ラブ!
［著］ヒラヲ
［イラスト］くろでこ
PB Fiore

この本を読んでのご意見・ご感想・ファンレターをお待ちしております。
〈宛先〉　〒104-8357　東京都中央区京橋3-5-7
（株）主婦と生活社　PASH!ブックス編集部
「くまなの先生」係

※本書は「小説家になろう」（https://syosetu.com）に掲載されていたものを、改稿のうえ書籍化したものです。
※この作品はフィクションであり、実在の人物・団体・法律・事件などとは一切関係ありません。

PB
PASH!ブックス

くま　クマ　熊　ベアー 20.5

2024年5月12日　1刷発行

著者	くまなの
イラスト	029
編集人	山口純平
発行人	殿塚郁夫
発行所	株式会社主婦と生活社 〒104-8357　東京都中央区京橋3-5-7 03-3563-5315（編集） 03-3563-5121（販売） 03-3563-5125（生産） ホームページ　https://www.shufu.co.jp
製版所	株式会社二葉企画
印刷所	大日本印刷株式会社
製本所	株式会社若林製本工場
デザイン	山下ゆり（growerDESIGN）
編集	山口純平、染谷響介

ISBN978-4-391-16208-0